江戸人情短編傑作選

御厩河岸（おうまやがし）の向こう

宇江佐真理　菊池 仁・編

朝日文庫

本書は文庫オリジナル・セレクションです。

目次

江戸人情短編傑作選

御厩河岸(おうまやがし)の向こう

御厩河岸（おうまやがし）の向こう

一

弟の勇助（ゆうすけ）が生まれたのは、江戸が端午（たんご）の節句を間近に控え、家々の甍（いらか）の上には鯉幟（こいのぼり）が初夏の風を受けて翻（ひるがえ）っていた頃だ。おゆりの家も兄の惣吉（そうきち）の初節句に誂（あつら）えた鯉幟が勢いよく五月の空の中を泳いでいた。

「きっと今度は坊ちゃんだね。端午の節句も近いことだし」

取り上げ婆（ばば）のおすみがそう言ったのも覚えている。母親のおまつが赤ん坊を産むと知った時、おゆりは、できれば妹がほしいと思った。お揃（そろ）いの着物を着て、ままごとやお手玉など、一緒に遊ぶことを夢見た。男の子は乱暴だから嫌いだった。だから、おすみが坊ちゃんだね、と言った時は少しがっかりしたものだ。

祖母のおつたは、おゆりの表情を見て「おゆりは妹がほしいのかえ。でもね、こればかりはどうすることもできないのさ。皆、阿弥陀（あみだ）様の思（おぼ）し召しだからね。無事に生まれてくるなら、男でも女でも構やしないのだよ」と、宥（なだ）めるように言った。祖母にすれば、店の跡継ぎの惣吉がいるから、三番目に生まれてくるのは、男だろうが女だろうが、どっちでも構わなかったはずだ。おゆりの家は浅草寺にほど近い浅草並木町で「田丸屋」という質屋を商っていた。

惣吉は十歳、おゆりは二つ年下の八歳だった。子供は二人でお仕舞いかと周りの者が思っていただけに、おまつの懐妊で家の中は俄に明るくなった。おまつ自身は、しばらく子を身ごもっていなかったので、いささかとまどっているふうもあった。

茶の間と続いている奥の間が産褥の部屋に充てられたが、境の襖はぴったりと閉ざされていた。赤ん坊が生まれるまでは、そこへ入ってはならないと、おゆりはおつたから釘を刺された。

いつも見慣れている襖が、その時だけはおゆりを拒絶するように思えて怖い気もした。台所では女中のおはまが大鍋に湯を沸かしていた。傍には盥も出してある。いつ赤ん坊が生まれても大丈夫なように用意万端調えられていた。

おゆりは、茶の間でおつたの横に座り、赤ん坊が生まれるのをじっと待った。時々、おまつの呻き声が聞こえると、おゆりは不安そうにおつたの顔を見た。おつたは煙管を使いながら、その度に「大丈夫だよ」と声を掛けた。お産をする女房の中には、とんでもない悲鳴を上げる者がいるという。身体が引き裂かれるように痛いそうだから、それも無理はない。だが、我慢して、ぐっと堪えるのが女の嗜みだとおつたは言った。

おゆりは意味がよくわからなかった。

父親の惣兵衛は家にいても落ち着かないらしく、惣吉を伴って浅草寺へ出かけた。安産の祈願をするつもりだろう。お前も一緒に行こうと惣兵衛は誘ったが、おゆりは首を振った。母親が心配で傍についていたかった。また、母方の祖母がやって来るのを待ってもいた。母方の祖母のおすがは神田佐久間町に住んでいる。恐らく、仕度を調えて、今頃はこちらへ向かっているはずだった。

おすがの顔を見たら、きっとおまつも元気が出るに違いないと思った。おったでは駄目だ。子供心に母親がおったを、あまり好きでないことは察していたからだ。

その日の朝早く、おまつが産気づくと、父親の惣兵衛は店の手代を神田佐久間町へ知らせにやった。惣兵衛が自ら知らせに行けばいいのにと、おゆりはそれも不満だった。惣兵衛もおったも母親の実家を下に見ているところがある。それは母親の実家に金を貸しているせいだろう。

炭屋を営む母親の実家は商売の不振が続いていた。惣兵衛は仕入れの金を何度か都合してやっていたのだ。

金を都合してやった後に、おったは決まっておまつに嫌味を言った。おまつは言い返すこともできず、陰でそっと泣いていた。

だが、大人の事情は別にして、おゆりは母親の実家が嫌いでなかった。神田佐久間町には、おゆりもよく泊まりに行く。行けば皆、おゆりを可愛がってくれた。おすがは、おまつの兄夫婦と、二人の子供と一緒に同居していた。子供はおゆりより三つ年上のおそでと、一つ年下の勘次だ。おゆりは女のきょうだいがいなかったせいもあり、おそでになついていた。

普段は買い喰いを止められているが、神田佐久間町に行けば、番太（木戸番）の店で菓子やおもちゃを買う楽しみがあった。おすがはいつも、おゆりといとこ達へ気前よく小遣いを与えてくれた。おゆりは何んとなく、こういう無駄遣いをするから金に困るのだなと内心で思ったが、番太の店の誘惑には勝てなかった。

台所の油障子が控えめに開いて、ようやくおすがが顔を出した。

「佐久間町のお祖母ちゃん！」

おゆりは張り切った声を上げた。おすがはおゆりを見て、にこりと笑ったが、すぐに真顔になって「お内儀さん、おまつの様子はいかがでしょうか」と、おつたに訊いた。

「ああ、まだ生まれる様子はありませんよ。中へ上がってお待ちなさいましな」

おつたは煙管の雁首を火鉢の縁で叩くと、そっけない表情で答えた。

おすがは裾を払って座敷へ上がると「いつもお世話になっております」と三つ指を突いて丁寧に頭を下げた。

娘の頃は旗本のお屋敷奉公をしていたおすがだから、身仕舞いもきっちりしているし、所作も美しい。娘時代は「今小町」と呼ばれるほどの美貌であったという。そこを見込まれ、湯屋と炭屋を営む神田佐久間町の「大黒屋」に嫁入りしたものの、連れ合いの放蕩が祟り、かつてはかなりあった財産も喰い潰してしまった。

おゆりが生まれた頃には湯屋もとうに畳み、細々と炭屋を商っているだけだった。おすがは、もともと大店の呉服屋の娘だったから乳母日傘で育ち、嫁入りする時も身の周りの世話をする女中が一緒に大黒屋へ来たそうだ。おつたは葛飾村の農家の出だったから、おすがとは生まれも育ちも違う。おつたは、最初はおすがに対し、ひがみのようなものを感じていたらしい。

二言目には「佐久間町のおっ母さんはお嬢様育ちだから」と、おまつに言った。めしの炊き方もろくに知らずに嫁入りしたことや、当時は簞笥・長持に数え切れないほどの着物や帯があったことなどを噂に聞いていたからだ。今は着物も帯も、ほとんど手放し、かつて経験したことのない貧苦に喘いでいるおすがを、おつたは内心でいい気味だと思っているらしい。おまつも実家の景気がよい時に娘時代を過ごしたので、今のおすがのありさまに深く心を痛めていた。かと言って、おまつに実家を援助する力はない。せいぜい、借金を申し込みにやって来るおまつの兄と一緒に自分も頭を下げるぐらいだった。

しかし、おゆりにとって二人の祖母は、どちらも自分を心底可愛がってくれるありがたい存在だった。

「辰吉さんのご商売はいかがですか」

おつたは茶を淹れながら、おすがに訊いた。

辰吉はおまつの兄の名である。長火鉢の前にでんと構えているおつたに対し、おすがは猫板の傍に遠慮がちに座っていた。御納戸色の着物に対の羽織を重ねたおすがは、ちょいと見には今でも大店の女隠居という風情がある。一方、おつたは上等の着物を着ていても、どこか垢抜けなかった。

「はあ、お蔭様でと言いたいところですが、世の中が不景気なものですから、掛け取りも思うようには参りません。この先、どうなりますことか」

おすがは、どこか他人事のように応えた。

そのもの言いが癇に障ったのか、おつたは眉間に皺を寄せた。

「呑気に構えていたら、最後に残ったご商売までなくすことになりますよ。ここは辰吉さんに、もう少し踏ん張っていただかないと」

「はあ、おっしゃる通りでございます」

おすがは恐縮して首を縮めた。

「また、お金に詰まったから都合してくれと言われても困りますよ」

おつたはさり気なく釘を刺す。こんな時、そんな話をしなくてもいいのにと、おゆりは思ったが、余計なことは喋（しゃべ）らなかった。

おまつの呻き声は次第に高くなったが、依然として生まれる気配はなかった。おすががが田丸屋に現れてから、かなり時間が経（た）ち、すでに時刻は昼を過ぎていた。

「やけに時間が掛かる。この様子では取られるかも知れない」

おつたは突然、恐ろしいことを言った。出産で命を落とす女房は、江戸でも多かった。

「初産（ういざん）でもあるまいし、そんなことはございませんでしょう」

おすがはすぐに否定したが、不安そうな表情でもあった。おゆりは悲しくなって、しくしくと泣き出した。

「大丈夫だよ。これ、泣かないでおくれ」

おすがはおゆりの腕を取り、自分の膝（ひざ）に乗せ、頭を撫（な）でた。おすみが叱咤（しった）激励する声ばかりが高く聞こえる。おまつは疲れで意識も朧（おぼ）ろになっている様子だった。だが、最後の力を振り絞っていきんでいた。

それからしばらくして、ようやく甲高い産声（うぶごえ）が聞こえた。

「生まれた……」

おすがはおゆりの手を握り締めて、安堵（あんど）の吐息をついた。

「生まれたよ！　坊ちゃんだよ。お湯の用意をしておくれ」

おすみの興奮した声も聞こえた。

「よっこらしょ」

おつたはおもむろに腰を上げた。

女中のおはまが盥に湯を入れると、おつたは中腰の恰好で湯加減を見て「おすみさん、こっちの用意はいいよ」と、声を張り上げた。

「ほら、おゆり。弟ができた。今日からお前はお姉ちゃんだ」

おすがはそう言って笑った。おゆりも泣くのをやめて笑い返した。

二

勇助は色白の可愛い赤ん坊だった。おすがはそれから何日か泊まって、おまつの世話をした。

普段は文句ひとつ言わないおまつが、おすがの前でだけ、白玉が食べたいの、腰が痛いのと我儘を言うのがおゆりには可笑しかった。

おゆりは日に何度も奥の間へ勇助の顔を覗きに行ったが、勇助はおまつの乳を飲む以外、滅多に起きていることはなかった。それでも寝顔を眺めていると、おゆりは倖せな気持ちがした。これがあたしの弟、可愛い弟なのだと嬉しさも込み上げた。おつたが言ったように、無事に生まれたのだから、妹でなくとも、おゆりは満足していた。

おまつが床上げして、そろそろ家の中のことをするようになると、勇助はおゆりの腕に抱かれる機会が多くなった。子守りをするおゆりに、おまつは助かると言ってくれたので、なおさら張り切って勇助の世話をした。おむつの取り替えの手際もいいので、近所の女房達も感心しておゆりを褒めてくれたものだ。

勇助が生まれて半年も経つと、おゆりは勇助をおぶって外へ出るようになった。おゆりのことを知らない他人の中には、おゆりを田丸屋に雇われた子守りかと思う者もいたほどだ。

そうして手を掛けた勇助だったから、もの心つく頃には、すっかりおゆりになついて、おまつが用事で外出する時も後を追って泣くことはなかった。むしろ、おゆりが手習所や茶の湯の稽古に通う時には激しく泣いて後を追ったものだった。

勇助はおゆりが盛んに言葉を掛けたせいで、同じ年頃の子供より口が達者だった。時々、おもしろいことを言って家族を笑わせるひょうきんな面もあったが、普段は人見知りの激しい引っ込み思案の子供だった。

勇助は絵本が大好きで、いつもおゆりに読んでくれとせがむ。寝る前はもちろん、日中でもおゆりの傍に絵本を持ってくる。もう何度も読んでやっているので、絵本の角が擦れて丸くなっていた。

とりわけ勇助は『桃太郎』の話が好きで、川で洗濯をしていたお婆さんが桃を見つけ、それを家に持ち帰って桃を割る時の、ぱかっと割れてという言葉がお気に入りで、その場面になると「ぱかっと」が言いたくて待ち構えていた。

ある日、質屋の寄合の長が田丸屋を訪れた時、おまつは勇助が傍にいては邪魔になるから、店蔵に連れて行って絵本を読んでおやりと、おゆりに言いつけた。母屋と続いている店蔵は重い鉄の扉がついており、その中に客から預かった品物を保管している。惣兵衛の眼を逃れて、惣吉が時々、昼寝をしていることもあった。

夏の時季は、その中に入るとひんやりして気持ちがよかった。勇助も店蔵が好きだったが、一人では決して入らなかった。閉じ込められて出られなくなるのを恐れていたようだ。

金平糖とお茶の入った湯呑を載せた盆を持って、おゆりは店蔵に勇助を促した。

勇助は年季の入った絵本を小脇に抱え、嬉しそうについてきた。前髪頭に肩上げをした紺絣の着物の勇助は大層可愛らしかった。

『桃太郎』を読んでやり、「ぱかっと！」と、勇助が声を張り上げるのも、いつものことだった。

「はい、お仕舞い」

桃太郎が鬼退治をして、宝物を携えて故郷へ戻る場面で物語は終わる。ひと息ついて、ぬるい茶を飲んだ時、勇助は「あのな、姉ちゃん。桃太郎は桃から生まれたけど、親は桃か?」と、大真面目な顔でおゆりに訊いた。

おゆりは思わず、ぷッと噴いた。

「そう言えばそうだね。桃から生まれたんだから、勇ちゃんがそう考えるのも無理はないよ」

「桃太郎は本当の親のことを覚えていないのかな」

「お爺さんとお婆さんが親になるんじゃない?」

「爺と婆は親じゃねェわな」

「……」

「生まれる前はどこにいて、いつ桃の中に入ったのか、桃太郎は何んにも覚えていねェようだ。変な奴だよ」

勇助は小ばかにしたように吐き捨てた。

「生まれる前のことなんて誰も覚えちゃいないよ」

おゆりがそう言うと、勇助は不思議そうな顔をして「姉ちゃんも覚えちゃいねェのかい」と訊いた。

「当たり前じゃないの」

「ふうん」

勇助は納得できない様子だった。

「勇ちゃんは覚えているの？」

おゆりは試しに訊いた。すると勇助はこくりと肯いた。おゆりはつかの間、呆気に取られた。だが、すぐに「教えて。姉ちゃんに教えて」と、おゆりは勇助に話を急かした。

「おいら、川向こうの夢堀の傍に住んでいた。お父っつぁんは花屋をしていて、きょうだいは五人で、おいらは三番目だった」

「川向こうって本所のことかな。だけど、夢堀なんて聞いたこともない。勇ちゃん、いい加減なことは言わないのよ」

おゆりはさり気なく窘めた。

「本当だってば。姉ちゃんはおいらをおぶって、渡し舟のある所に行っただろ？　あの向こうにある町に夢堀があるのよ」

「渡し舟って竹屋の渡し？」

「ちゃうちゃう。おんまがし」

御厩河岸の渡しだとおゆりは察しをつけた。

勇助をおぶって御厩河岸の渡し場まで行っただろうか。おゆりは記憶が曖昧で小首を傾げた。勇助がそれを覚えていたことも不思議だった。赤ん坊の頃のことなんて、おゆりは全く覚えていなかったからだ。

御厩河岸の渡しは本所の石原町へ通じている。しかし、依然として夢堀という堀には見当がつかなかった。

「夢堀はいいとして、どうして勇ちゃんはうちの子になったの？」

おゆりは勇助に続きを促した。

「おいら、藤助という名前ェで、十歳の時に麻疹に罹って死んだのよ」

恐ろしい話を勇助は平然と言う。

「死ぬとどうなるの？」

おゆりはざわざわと二の腕の内側に鳥肌を立てながら訊いた。

「お父っつぁんもおっ母さんも、兄ちゃんも姉ちゃんも、おいらの亡骸の傍で泣いていた。おいら、その時は亡骸から抜けて魂だけになってたから、鴨居にとまって見ていたよ」

「……」

「それから弔いになったな。近所の人が集まって、皆、泣いていた。おいら、やっぱり鴨居からそれを見ていた。おいらの亡骸は小さな棺桶に入れられて寺に運ばれた。寺の墓場に穴が掘られてよ、おいらの棺桶はその中に埋められた。土を被せるザッザッという音が聞こえた。だけど、おいらはすぐに家に帰って机の上にとまっていた」

「机って？」

「茶の間の隅に置いてあったやつよ。向こうのお父っつぁんは、その日の商いを仕舞いにすると、机の前に座り、仕入れした花は幾らで、売り上げは幾らでとか帳面につけていた」

「それで、ずっと机にいたの？」

「いや、四十九日が過ぎると知らねェ顔の爺さんがやって来て、おいらを外へ連れ出した。空を飛んでいたが、外はいつも日暮れのようだった。暑くも寒くもなく、ひだるくもなかった。念仏の声が聞こえると、おいらは家に戻った。向こうのおっ母さんが、ままを炊いて仏壇に供えると、鼻から湯気を呑(の)むようで温かかった。仏さんには温かいものを供えるといいんだよ。線香の煙も温かくてよかったよ」

「そうね。線香は仏様の食べものだから。あのね、勇ちゃん。勇ちゃんの話は、とても大事なことだから、おっ母さんに言わなきゃいけないよ」

おゆりがそう言うと、勇助は途端に泣きそうな顔になり、それだけはしてくれるなと言った。

「どうして」

「どうしても」

勇助の表情は頑(かたく)なに思えた。

「どうしてもいやだと言うのなら、黙っているけど……勇ちゃん、この家の子になったのはどういう訳？」

おゆりはそれが肝腎(かんじん)とばかり訊いた。

「おいらが死んで三年ばかり経った頃、いつも来る爺さんが、この家に宿れって言ったのよ。この家には優しい姉さんがいて、お前を可愛がってくれるから、お前は倖せだろうってな」

「優しい姉さんって、あたしのこと？」

「ああ。おいらもこの家の子になりたいと思ったが、おっ母さんの腹に入る前に、うちの祖母ちゃんと佐久間町の伯父(おじ)ちゃんの間で、何んだか言い合いみてェなことがあったから、しばらく様子を見ていた。その内に言い合いも収まったから、ほっとしておっ母さんの腹に入ったんだ」

金のことでおつたと辰吉が険悪になったことは確かにあった。おゆりは改めて勇助の顔をしみじみ見つめた。

勇助は話に飽きると、絵本を取り出し、それを見ながら金平糖を無邪気に頰張(ほおば)っていた。

三

おゆりは両親には勇助の話をしなかったが、いつまでも自分の胸に抱えているのは苦しかった。勇助が昼寝をしている時、そっと店に行き、帳場格子の中で算盤を弾いていた惣吉に思い切って声を掛けた。

「兄さん……」

惣吉はちらりとおゆりを見たが、算盤の手を止めずに「何んだ」と、煩わしそうな顔で応えた。

「勇ちゃんのことなんだけど」

「勇助がどうした」

「変なことを言うのよ」

惣吉は、ようやく手を止め「変なことって?」と、怪訝な眼をして訊いた。

惣吉は惣兵衛とよく似ている。頭の形や後ろ姿は惣兵衛と瓜二つだった。惣兵衛は人にそれを言われると、だらしなく相好を崩した。勇助は惣吉と似ていない。神田佐久間町のいとこの勘次の方に似ている。どこへ行くにも惣吉だけを連れ、惣兵衛はあまり勇助には手を掛けないところがある。そのせいか、勇助はおゆりと留守番をしていることが多い。だが、惣吉は勇助の兄だから、もちろん、勇助を可愛がっていた。

おゆりは店蔵で勇助がした話をかい摘んで言った。

「世の中には不思議なことがあるよ。似たような話を前に友達に聞いたことがある。まさか勇助もその手合だったとは驚きだけど」

惣吉の言葉にため息が交じっていた。

「勇ちゃん、前のお父っつぁんとおっ母さんに会いたいんじゃないかしら。あんなにはっきり覚えているところからすると」

「前はどこに住んでいたのよ」

「本所らしいの。御厩河岸の渡しの向こうで、夢堀の傍にいたって。でも、夢堀なんて堀はないよね」

「本所の石原町に埋(う)め堀があるけど、それかな」

惣吉は思案顔して言う。

「埋め堀……」

幼い頃に耳で聞いた言葉を間違って覚えて遣う場合がある。夢堀もその類(たぐい)だろうか。確かに語感は似ている。

「確かめてみるか」

惣吉は興味深そうな表情で言った。

「どうするの？」

「知れたこと。埋め堀の近くの花屋を探すよ。もし勇助の言ったことが本当だったら、向こうの親も会いたいと思うだろうし」

「でも、勇ちゃんはお父っつぁんやおっ母さんには明かしてくれるなと言ったのよ」

「どうしてだろう。今さらそんなことをしても、どうなるものでもないと思っているのかな。まだ六つの餓鬼にしては、やけに気を遣う」

惣吉は分別臭い表情になって言った。

おゆりは、惣吉が両親に内緒で前の世の家のことを調べてくれるものと思っていた。だが、ある日、おゆりが手習所から戻ると、茶の間には見知らぬ夫婦者が座っていた。

おまつはおゆりに気づくと「ささ、ご挨拶して。こちらは本所の石原町の花屋さんをしていらっしゃる方で、勇助のことを聞きに見えたのだよ」と言った。

おゆりは思わず傍にいた惣吉を睨んだ。

「兄さん、おっ母さんに喋ったのね」

きつい言い方になった。

「い、いや、こちらの花屋さんに事情を聞くと、勇助の言った通りだったのさ。もっと詳しいことを知りたい様子で、今日、訪ねていらしたんだ」

惣吉は取り繕うように言った。

「おゆりが何も言わないものだから、こちらの花清さんにお会いして、あたしも初めて事情がわかったのだよ」

おまつは惣吉を庇うように言った。花清というのが、その花屋の屋号らしい。

「それで勇ちゃんは？」

「恥ずかしがって何も喋らないから、お祖母ちゃんが外へ連れて行ったんだよ。こちらさんはお前からも話を聞きたいご様子で待っていたんですよ」

「そう」

おゆりは座り直し、「勇助の姉のゆりです。本日はようこそおいで下さいました」と、型通りの挨拶をした。さほど暮らし向きのよくない夫婦に見えた。花屋を営みながら、かつかつの暮らしをしているのだろう。勇助が前の世で麻疹に罹った時、ちゃんと医者に診せたのだろうか。満足に手当をしなかったから藤助は早死にしたような気がする。もっとも、麻疹で命を落とす子供は、少なくなかったが。

「こちらの勇助坊ちゃんは、本当に前の世は手前どもの家の子だったと言ったんですかい」

五十がらみの男はそそけた頭を振りながら訊いた。藤助という子供は十歳で死んでいる。

それから三年後におまつの腹に宿り、六歳になったから、藤助が生きていたとしたら二十歳（はたち）ぐらいになっているはずだ。両親が年を喰っていても不思議ではない。

「ええ……」

おゆりは俯（うつむ）きがちに応えた。

「当時のことがわかるような話をしていましたかい。お嬢さん、聞かせておくんなさい」

男はおゆりの話を促す。男は卯三郎という名で、横にいる女はおはつという名だった。

「小父さんは商いを終えると、茶の間の隅の机で売り上げを帳面に記していたそうですね。勇ちゃんは……いえ、藤助さんは亡くなると、しばらく、その机にとまっていたそうですよ」

おゆりがそう言うと、二人は顔を見合わせた。その後で、おはつは袖で眼を拭った。

「お店は堀の傍にあるそうですね。勇ちゃん、その堀のことを夢堀と呼んでいました」

「そうです、そうです。確かにあの子、埋め堀のことを夢堀と言っていましたよ」

おはつは叫ぶように言った。その声があまりに大きかったので、おゆりは少し驚いた。

「でしたら、勇ちゃんは、やはり前の世は小父さんと小母さんの子供だったのでしょうね」

おゆりは力のない声で言った。それを知ったところで、どうなるものでもないとおゆりは内心で思っていたが、子をなくした親の気持ちは、また別のようだ。

「小母さんがお仏壇にごはんを供えると、ごはんの湯気が温かかったと言っておりましたよ」

おゆりは二人を慰めるように続けた。おはつは、うんうんと肯いて、また眼を拭った。

勇助は二人に会って懐かしくなかったのだろうか。おつたと一緒に出かけたことが、おゆりは少し腑に落ちなかった。

　惣兵衛は用事があって外に出ていた。二人がなかなか帰る様子を見せないので、おゆりは次第にいらいらしてきた。

　死んだ子供が生まれ変わり、田丸屋の次男として倖せに暮らしている。もう、それだけでいいじゃないかと思った。しかし、二人は執拗に勇助の話を聞きたがった。

「勇助の話が本当なら、こちらさんの家にお伺いさせて、他のお子達にも会わせたいとおっしゃっているんですよ」

　おまつが呑気に言ったので、おゆりは腹が立った。

「今さら会っても仕方がないと思いますけど」

　おゆりはつっけんどんに応えた。おまつは慌てて「これッ！」と制した。

「お嬢さん。親はいつまでも死んだ子のことを思っているものなんですよ。どうぞ、あたしらの気持ちをわかって下さいまし」

　おはつは哀願するように言った。

「それは勇ちゃん次第だと思います。いやだと言ったら、無理に連れて行くことはできません。もともと、勇ちゃんはおっ母さんにも話すなとあたしに言っておりましたから」

　おゆりはにこりともせずに言った。二人は困惑の表情で顔を見合わせた。

「おゆり、勇助を説得しておくれ」

　おまつは二人に同情しておゆりに言った。

おっ母さんは勇助が前の世の家族に会うことに何んの疑問も持っていないのだろうかと、おゆりは思った。懐かしさのあまり、向こうの家族が勇助を返してくれと言い出しはしまいかと、おゆりは恐れてもいた。しかし、その場の雰囲気には、おゆりがいやと言えないものがあった。おゆりは渋々肯いた。その拍子に卯三郎とおはつは、ほっと安堵の吐息をついた。

四

勇助に本所の家に行ってみるかと訊くと、勇助は意外にもあっさり肯いた。

「でも姉ちゃんは一緒に行かないよ」

おゆりは勇助の顔を見ずに言った。

「どうしてよ」

勇助はおゆりの頬を両手で挟むようにして、怪訝そうに訊いた。自分の顔をまっすぐ見ろということだ。

「向こうのご家族は勇ちゃんを待っているのよ。あたしが傍にいても邪魔になるだけだもの」

「向こうの家の人には会いたくねェんだな」

「そうね、正直に言えばそう。勇ちゃん、まさか向こうの家に戻るつもりじゃないでしょうね」

おゆりは少しきつい言い方で訊いた。

「戻らねェよ。だって、今のおいらの家はここだもの」

「本当に本当？」

「心配すんなって。ちゃんと帰って来るよ。ちょいと向こうの家がどうなっているか気になるだけだからよ」

「そう。それなら安心だ」

「やっぱり一緒に行きたくねェか」

勇助はおゆりを上目遣いに見て言う。

「ごめんなさい。おっ母さんと一緒に行って。あたし、留守番しているから」

勇助は不満そうだったが、おゆりの気持ちがわかったようで、小さく肯いた。

翌日、勇助はおまつに伴われて本所へ出かけた。おゆりは御厩河岸の渡し場まで二人を見送った。勇助は渡し舟に乗るのが嬉しいらしく、舟の上から長いこと手を振っていた。

並木町の家に戻ると、おつたが仏壇に灯明をともして掌（て）を合わせていた。

「お祖母ちゃん、心配なの？」

おゆりはおつたの背中に声を掛けた。

「お前のおっ母さんは何を考えているんだろうね。勇助の話をまともに取って、わざわざ本所まで行くなんざ」

おつたは振り返って憎々しげに吐き捨てた。

「おっ母さんは向こうに同情しているのよ。亡くなった子供が生まれ変わってよそで暮らしていると聞けば、会いたくなるのも無理はないでしょうし」

「だからって……」

「勇ちゃんも行きたがっていたから、向こうに顔を出せば、お互い気が済むと思うよ」

「おゆりは勇助の話を信じているのかえ」

おつたは疑わしそうに訊く。

「よくわからないけど、勇ちゃんは誰でも前の世のことを覚えているものだと思っているのよ。勇ちゃんにすれば、覚えていないあたし達が変に見えるみたい」

「生まれた時は、別に変わった様子もなかったんだが、妙なことになったものだ」

おつたはため息をついて灯明の火を消した。

「お祖母ちゃん、向こうの人達、まさか勇ちゃんを返してくれなんて言わないよね」

「冗談じゃない。そんなことが許されると思うのかえ。ばかも休み休みお言いよ」

おつたは心底腹を立てていた。

「そうよね。そんなことある訳もない。勇ちゃんも、そんなことにはならないと言ったけど、あたし、何んだか心配なの」

「そうだねえ」

おつたとおゆりは同時にため息をついた。

それがおかしくて、二人は一緒に笑った。

「お茶でも飲もうか」

おつたは鬱陶(うっとう)しい気分を振り払うように言った。

「そうね。あたしがお茶、淹れる」

おゆりは腰を上げて、茶の間へ向かった。

暮(くれ)六つ（午後六時頃）過ぎに、勇助とおまつはひと抱えもある花を土産(みやげ)に田丸屋へ帰って来た。勇助は疲れた様子も見せず、すぐに絵本を取り出し眺め始めた。おゆりに読んでくれとせがんだが、おゆりはおまつの話が気になって「後でね」と応えた。

おまつの話によると、勇助は本所に着くと、迷うこともなく、かつて住んでいた家に向かって、まっすぐに進んだという。

花清は勇助が話していた通り、本所石原町にある埋め堀の傍にあった。埋め堀は武家屋敷と石原町の間にあり、大通りの手前で堀留(ほりどめ)になっている。花清は間口一間の狭い店で、土間口には切り花を入れた水桶が幾つか並んでいたが、店を訪れる客だけでは売り上げも伸びないので、卯三郎は日中、花籠を括りつけた天秤棒を担ぎ、町々を触れ歩いているそうだ。

　勇助とおまつが花清を訪ねた時、卯三郎は昼めしを食べに戻ったところだった。そのまま、午後の仕事を仕舞いにして、二人を中へ招じ入れた。

　他のきょうだいは、それぞれ嫁に行ったり、商家に奉公していたりして、家に残っていたのは長男とその家族だけだった。長男の卯吉は三十を越え、父親の花屋を手伝っていた。勇助は卯吉を見ると「あんちゃん」と、懐かしそうに声を掛けた。卯吉は面喰らったように眼をしばたたいたそうだ。

　近所の家に嫁入りした長女のおさいが現れた時も「姉ちゃん」と、勇助は同じように親しげに声を掛けたらしい。卯吉とおさいは半信半疑だったが、店の前にあった柳の樹がなくなっていることを勇助が言うと、大層驚いたそうだ。その柳の樹は藤助の死後、野分に遭い、枯れてしまったからだ。そればかりでなく、長男一家のために二階の部屋を増築していたことや、水甕が新しい物に替わっていたことも勇助が言ったので、卯吉とおさいも間違いなく藤助の生まれ変わりだと確信したらしい。

　勇助は最初の内、懐かしそうに家の中を見回していたが、時間が経つと退屈して、おまつに早く帰ろうとせがんだという。今の勇助は本所の家より、並木町の方がくつろげる場所だったのだ。それがおゆりには嬉しかった。

向こうの家族が何度も引き留めるので、二人は、つい長居をしてしまったらしい。また、訪れてほしいと、向こうの家族は口々に言ったが、勇助には、どうもその気はないようだった。向こうの家族が恙なく暮らしていると知って、勇助も気掛かりがなくなったらしい。

しかし、勇助の噂は町内に拡がり、話を聞きたがる客が田丸屋へ押し掛けるようになった。勇助は客の問い掛けに恥ずかしそうにして、ほとんど何も喋らなかった。

道を歩けば生まれ変わり小僧だと指差され、勇助は外へ出ることもできなくなった。惣兵衛は、このままでは勇助のためにならないと考え、しばらく神田佐久間町のおまつの実家へ勇助を預けることにした。その時、おゆりも同行した。勇助が一人では寂しいだろうと惣兵衛は気を遣ったのだ。

神田佐久間町までは勇助の噂も流れていないようで、勇助はようやく外へ出て、近所の子供達と一緒に遊ぶようになった。

おすがは勇助とおゆりが退屈しないように、近所で縁日があると、二人を連れ出し、好みのおもちゃや菓子を買ってくれた。勇助は無邪気な笑顔を見せて喜んでいた。おまつの実家の暮らしは相変わらずで、おゆりと勇助が床に就くと、辰吉と女房のおはる、おすがの三人は額を突き合わせるようにして金の工面をしていた。

「ねえ、勇ちゃん。ここの家はとてもお金に困っているのよ。どうしたらいいかしらねえ。このままじゃ佐久間町のお祖母ちゃんが可哀想なのよ。もうお年なのに」

おゆりはため息交じりに勇助に言った。二人はおすがの部屋で一緒の蒲団に寝ていた。

「佐久間町の祖母ちゃんの実家は誰が墓参りしているの？」

　勇助は突然、そんなことを言った。

「さあ、それは知らないけど……」

「祖母ちゃんの実家の墓参りをすれば、ご先祖さんがお守りしてくれるだろう」

「そうなの？」

「うん。無縁さんになったら可哀想だからな。墓が遠くにあるなら、寺の坊さんを呼んで、供養して貰うといい。坊さんにお布施を包んで、供え物もやるといいよ」

「わかった。明日、佐久間町のお祖母ちゃんに言ってみるよ」

　おゆりは夜が明けたような思いで応えた。

　翌日、おすがに勇助の話を伝えると、おすがは「わたいの実家の墓は兄さんが守っていたけれど、兄さんが亡くなってしまうと行き来もしなくなったから、墓がどうなっているのかわからないのだよ。兄さんは娘ばかりで、上の娘は婿を迎えたはずだ。仏さんの供養は、その娘夫婦がしているものと思っていたんだよ。一度、様子を見てくるよ。もしかして、ほったらかしにされているのかも知れない。ご先祖の供養もなおざりにしていたんじゃ、わたいの暮らしを守って貰うこともできやしないからね。でも、勇助は子供のくせに、よく気がついたこと」と、感心した顔で言った。

おすがはそれから間もなく、深川にある実家の菩提寺へ出かけた。案の定、墓は荒れ果てて、盆や彼岸にも人が訪れた様子はなかったという。おすがは日頃の不信心を詫び、寺の僧侶に供養して貰ったそうだ。

おすがは両親の墓参りをして、晴れ晴れとした表情をしていた。そんなおすがの顔を見たのは久しぶりだったので、おゆりも嬉しかった。

五

おゆりと勇助はひと月ほど神田佐久間町で過ごした後に田丸屋へ戻った。

その頃には、町内の噂も一段落して、しつこく訪れる客もいなくなった。田丸屋は、ようやく以前の落ち着きを取り戻していた。勇助も自分の話で騒ぎになったことがわかっていたから、時々、近所の人間が誘うように問い掛けても、口を閉ざして応えなかった。

翌年、勇助はおゆりも通っていた手習所へ入門し、絵本よりも手習所の友人達と外遊びをすることが増えた。

勇助は生まれ変わり小僧でなく、ただの子供として過ごすようになり、まずは一件落着だった。

おゆりに縁談が持ち上がったのは、おゆりが十六歳の春のことだった。相手は浅草広小路に店を構える鰹節屋の息子だった。武松は二十五歳の若者で、ゆくゆくは鰹節屋「魚善」の跡取りとなる男だった。祭りの時は町内の若者達と一緒に神輿を担ぐ威勢のよさもあった。夏の季節は半だこに店の半纏を引っ掛けた恰好で得意先を廻っているので、ちょいと見には、魚善の若旦那というより、軽子（人足）のようだった。

おゆりは、その縁談に及び腰だった。武松の声の大きさに度肝を抜かれたせいかも知れない。元気はいいが、乱暴な印象も受けた。

魚善は前々からおゆりに眼を留めていたらしく、間に立った仲人は熱心に勧めたが、おゆりは色よい返事ができずにいた。

おゆりは店蔵にこもって、ぼんやりもの思いに耽るようになった。どうしたらよいのか、皆目見当がつかない。両親も誂えたような良縁だと言ったが、おゆりの気持ちは決まらなかった。

そんなある日、遊びから戻って来た勇助が、ひょっこり店蔵へ顔を出した。

「姉ちゃん……」

「お帰り。今日は早く戻ったのだねえ」

「うん。雨が降りそうだったから早仕舞いしたわな」

勇助はこまっしゃくれた口を利く。遊びに早仕舞いもあるものではない。おゆりはくすりと笑った。勇助はおゆりの横に足を投げ出して座った。

「今日は誰と遊んだの？」

「巳之吉と梅次と今朝松。浅草寺に一緒に行った」

勇助の友達は、皆、手習所の仲間だった。

「そう。おもしろかった？」

「うん。床見世（住まいのつかない店舗）も並んでいたから、ひやかしてきたわな」

「よかったね」

「姉ちゃん、魚善に嫁に行くことを決心したのか？」

勇助は鼻の頭に芥子粒のような汗を浮かべて訊く。

「ううん、まだ。どうしたらいいのかわからないの。武松さんって、何んかおっかない人に見えて」

そう応えると、勇助はけらけらと笑った。

「笑い事じゃないのよ。あたし、真面目に考えているんだから」

おゆりは、むっとして言った。

「武松はいい人だよ。武松が店を継いだら、店はもうひと回りでかくなる」

「大人を呼び捨てにするものじゃないよ。それに、どうしてそんなことが勇ちゃんにわかるの」

勇助は鼻の下を人差し指で擦(こす)ると「武松のおっ母さんは、ちょっときつい女だから、姉ちゃんが泣かされることもあると思うけど、武松は頼りになるから何も心配しなくていいよ。武松のお父っつぁんも姉ちゃんのことを実の娘のように可愛がってくれるよ。最初に生まれる子供は女だから、周りはちょっとがっかりするけど、それから二年後に男が生まれて跡継ぎができるよ。子供は全部で五人さ。男二人に女三人。賑(にぎ)やかだよ」と、滔々(とうとう)と話を続けた。

不思議な話を勇助から聞くのは久しぶりだった。しかし、今度はおゆりの将来のことだ。おゆりは驚いて勇助の顔をまじまじと見つめた。

おまつの実家は勇助の助言通り、おすがが墓参りをするようになってから商売が少しずつ上向きになり、以前のように田丸屋へ金の工面を頼みに来ることもなかった。勇助は前の世のことだけでなく、この世の先のことまでわかるのだろうか。

「決めなよ。姉ちゃんは倖せになるよ」

勇助は、きっぱりと言った。

「信じていいの？」

「ああ。おいらがいつまでも姉ちゃんのこと見守ってやるからさ」

勇助は自分の胸を拳で叩いた。

「お嫁に行ったら、勇ちゃんはあたしの傍にいられないじゃない。いつまでも見守るなんて、できない相談よ」

そう言うと、勇助は店蔵の扉を振り返り、人が近くにいないことを確かめた。

「これからおいらの言うことを誰にも喋らないと約束できるかい」

勇助は真顔になっておゆりを見た。

「また、変な話をするつもり？」

「おいら、今まで変な話をしたつもりはねェよ」

「……」

「姉ちゃん。おいら、ののの様だから、先のことがわかるのよ」

勇助は自ら神仏の化身であると明かしていた。おゆりは動悸が激しくなった。

「やめて、そんなこと言うの。勇ちゃんは、ののの様じゃなくて、あたしの弟よ」

おゆりは怒ったような口調で言った。

「おいら、姉ちゃんが大好きだから、次の世でもきょうだいになるよ。その次の次の世でも。だから、おいらに何があっても、泣いたり、悲しんだりしなくていいよ。その内にまた会えるから。おいらの眼が動かなくなっても、おいらがものを喋らなくなっても恐れてはいけないよ」

「勇ちゃん……もしかして、あんた、あたしより先に死んじまうの？」

おゆりは涙を堪えて訊いた。

「おいら、十六で死ぬよ。だけど、まだまだ先の話だ。姉ちゃんが倖せになるのを見届けてからだ」

「いやよ。あたしが倖せになっても、勇ちゃんが死んでしまうのなら、倖せにならなくてもいい！」

おゆりは堪え切れずに袖で顔を覆った。

「姉ちゃん、泣かないでくれよ。これは決められた宿命(さだめ)なんだから」

「誰がそんなこと決めたのよ。あたし、文句を言ってやる」

おゆりは顔を上げて気色ばんだ声を上げた。

「それはおいらが決めたのさ。おいら、のの様だから」

勇助は同じ言葉を繰り返すばかりだった。

武松はそれから亀戸(かめいど)の藤(ふじ)の花見物や、両国(りょうごく)の花火大会に気さくにおゆりを誘った。その時は、いつも勇助が伴(とも)をした。最初は怖いと思っていたが、話をする機会が増える内におゆりも次第に武松の人柄に魅(ひ)かれるようになっていった。

なぜか武松は勇助と話をする時は落ち着かないように見えた。

「勇ちゃんは苦手？」

ある日、訊くと、武松は小首を傾げ「どうも、こっちの気持ちを見透かされているような気がするのよ」と応えた。

「勇ちゃん、武松さんが本当にあたしのご亭主になれる人かどうか、じっくり見ているのよ」

おゆりは含み笑いをして言った。

「大事な姉ちゃんだからなあ。粗末にしちゃ、あいつは黙っていねェだろう。怖（こえ）ェ、怖ェ」

武松は冗談めかして言う。

「あたしのこと、いつまでも見守ってくれると言ってるの。ありがたいのよ、とても」

おゆりはそう言ったが、顔は俯きがちになった。勇助が十六歳で死ぬことが頭から離れなかったからだ。

「何も心配いらねェよ。おゆりちゃんがおれの女房になってくれたら、おれ、一生懸命働くから。店も家族も必死で守るよ。約束する」

武松は真顔になって言った。おゆりは滅法界（めっぽうかい）もなく倖せだった。

（倖せになるのはわかっているのよ、武松さん。でも、今のあたしの気持ちは、まだ、あんたにはわからないと思う）

おゆりは言えない言葉を胸で呟（つぶや）いた。

その年の秋、おゆりは魚善に嫁入りした。

浅草の老舗の魚善のこと、祝言が豪勢だったのは言うまでもなく、招待された客の数は二百人を下らなかった。

神田明神で式を挙げると、披露宴は浅草の料理茶屋を借り切って行なわれた。

おゆりは、おつたとおすがに自分の花嫁姿を見せることができて感無量だった。

その中で、勇助はおまつの隣りに座って、じっとおゆりの姿を眺めていた。嬉しさよりも寂しさが勝っているような表情である。

おゆりが田丸屋を出る時も、勇助は涙を必死で堪えていた。本音はいつまでも勇助の傍にいたかった。でも、女と生まれたからには、いつかは嫁に行かねばならない。そのことを、おゆりも勇助も了簡するしかなかったのだ。

おゆりは十八歳の時に長女のおきたを出産した。勇助が言っていたように舅の弥兵衛と姑のおふじは、少しがっかりした表情をしていたが、武松がとても喜んでくれたので、おゆりは満足だった。いずれ跡継ぎの男の子を産むことはわかっていたから、おゆりも舅姑のことは気にならなかった。

魚善は実家の田丸屋と比べ、何んにつけても派手だった。よそに出す祝儀の額も違った。

武松の友人に祝い事があって、武松から祝儀を用意するよう言いつけられた時、おゆりは実家の流儀に倣って金を包んだ。それは魚善にとって「みみっちい」という額だったらしい。

おふじに魚善の顔を潰したと嫌味を言われ、おゆりは自分の部屋に戻って泣いた。後で武松は「おゆりの実家は僅かな利鞘で稼いでいる店だ。おれの家とは商いのやり方が違わァな。先祖代々続いている魚善といえども、先はどうなるかわからねェ。これからはおゆりの流儀でいいと思うぜ。体裁をつけるのもよしあしだからな」と庇ってくれた。武松はよく働く男だったが、商売上のつき合いや、友達同士のつき合いも多い。夜中に客を引き連れて戻って来ることも珍しくなかった。おゆりは飲む席で商売の話がまとまることもあると聞かされていたので、そういう時でも悪い顔をせず接待した。

おゆりは、無駄な金は遣わず、できた若お内儀だと評判が高まり、武松も大いに男を上げたらしい。そんな話を聞くと、おゆりも嬉しかった。

おきたを出産して二年後に、おゆりは待望の長男武蔵を産んだ。魚善は上を下への大騒ぎとなった。この時ばかりは武松も近所に紅白の餅を配るやら、神田明神と菩提寺へ寄進を申し出るやら、大張り切りだった。

さらに三年後には次男の武次が生まれ、おゆりは子供達の世話に明け暮れるようになったので、勇助のことは、半ば忘れ掛けていた。

六

おゆりの兄の惣吉も妻を娶り、男と女の二人の子供に恵まれ、田丸屋を守り立てようと、商いに精を出していた。勇助も兄の手助けをして、日中は店の帳場格子の中で算盤を弾く毎日だった。前髪を落とした勇助は、おゆりの眼からも大層、大人びて見えたが、引っ込み思案の性格は相変わらずで、友達に誘われたら外へ遊びに行くが、普段は店を仕舞いにすると、寝るまでのひととき、静かに本を読んでいることが多かった。

父親の惣兵衛は、いずれ田丸屋の出店（支店）を出して勇助に任せようと考えていたらしい。しかし、その話が出ると勇助は「おいらは兄ちゃんの手伝いをするだけでいいよ」と、欲のないことを言うばかりだった。

勇助が病に倒れたと知らされると、おゆりは子供達を姑のおふじに任せ、田丸屋に駆けつけた。普段は子供達の世話で一日があっという間に終わっていたので、実家の勇助のことを気にする暇もなかった。倒れたと聞いて、おゆりは俄に、勇助の言葉を思い出した。勇助は自分が十六歳で死ぬと言っていたのだ。

勇助は成長するにつれ、子供の頃のように不思議なことは喋らなくなった。霊感のようなものは消えたのだろうか。だとすれば、あの言葉も反故になるかも知れない。

おゆりは自分のためにも、勇助のためにも、そう思いたかった。

おゆりは田丸屋へ着くと、両親への挨拶もそこそこに勇助の部屋へ向かった。

勇助は蒲団に寝かされ、苦しい息遣いをしていた。

「勇ちゃん、姉ちゃんだよ。わかる？」

おゆりは眼を閉じていた勇助に呼び掛けた。

額に濡れた手拭いが載せてある。勇助は風邪をこじらせ肺炎を起こしていたのだ。

「姉ちゃん……」

薄目を開けた勇助は力のない声で応えた。

「しっかりして。姉ちゃんが看病して、きっと勇ちゃんを治してあげるから」

「心配しなくていいよ。死ぬ前は誰でも、ちょいと苦しい思いをするものさ」

勇助は無理に笑顔を拵えて言う。おゆりは、はっとした。やはり勇助は命を取られてしまうのかと思った。

「勇ちゃん、やっぱりそうなの？」

おゆりは勇助と自分との間でしかわからない言葉で訊いた。勇助はこくりと肯いた。

「いつ？　いつなの」

「今すぐでもいいけど、もう少し姉ちゃんの顔を見ていたいから……」

「そうよ。勝手に逝かないでね。ちゃんとあたしがいる時にして」

おゆりは膨れ上がるような涙を浮かべた。

「姉ちゃん、今は倖せかい」

勇助は首を僅かにこちらへ向けて訊いた。

その拍子に手拭いがずるりと落ちた。おゆりが手拭いを取り上げると、それは、かなり温かくなっていた。額に手を当てると、火のように熱かった。傍の水桶に手拭いを浸し、きつく絞って勇助の額に載せた。

「ねえ、どうなのよ」

勇助は返事を急かす。

「ええ、とっても。皆、勇ちゃんのお蔭よ。うちの人はいい人だし、子供達も元気に育っているから」

「よかった……」

勇助は安堵の吐息をついた。

「もう少し、もう少し、生きていられない？」

おゆりは無駄だとわかっていても、そう言わずにはいられなかった。

「前に言っただろ？　おいら、手前ェで決めた通りにするさ」

やはり、勇助は死んでしまうのだ。おゆりは堪え切れずに泣き声を立てた。

「姉ちゃん、泣かねェでくれ。人が死ぬのは怖いことじゃないんだよ。ちゃんと魂は残って、またいつか人として生きることができるんだよ」

「次の世もきょうだいになると言ったね。あれも本当？」

「ああ」

「でも、この世じゃ、勇ちゃんは、あたしの可愛い弟なのよ。死んじまったら、やっぱり寂しい。どうしたら会える？　鴨居にとまって見ている？」

「どうかな」

勇助は言いながら低い天井を見回した。とまる場所を探しているような感じにも思えた。

「今夜、こっちに泊まってくれるかい」

勇助はおずおずと言った。それが最後の頼みかも知れなかった。

「ええ、そのつもりよ」

「なら、おいらは明け方に逝くとすらァ」

「……」

「誰にも言っちゃならないよ。姉ちゃんと二人きりで送別の宴をするんだ」

「何か食べたいものはない？　もっともお粥（かゆ）さんしか食べられないだろうけど」

「粥は飽きたよ。そうだ、仏壇に落雁（らくがん）を供えているから、それが喰いたいな。それとぬ

る い茶を」

「わかった。線香は……」

「まだいらないよ」

勇助は苦笑交じりに応えた。おゆりは仏間に行って仏壇に供えてあった落雁を取り上げた。

「どうするんだえ」

おまつは怪訝そうに訊いた。

「勇ちゃんが、少し食べたいって」

「そうかえ……落雁を食べたら薬湯を飲ませてやっておくれな」

「ええ」

「おゆり、勇助は大丈夫だろうか」

「あたし、今夜はこっちに泊まるから、おっ母さんはゆっくり寝てね。明日からまた、忙しいことになるかも知れないから」

おゆりは意味深長な言い方をしたが、おまつは勇助の看病疲れが出ていたせいか、さして気にするふうもなかった。

勇助に落雁を食べさせた後、おゆりはそそくさと晩めしを済ませ、それから、ずっと勇助の傍にいた。勇助が生まれてから今までのことを二人は話し合った。実家の祖母も、神田佐久間町の祖母も、すでに鬼籍に入っていた。この二人の最期は静かなものだった。勇助の加護を今さらながら感じる。

「姉ちゃんはたくさんの孫ができるよ。皆、お祖母様と慕ってくれるわな」

勇助は、なおもおゆりの将来のことを、あれこれと告げる。

「勇ちゃん、もう先のことは言わなくていいよ。それはあたしと、うちの人が考えることだから。たとい、不幸に遭っても、勇ちゃんが見守ってくれていると思えば、何も怖いことはないもの」

「姉ちゃん、おっ母さんになって強くなったね」

「そう？　勇ちゃんに褒められた。嬉しいな」

「仏壇に毎日ままを供えているかい」

「ええ。時々、忘れてお姑さんに叱られることもあるけどね」

「時々なら忘れても構やしないよ。忙しかったら、墓参りも無理にすることはない。肝腎なのは死んだ者のことを時々、思い出してやることさ」

「勇ちゃん、のの様なのに墓参りをいらないって言うのは語弊があるのじゃない？」

「いいんだよ、心があれば」

勇助は落雁をうまそうに食みながら応える。

もっとたくさん話をしたかったのに、勇助を目の前にすると、言葉は途切れがちだった。

そうして、障子の外が僅かに白っぽくなった夜明け、「姉ちゃん、そろそろ逝くよ」と、勇助は声を掛けた。

「もう？　もう逝くの？」

「いつまでこうしてても切りがないからね。弔いで姉ちゃんにまた迷惑を掛けると思うから」

「そんなこといいのよ」

「姉ちゃん、今までありがとう」

勇助はふわりと笑った後で、ことりと首を傾げ、そのまま動かなくなった。

おゆりは、しばらく勇助の顔を見ていた。

不思議に涙は出なかった。次の世も、またその次の世もきょうだいになると勇助が約束してくれたからだ。おゆりはおまつが様子を見に現れるまで、もの言わぬ勇助の顔をじっと眺めていた。


本所の埋め堀を幼い勇助は夢堀と呼んだ。

御厩河岸から大川を隔てた向こうに夢堀はある。しかし、おゆりはその後、御厩河岸の渡しから本所へ行って夢堀を見る機会はなかった。

その眼で見ていないから、夢堀への想像は却って膨らむ。そこはおゆりにとって、幽玄の心地のする美しい堀に思えてならない。

子供達を連れて神田佐久間町のおまつの実家を訪れる途中、おゆりは御厩河岸の渡し場の傍を通る。すると決まって勇助を思い出した。

御厩河岸の向こうにある夢堀は今も、これからもあるだろう。勇助の前世の記憶がある場所だった。

前世の記憶など、なくても一向に構わないと、おゆりは思う。人はこの世で生きるのがすべてだからだ。

おゆりは子供の手を引いて道を急ぐ。

「姉ちゃん」という可愛い声は、勇助のものなのか、武次が姉のおきたに呼び掛けるものなのか、時々、おゆりは判断に迷う。

勇助はいつも自分の傍にいるから、見守ってくれているから、ちっとも寂しくないと、自分の胸に言い聞かせる。けれど、決まって眼は濡れる。

寂しいと言ってしまえば、いっそ楽だ。それでもおゆりは勇助との約束を守って、悲しい顔を周りには見せず生きていこうと固く肝に銘じているのだった。

蝦夷錦（えぞにしき）

一

江戸が夏の季節を迎えると、浅草田原町二丁目の古手屋「日乃出屋」は見世の軒下に、もの干し竿を渡し、そこへ衣紋竹に通した古着を吊り下げる。品物を外に出すことで通り過ぎる客の目を引くし、また虫干しにもなる。

日乃出屋は普段でも古びた臭いが漂っている。人が一度身につけた衣服は、どんなにきれいに見えても汗と埃が滲みついている。一着だけなら特に気にならないが、これが束になると、新品とは明らかに違う古びた臭いが鼻につく。

また店座敷にぶら下げた古着は外から流れ込む風を遮るので、見世の中には熱気がこもる。夏は頭がくらくらするほどの暑さだ。土間口の戸を開け放ち、品物を幾らか外に出すことで狭い見世に風が通るのだ。この季節は見世の外に床几を出し、そこに座って商売をすることも多かった。

軒下の古着が風に揺れる様は何やら風情があると日乃出屋の主の喜十は思っているが、

時々見世に訪れる北町奉行所隠密廻り同心の上遠野平蔵は「ゆらゆら案山子」だと笑う。いけすかない男である。

七月十日のその日は金龍山浅草寺の四万六千日の参詣日に当たった。暑さもこの夏一番のように感じられる。軒下の古着はゆらゆら案山子どころか、ゆらとも動かない。

この日浅草寺に詣でれば四万六千日参詣したのと同じ功徳があると言われている。

夏の季節はどうしても参詣客の出足が鈍るので、寺は賽銭目当てに苦肉の策を考えたのだろう。

喜十の女房のおそめは、人出の少ない朝方にさっさと四万六千日のお参りを済ませた。

それでも雷門から本堂に辿り着くまで、いつもより時間が掛かったという。これからお参りをする人は身動き取れない状態になるだろうと、眉根を寄せて喜十に話していた。お前さんもお参りするなら早めにいってらっしゃいまし、おそめは言ったが、喜十にそのつもりはなかった。

四万六千日の功徳があると言っても、江戸の人間がこぞって押し寄せたんじゃ、本尊の聖観音様は面喰らうというものだ。だいたい、一日で四万六千日分の功徳を受けたいなんざ、図々しいにもほどがある。ずるだ。

喜十は神仏から格別の功徳を受けたいと思っていない。普通で結構だ。それを言うと、おそめは「相変わらずおかしな人」と、笑った。

おかしな人と言えば、おそめが浅草寺に行っている間に、ちょっと変わった客が来た。五十絡みの夫婦と二十歳ぐらいの娘らしいのが日乃出屋にやって来て、赤ん坊に着せる夏物の着物はないかと訊いた。娘は背中に赤ん坊を背負っていた。

喜十は店座敷の棚から一ッ身（赤ん坊の着物）を何枚か引き出して客に見せた。

「あら、愛らしい柄だこと。およし、これなんかどうだえ」

母親は紺色の地に金魚の柄が入った単衣を、後ろに立っている娘に見せて訊く。父親は、背負われている赤ん坊の頭を撫でた。喜十はそれを何気なく見ていたが、次第に背中がぞくぞくするような悪寒を感じた。

赤ん坊と思っていたのは人形だったからだ。娘が十やそこいらの子供だったら、喜十もそんな気持ちにはならなかったろう。もはや人形など必要のない大人の娘だったから異様な感じを受けたのだ。

両親は、あたかもその人形を生きている赤ん坊のように扱っていた。それは娘のためでもあるらしかった。そっと娘の表情を窺えば、虚ろな眼をして、どうやら普通ではない様子だった。

きっと何かの事情で子を亡くしたためにそうなってしまったのだろう。両親は赤ん坊の代わりに娘に人形を与えて気持ちの安定を計っているのだ。また、そうする内に両親も人形に情愛を感じるようになったらしい。

仔細を問うことなど、とても喜十にはできなかった。喜十は平静を装って商売をした。娘は最初に母親が目を留めた金魚の柄の単衣と、でんでん太鼓や独楽など、子供のおもちゃの柄が入った浴衣を気に入ってくれた。

客が引き上げると、喜十の顔には、どっと汗が噴き出した。やり切れないため息も洩れる。

浅草寺から戻って来たおそめは、店座敷でぼんやりしていた喜十に「お前さん、どうしたの」と、怪訝な顔で訊いた。

おそめは怖がりだから、変わった客の話をすれば夜に眠れなくなりそうだ。喜十は「いや、一ツ身が二枚売れたよ」と応えただけだった。

変わった客は、それだけではなかった。中食におそめと素麺を食べていた時、武家の男が見世に訪れ、品物を買い取ってほしいと言った。普段、日乃出屋は買い取りをしないことになっているが、男の切羽詰まった表情を見て、つい「拝見致します」と応えてしまった。ところが、男が風呂敷包みから取り出したのは着物でなく端切れだった。

「お武家様。うちは古手屋なので、端切れの類は扱っておりません。あいすみません」とやんわりと断ったが、男は「これはただの端切れではない。よく見ろ。全体に縫い取り（刺繡）をした非常に高価な品なのだ」と、重々しく言った。

「そうおっしゃられても……」

喜十は弱った顔で端切れに眼を落とす。元は着物であった物をわざわざ解いたようだ。どうせなら解かない方がいいのに、と喜十は内心で思った。確かに茶色の地に龍と、名前の知らない花か草の柄の縫い取りが入った布は高価な品に見えた。古手屋商売を長く続けている喜十にも初めて目にするものだった。しかし、それに買い手がつくとは思えなかった。日乃出屋は町人相手の古着屋なのだから。

「お武家様、いかに高価なお品でも手前の見世ではお引取りできません。申し訳ありませんがよそを当たって下さいませ」

喜十はすまない表情で頭を下げた。男はそれとわかるほど意気消沈した。三十そこそこの年回りで、陽に灼けた顔をしている。どこかの藩の江戸詰めの家臣だろうかと喜十は思った。江戸に滞在している間に小遣いに不足を覚えて手持ちの品を売る気になったのだろう。

「やはり駄目か」

男は諦め切れない様子で言う。

「お役に立ちませんで」

喜十は断りの言葉を繰り返した。男はそのまま見世から出て行った。がっくりと肩を落とした後ろ姿が気の毒だったが、喜十にはどうしてやることもできなかった。

二

上遠野平蔵が日乃出屋を訪れたのは四万六千日の参詣日からひと廻り（一週間）ほど経った夜のことだった。

残暑が厳しく、夜になっても暑さは衰えなかった。

「あつ、あっつう！」

上遠野は日乃出屋の土間口前で大袈裟な声を上げた。喜十はその声に気づくと、ぶら下げた着物を掻き分け、顔を出した。外に出していた品物は中に入れたが、まだ五つ（午後八時頃）前だったので、暖簾はそのままにしていた。日乃出屋は四つ（午後十時頃）まで見世を開けている。

上遠野は単衣の着流しで、頭を手拭いで覆い、背中に風呂敷包みを背負った恰好だった。

手にしていた団扇を忙しなく動かして襟元に風を送っていた。聞き込みをした帰りでもあったのだろう。

町奉行所の隠密廻り同心は時に変装して事件の探索に当たることが多い。

「これは旦那。お務めご苦労様です。どうぞ中へ」

喜十は如才なく内所へ促そうとしたが「お前の所は暑くて敵(かな)わぬ。おお、お誂(あつら)え向きに床几がある。ここでよい」と、上遠野は応えた。

「さいですか。お～い、おそめ。上遠野の旦那がいらしたから冷たいものを頼むよ」

喜十は奥へ声を掛けた。蚊の鳴くような返答が聞こえた。

「お暑いのに、てェへんですね」

床几に座り、首筋の汗を拭う上遠野に喜十は言う。隠密廻り同心は事件となれば、暑さ寒さをものともせず市中を探索しなければならない。もっとも、仕事となったら誰でも四(し)の五(ご)の言ってはいられないが。

「おうよ。このくそ暑いのに余計な仕事は増える一方だ。これで三十俵二人扶持(ににんぶち)の禄(ろく)とは安過ぎると思わんか」

上遠野はぼやく。

「ごもっともで」

喜十は相槌(あいづち)を打つ。ほどなく現れたおそめは盆に湯呑(ゆのみ)を二つ載(の)せていた。

「お務めご苦労様です。上遠野様、これから八丁堀へお戻りですか」

おそめは床几に湯呑を置きながら訊く。流水の柄の涼しげな単衣は先日、喜十がおそめに見つけてやったものだ。おそめは大層喜んでいた。それにえんじ色の更紗(さらさ)の帯がよく似合う。髷(まげ)につけたてがらも着物に合わせた薄みず色だった。

「ああ、これから戻るところだ。お内儀（かみ）、日乃出屋は暑苦しい見世だが、お内儀は涼しい風情でなかなかよろしい」

上遠野はおそめを持ち上げる。

「相変わらずお世辞がよろしくて」

おそめはそう言ったが、まんざらでもない表情だった。上遠野はおそめに限らず女の受けがよい男だった。

「お話が長引きそうでしたら、ご遠慮なくお泊まり下さいまし」

気をよくしたおそめは余計な愛想をする。

喜十は微妙な目配せをしたが、おそめは意に介するふうもなかった。

「そうしたいのは山々だが、本日は仕事が立て込んでおるので遠慮致す」

そう応えた上遠野に、喜十は安堵（あんど）の吐息をそっとついた。

「そうですか。それではごゆっくり」

おそめは名残り惜しそうに中へ引っ込んだ。

茶だと思ったものは酒だった。勢いよく口にして喜十は思わず咽（む）せた。

「何んだよ、酒かい。それならそうと言えばいいのに……」

喜十はぶつぶつと独り言を呟（つぶや）いた。

「お内儀は気を利（き）かせたのよ。いい女だ。お前にはもったいない」

「何をおっしゃいますか。夫婦となったら他人にはわからない苦労が色々ありやすよ」

「ほう、どんな」

「どんなって……」

途端に喜十は言葉に詰まる。声が小さいから何を言ってるのか聞こえない時があるとか、訳もなくさめざめ泣いている時は、どうしてよいかわからないとか、喜十は硬めのめしが好きなのに、おそめはいつも歯ごたえのない柔らかいめしを炊くだとか、そんなつまらないことは言えなかった。上遠野は喜十に夫婦の苦労などある訳がないという表情で言葉を続けた。

「お前の所は仲睦まじくて羨ましい。わしは家内から優しい言葉を掛けられたこともない。家内は実家の母親にわしのことをうすばかげろうと言ってるらしい」

「うすばかげろう？」

「樹に止まっていると、人に気づかれないからよ」

「旦那はお仕事柄、普段から人目に立たないように動いておりやすが、奥様にそうおっしゃられては旦那の立つ瀬もございませんね」

つかの間、喜十は上遠野に同情する気持ちになった。

「だがよ、喜十。うすばかげろうは幼虫の頃、蟻地獄と呼ばれている。それをどう思う」

喜十の顔色を窺う上遠野に得意そうな色が感じられた。

「奥様はそれをご存じで旦那をうすばかげろうとおっしゃったんですかい？　それでしたら大したものです」

上遠野はふふと笑っただけで応えない。何んのことはない、のろけ話を聞かされたのだと喜十は鼻白んだ。

「ご馳走様でございます」

喜十がそう言うと、上遠野は愉快そうに声を上げて笑った。

「ところで、最近、妙な品物を持ち込んだ客はおらぬか」

上遠野は急に真顔になって言った。

「妙な品物とは？」

「だから、そんじょそこらでお目に掛からない妙な品物だ」

「そうおっしゃられても、わっちには何んのことやらさっぱり」

喜十の返答に上遠野はちッと舌打ちした。

「さる大名屋敷の家臣が国許から江戸へ出て来ていたそうだ。そいつは国許で何か不始末をしでかしたらしい。詳しい事情はわからぬがの。そいつは藩の献上品を藩庫から盗んでやって来たという。何しろ高価な品であるゆえ、藩は必死でそいつの行方を捜したが、とんとわからなかった。ところが、つい昨日、そいつの亡骸が見つかった。何者かに斬られていたらしい。下手人はわからぬ。藩にとって、ふとどきな家臣が死んだところで、どういうこともない。問題はそいつが盗んだ品物だ。それが見つからぬ。質屋か古手屋に曲げたことも考えられるゆえ、内与力様より探索を頼まれたのだ」

内与力は奉行に直属している与力で、奉行の内々の御用を承る。

「しかし、旦那。どうして大名屋敷内のことを町方が探るんで？」

喜十は解せない表情で訊く。本来、町奉行所は江戸に住む町人の取り締まりが主で、大名屋敷内は支配違いになるからだ。

「話せば長くなる」

上遠野の声にため息が交じった。

「お話を伺わなければ、わっちはお役に立つことはできやせんぜ」

喜十は半ば脅すように言った。上遠野は自分の仕事に忠実だが、中身をはしょって喜十に手伝わせようとする。喜十にはそれがおもしろくない。これまでも上遠野は衣服絡みの問題が起きれば喜十を頼ってきた。

最初は訳もわからず、言われた通りに聞き込みをし、そこから得た話を上遠野に伝えていた。その話が的を射ていれば「いや、お蔭で助かった」と上遠野は礼を言う。だが、聞き込みをしている内、喜十にも疑問な点があれこれと浮かんでくる。それを少しでも上遠野に訊ねようものなら「お前が知らずともよい、余計なことは訊くな、これはお上の御用なのだ」と、けんもほろろに突き放す。

喜十の胸の中にはそうした疑問点が澱のように溜まり、夜も寝られなくなった。

喜十は事件の概要を上遠野が語ってくれるのでなければ仕事を手伝わないと心に決めた。

自分は、上遠野のあやつり人形ではない。また上遠野の仕事を手伝わなければならない義理もない。見掛けは温厚だが、喜十は存外に頑固な面を持っていた。

そんな喜十に上遠野も渋々折れ、お務めに差し障りのない程度に事件のことを話してくれるようになったが、それでも喜十が催促しなければ、相変わらず黙っているつもりなのだ。

だいたい、この度のことでも高価な献上品をさる大名屋敷の家臣が盗み、その家臣は死んだが献上品が見つからない、古手屋か質屋を探れとはあまりに乱暴過ぎる。さる大名屋敷とはどこを指しているのか、献上品とはどのような代物なのか、さっぱり要領を得なかった。

「これは内与力様からの内々の御用なのだ。それゆえ他言無用と釘を刺されておる」

「さいですか。それでは旦那がお一人でおやりになればよろしいでしょう。わっちの出る幕でもござんせんよ。質屋や古手屋に聞き込みをするのに、わっちでなければならねェという理由もありませんからね」

「喜十……」

上遠野は途端に心細い表情になった。

「わしを困らせるな」

「困らせちゃおりやせんよ。雲を摑むような話で訳がわからねェと言ってるだけです。お偉いさんの内密の御用に、たかが古手屋の親仁が首を突っ込むこともねェでしょうから」

喜十は次第に腹が立ってきた。

「お前さん……」

おそめが心配顔で出て来た。

「大きなお声を出してはご近所に迷惑ですよ。それに内密の御用だの、他言無用だのと、聞き捨てならない言葉を往来で遣うなんて」

おそめは二人を交互に見て言う。

「お内儀、申し訳ござらん。したが喜十が悪いのだ。わしの言うことを素直に聞いてくれぬのだ」

上遠野は自分に同情を向けるように言った。

「それはお互い様でございましょう。外の床几に座ってなさるお話でもないように思いますよ。中へお入りになって。お前さん、少し早いですけれど、落ち着きませんから暖簾は引っ込めて下さいまし」

おそめは厳しい表情で応える。おそめの剣幕に恐れをなし、二人はこそこそと中に入った。上遠野はまた、日乃出屋に泊まることとなりそうだ。喜十は詮のないため息をついた。

三

内所は確かに暑かったが、夜になると簾障子を通して庭から幾分、涼しい風も入って来る。行灯の傍に蚊遣りの煙が静かに立ち昇っていた。

やはり、おそめが言う通り、内所の方がゆっくり話ができそうだ。それは上遠野も同様に感じていたらしい。上遠野は単衣の裾を膝の上までたくし上げ、毛脛を見せて冷や酒を口にした。酒のあては小女子の佃煮と茄子の漬物だった。他におそめは上遠野のために小さな塩むすびを三つほど用意した。

「すまぬのう、お内儀」

上遠野は恐縮する。

「いいえ。何もお肴がなくて申し訳ありません。あたしはお先に休ませていただきますよ。その方が、お話がしやすいでしょうから。上遠野様、どうぞごゆっくり」

おそめはようやく笑顔を見せて二階の寝間に引き上げた。

「全くできたお内儀だ。いや、畏(おそ)れ入る。喜十、お前は不満などなかろう」

上遠野は上目遣いで喜十に訊く。

「へい、今のところは。これで子供の一人でも産んでくれたら御(おん)の字なんですが」

喜十に、つい本音が出る。

「子供なあ……しかし、子供は授かりものだからどんなものかのう。その内にできるだろうと呑気(のんき)なことも言えぬし」

「さいです。うちの奴の気持ちを考えると、とてもそれは言えませんよ。その意味じゃ、旦那はお倖(しあわ)せですよ。跡継ぎの坊ちゃんがおいでになるんですから」

「お前も跡継ぎがほしいか」

「そりゃあ……しかし、こうなったら跡継ぎなんて贅沢(ぜいたく)なことは申しませんよ。雄でも雌でもどっちでもいいです」

「おいおい、お内儀は犬猫の仔(こ)を産む訳ではないぞ。口の利きようを知らぬ男だ。しかし、どうしても子ができぬ時は養子を迎えるのも手だぞ」

「養子ですかい……」

そんなことは今まで考えたこともなかった。

喜十とおそめはお互いまだ若いと思っているせいだ。だが、おそめは二十五になるし、喜十は十も年上の三十五だ。そろそろ先のことを考える年になっているのかも知れない。

「ま、それはいいとして、さっきの話の続きを始めよう。この度のことは正直、わしの手に余る。やはり、お前の助けが必要だ。喜十、この通りだ」

上遠野は畳に手を突いて頭を下げた。

「お手を上げて下せェ。旦那らしくもありませんよ。わっちは仔細を話してくれさえしたら、喜んでお手伝いしますよ。蚊帳の外に置かれるのがいやなだけなんで」

喜十の言葉に上遠野は納得したように肯いた。

亡骸で発見された男は蝦夷松前藩の家臣だった。松前藩の江戸藩邸は下谷新寺町にあり、そこは浅草広小路からも近い。

松前藩の藩主は北町奉行所にいざという時の警護を頼んでいた。それは奉行と藩主が昵懇の間柄でもあったからだ。藩が盗まれた品を躍起で探すのには深い理由があった。

「わが国は鎖国政策を採っておるゆえ、異国との交易はしておらぬ。したが例外はある。南の薩摩藩は琉球と交易して反物や畳表などを取り寄せておる。そしての、松前藩は蝦夷（アイヌ民族）との交易を許されておるのだ」

上遠野は酒の酔いも手伝い、口調も滑らかになっていた。

「蝦夷ってのは蝦夷国の蝦夷ですかい」

「いかにも。蝦夷国は蝦夷が住む所ゆえ、そう呼ばれておるのだ。蝦夷は狩猟民族で熊や鹿を獲り、秋は川を上る鮭を獲って暮らしを立てておる。また野山の山菜も彼らの貴重な食料となっておるのだ」

「つまり、松前藩はその蝦夷が獲った物を買い取るか、または物と交換している訳ですね」

「うむ。蝦夷も時代の流れで暮らしが立ち行かなくなっておるのだ。ご公儀は松前藩に蝦夷の撫育（ぶいく）を命じておる。蝦夷は蝦夷国に精通した者達だからだ。彼らの知恵を借りることが、おのずと蝦夷国の発展にも繋（つな）がることになろう。蝦夷は蝦夷国の各地に村を形成しておる。蝦夷国の先のカラフトという島にも蝦夷がおる。そのカラフトは、大陸の山丹（さんたん）（アムール川流域）という国とごく近い距離にあるのだ。山丹人は大陸の品物を小舟に積んでカラフトにやって来るという。カラフトの蝦夷はその品物を買い、藩へ渡していたのだ」

「よくわかりやせん。カラフトは島なんでげしょう？　その山丹人は小舟で海を渡って来るんですかい」

「小舟でやって来られるほど、大陸とカラフトは近いということだ」

上遠野はいらいらした様子で声を荒らげた。

「そいじゃ、松前藩が望めば大陸の品が何んでも手に入るってことですかい」

そう訊いた喜十に上遠野は、つかの間、黙った。

喜十の言葉が図星だったようだ。何んだかきな臭い。

「山丹人が持ち込んだ物の中には豪華な絹織物で拵えた十徳（医者などが着用する上っ張り）などもあったそうだ。松前の殿は上様に謁見する折、その十徳を纏うことがあったのだ。上様が興味を示されると、松前の殿は以後、それを上様に献上するようになった。だが、実際は大陸との交易で得たご禁制の品である。藩はご公儀を欺くため、その衣服がいかにも蝦夷国の産だと思わせるために『蝦夷錦』と呼んで、何んら憚る様子も見せなかった」

少し間を置いた後、上遠野は話を続けた。

「豪気なお殿様ですね」

喜十はぽつりと感想を洩らした。

「ああ、豪放磊落なお人柄らしい。馬術の腕は諸大名中、随一と噂されておる。当然、鷹狩りもお得意で、蝦夷錦だけでなく、上様に鷹も献上しておるという。しかも弁舌爽やかで、議論となったら誰も敵わぬそうだ」

「やりたい放題ですか」

喜十の言葉に上遠野は、はっとしたような眼になる。だが、そのすぐ後に、やるせない吐息を洩らした。

「国許を飛び出した家臣が盗んだ物とは、その蝦夷錦のことですかい」

喜十は察しよく上遠野に続ける。

「その通りだ。奴は藩の非道を訴えるために江戸へ出て来たのだ。だが、当然、藩はそれを阻止しようとしたはずだ。奴に味方する者もいなかった。懐にあった金は底を突き、ついに肝腎の蝦夷錦も手放さなければならない羽目に陥ってしまったのだろう」

「そいじゃ、家臣を斬ったのは藩の追っ手ということになりやすね」

「恐らく……」

「蝦夷錦ってのは、他にもたくさんあるんですよね。でしたら、一着ぐらいなくなっても」

「そうは行かぬ」

上遠野は喜十の言葉を途中で遮った。

「他のお大名の中には松前藩を苦々しく思う方もおられる。蝦夷錦にも疑いの目を向けているはずだ。そんなお大名の手に、もしも蝦夷錦が渡ったとしたらどうなる？」

上遠野は試すように訊いた。喜十は二、三度眼をしばたたいたが、答えはわからなかった。どうなるのだろう。

「そのお大名は蝦夷錦をためつすがめつして調べるだろう。その結果、蝦夷錦がわが国の産ではないと結論づける。そして松前藩が異国と不当な交易をしているのではあるまいかと疑問を持つ。その疑問が真実となったあかつきには、松前藩は最悪、改易（取り潰し）の憂き目を見るやも知れぬ。しかし、そうなった時、上様のお気持ちはどうなる。

不当な交易品を献上された上様は」

上遠野は憤った声で言った。

「不当な交易品と見抜けなかった上様の眼は節穴だと、蝦夷錦を調べなすったお大名は侮るかも知れませんね」

「その通りだ」

「しかし、本当に蝦夷錦は不当な交易品なんですか」

「カラフトの蝦夷に藩は交易を強要していた節もあるのだ」

「あちゃあ」

「表向きは運上金として蝦夷錦を取り立てていたようだ。だが、カラフトの蝦夷に大陸からの高価な品物の代金は易々と払えぬ。山丹人は代金をツケにして交易品を引き取らせていた。そのツケが溜まれば」

上遠野は言葉尻を呑み込んだ。やり切れない表情で冷や酒をくっ、と呷る。

「どうなるんですか」

喜十は上遠野の眼をまっすぐに見つめて訊いた。

「カラフトの蝦夷の子供を引き渡すのだ。山丹人は蝦夷の子供を下僕として金持ちの屋敷に売るのよ」

「ひどい話ですね」

「ああ、ひどい話だ」

「その事情はどうしてわかったんですか」

「ご公儀の隠密御用の役人が蝦夷国へ渡り、ひそかに調べを進めた結果、わかったのだ。いずれ、松前藩には何んらかのお咎めが及ぶやも知れぬが、今はそれよりも、なくなった蝦夷錦を取り戻し、上様の体面を保つことが先なのだ」

「なるほど、仔細はようくわかりやした」

「何か手立てがあるか」

「今は何んとも申し上げられやせん。ひとまず、心当たりの見世に聞き込みを致します」

「ぐずぐずしている隙はないぞ」

上遠野は念を押した。

「わかっておりますって」

喜十は笑いながら応えた。喜十の脳裏に端切れを売りに来た男の顔が浮かんでいた。あの端切れが蝦夷錦だったのだろうか。確証はなかったが、そんな気がしてならなかった。

こういう事態になるのだったら、もっと注意して見ておけばよかったと喜十は後悔した。

あれが蝦夷錦だとしたら、松前藩は、よもや解かれて端切れになっているとは思っていまい。もちろん、探索を命じた内与力も上遠野も。男はあの端切れを売ったのだ。間違いない。解いて端切れにしたのは、足がつくのを恐れたためだろう。

（楽屋新道の岩代町辺りを当たるか）

喜十は胸で算段した。その辺りには人形師が多く住んでいる。人形師は人形に着せる着物を小切れ売りから調達する。

小切れ売りの菊良に当たろう。きっと何かわかるはずだ。

暗い天井を見上げて喜十は大きく息を吐いた。それに呼応するように上遠野の鼾が聞こえた。

「旦那、旦那。こんなところで寝てはいけませんよ。ささ、奥の蒲団にお入りなさいやし」

「奥は暑い。ここでよい」

上遠野は眠そうな声で言う。喜十は上遠野の身体に夏掛けの蒲団を被せ、使った皿小鉢を台所の流しに片づけた。

湿気を帯びた暑さが耐え難い夜だった。うなじに手をやると、じっとりとした汗の感触があった。今夜は眠れるかどうか。喜十は吐息をひとつついて、ゆっくりと二階に上がって行った。

四

翌朝、喜十は上遠野と一緒に日乃出屋を出た。おそめに昼までには帰ると言って店番を頼んだ。おそめは喜十と上遠野が険悪な様子でなかったので、安心したように「行ってらっしゃいまし」と笑顔で送り出してくれた。

浅草御門を抜け、浜町堀(はまちょうぼり)に架かる栄橋(さかえばし)を渡り、通旅籠町(とおりはたごちょう)の辻(つじ)まで来ると「旦那、わっちはここで」と、喜十は上遠野に別れを告げた。

「うむ」

上遠野は低く応え、そのまま本町通りを西へ向かう。外濠(そとぼり)まで出て、一石橋(いっこくばし)を渡れば呉服橋(ごふくばし)はすぐ目の前だ。上遠野の勤務する北町奉行所は呉服橋御門内にある。

喜十は上遠野の後ろ姿が小さくなると、人形町通りに折れ、さらに楽屋新道に入った。喜十が予想したように、小切れ屋菊良は端切れをこれでもかと重ねた天秤棒(てんびんぼう)の前で商売をしていた。周りには近所のかみさん連中が群がっている。

菊良は喜十と同じような年頃である。以前は柳原(やなぎわら)の土手にいたこともあるが、実入りが少ないので行商の道を選んだのだ。

「菊さん」

喜十は客に囲まれて商売をしている菊良に声を掛けた。客は近所のかみさん連中がおおかただったが、やけに色の白い男達も交じっていた。人形師をしている男達だろうか。熱心に端切れを物色する様子はかみさん連中と変わらない。

菊良は、本当は菊吉と書いてきくよしと読ませるのだが、字面を見ただけではきくきちになってしまう。菊良はそれがいやで、自分で商売を始める時に今の名前にしたという。

「やあ、喜十さん。久しぶりですね」

菊良は笑顔で応え、喜十の傍にやって来た。

単衣の裾を尻端折りして、白いきまた（下穿き・半だこ）を見せている。笠の代わりに手拭いを二つ折りにして月代を覆い、髷の後ろで結んでいた。

菊良の天秤棒には、三角形の木の台を前後二ヵ所取りつけてある。客に呼び止められた時は、そのまま地面に下ろしても倒れない仕組みになっている。だが、端切れを重ねた天秤棒の目方は十貫目（三十七・五キロ）以上もあるだろう。それを毎日担いで商売をしているのだから大変だ。菊良の肩には硬い胼胝ができている。

「相変わらず繁昌しているようだね」

喜十も笑顔で言った。

「なあに、端切れの売り上げなんざ、高が知れてますよ。今日はこっちに用足しですかい」

　菊良は陽に灼けた顔をほころばせて訊く。男前ではないが愛嬌のある顔である。

「まあ、そんなところだが、あんたの顔を見て、ちょいと訊きたいことを思い出した」

「何んです？」

「わっちと立ち話をしては商売の邪魔になるんじゃないのかい」

　喜十はそっと菊良を慮る。菊良はちらりと後ろを振り返ったが「なあに、あっしは今さっき来たばかりなんで、客が品物を決めるまでまだ掛かりますよ。上から下まで捲って見なけりゃ、皆、気が済まねェ。好きにさせておきますよ」と、鷹揚に言った。

「そうかい。そいじゃ菊さん、近頃豪華な縫い取りのある布を買い取らなかったかい。確か龍の柄が入っていたと思うが」

　そう言うと、菊良は笑顔を消した。

「それがどうかしやしたかい」

「どうも大名屋敷から盗まれた品らしいのだ。八丁堀の旦那に心当たりの見世に訊いてくれと頼まれたんだよ」

「端切れの盗品ですかい」

「いや、元は十徳だったものを、盗んだ奴がばらしたようだ」

「……」

「覚えがあるんだね」

黙った菊良に喜十は続けた。

「へ、へい……侍が持ち込んで来やした。珍しい品物だったんで、これなら高く売れると踏んで引き取りやした。しかし、まさか盗品とは……悪い奴には見えませんでしたが」

菊良は悔しそうに唇を嚙んだ。

「で、それは今、あるのかい」

喜十は色めき立って早口に訊く。だが菊良は力なく首を振った。

「大伝馬町の提灯問屋のお嬢さんに売りやした。何んでも子供の蒲団の皮にするとおっしゃっておりやした」

「幾らで売った？」

「へい、一分（一両の四分の一）で……」

「結構な値じゃないか」

喜十は驚いた。子供の蒲団の皮にするのに一分も出す客がいるのかと思った。

「ですが、あっしは二朱（一両の八分の一）で買い取ったんですぜ。それぐらいで売らなきゃ、割に合いませんって」

菊良は必死の形相で言い訳する。

「わかった。そういうことなら、わっちがこれから行って買い戻すことにするよ」

「喜十さん、盗品を売ったあっしにお咎めがありますかねえ」

菊良は買い戻すと言った喜十に慌てて訊く。

「さあ、それは……」

どうなるかは上遠野に訊いてみなければわからない。質屋などは盗品とわかれば没収され、用立てた金は戻らない。ふと、自分が蝦夷錦を買い戻すために出した金は後で戻るのだろうかと不安になった。上遠野は、自腹で立て替えてくれる男ではなかったからだ。

思案顔をした喜十に菊良は「買い戻しの金はあっしが出します。その代わり、喜十さん、うまく取りなして下せェ」と、言った。

「しかし、それじゃ、あんたが二朱を損する」

「いいんですって。二朱で自身番に引っ張られずに済むなら安いもんです」

菊良は少々損をしても面倒に巻き込まれるよりましだと思ったらしい。

「そうかい。それならできるだけのことはするよ。うまく行けば二朱は取り戻せるかも知れないが、あてにしないで待っていてくれ」

「承知しやした」

菊良はそう言った後で巾着から一分を取り出して喜十に渡した。

「矢立を持っているなら、受け取りを書くよ」

「とんでもねェ。喜十さんのことは信用しておりやすから」

「そうかい、ありがとよ。おっと、肝腎の提灯問屋の屋号を聞いていなかった」

「へい、大津屋さんです。大伝馬町の二丁目に店を構えておりやす。結構でかい店なんで、すぐにわかると思いやす」

「わかった。あんたとここで会って手間が省けた。恩に着るよ」

　喜十は笑って礼を言った。

「こっちこそ、すんでのところで痛い目に遭わずに済みましたよ。また何かあったら声を掛けて下せェ。あっしは三日に一度はこの辺りをうろついておりやすんで」

　菊良はそう言うと、喜十に背を向け「きれ～端切れ。小切れ～断ち切れ」と、触れ声を上げた。二朱の損を取り戻そうとするかのように、その声は通りに大きく響いた。

　喜十は楽屋新道から堀留町を抜け、大伝馬町二丁目の通りに出た。その界隈は問屋街となっており、様々な商売の問屋が軒を連ねている。

　提灯問屋の大津屋はすぐに見つかった。間口四間半の大きな店で、看板代わりの大提灯に大津屋の字がなぞり書きされていた。店の中をひょいと覗けば、店座敷と言わず、壁と言わず、高張り提灯、箱提灯、軒提灯、ほおずき提灯、小田原提灯など、大小様々な提灯が所狭しと飾られている。また、店座敷の隅は提灯職人の仕事場になっており、二人の職人が作業している姿も眼に入った。

「お越しなさいまし」

店の手代らしい男がきょろきょろしている喜十に声を掛けた。

「手前、浅草の田原町で日乃出屋という古手屋をやっておりますが、ここのお嬢さんが、先日、小切れ売りから子供さんの蒲団の皮にするとかで端切れをお求めになったことがあったそうですが、そのことで、ちょいとお取り次ぎ願えないでしょうか」

喜十は丁寧に言ったつもりだが、若い手代は不愉快そうな表情をした。

「あんた、何を企んでいる」

「企んでいるとは、ずい分なおっしゃりようですな。手前はお嬢さんに、ちょいと話があるだけですよ」

「だから、その話ってのが曲者なんだよ。おおかた、お嬢さんに難癖をつけて金を巻き上げようとする魂胆なんだろう」

喜十は呆れて、まじまじと手代の顔を見た。

初対面の自分に何んだってこう、剣突を喰らわせるのか理由がわからなかった。

「どうなんだ、え？　答えやがれ！　手前ェ、足許を見やがって、このッ！」

仕舞いに喜十の襟元を両手で摑んで柱に押しつける。喜十は何が何んだか、さっぱりわからず、眼を白黒させるばかりだった。

「手前ェがどんな奴か面を見ただけでわかるんだ。さあ、吐け。いってェ、どんな企みをしていやがる」

喜十は腕を振り解こうとしたが、二十歳そこそこの手代の力は強かった。店にいた者は黙ってなりゆきを見ているだけで止めようともしなかった。

「平助（へいすけ）、おやめ」

騒ぎを聞きつけ、店座敷に現れた年配の女がようやく手代を制した。

「ですが、こいつは」

「訳も聞かずに乱暴してはいけないよ。腕をお放し」

女はどうやらこの店のお内儀（かみ）らしい。喜十は手代が腕を放すと、大きく息を吐いた。

「息が止まって死ぬかと思った」

喜十は独り言を呟（つぶや）き、乱れた襟元を直した。

「おや、あんたは浅草の古手屋さんじゃなかったかえ」

お内儀は喜十の顔を見て、そう言った。喜十もお内儀をよく見ると、浅草寺の四万六千日の参詣日（さんけいび）に亭主と娘の三人連れで訪れた客だと気づいた。

「あの時のお客様でしたか」

喜十はほっとして、笑顔を見せた。

「いったい、どうしたのだえ」

「どうしたも、こうしたも、この手代さんがいきなり手前に摑み掛かって来たので、訳がわかりませんでしたよ」

「悪かったねえ。いえね、娘のことで色々言って来る人がいるものですから、うちの手代も、てっきりあんたのことをその手の者かと考えてしまったらしい。これ、平助、お詫びをお言い。全く、お前は人を見る目がないよ」

喜十はあの時の娘の様子を思い出して、手代の狼藉に合点が行った。心持ちが普通でない娘をカモにして悪事を企む者がいるのだろう。手代はそれを警戒して先に脅しを掛けたのだ。

「あいすみません。ご無礼のほどをお詫び申し上げます」

手代は慇懃に詫びの言葉を述べたが、その眼にはまだ疑いの色が残っていた。

「わっちの面が悪いんでしょうね。よその町へ行くと、岡っ引きの親分に呼び止められることが多いんですよ。手代さん、わっちはそんなに悪党面しておりますかい」

喜十は冗談めかして手代に訊く。お内儀は口許に手を当てて笑ったが、手代は黙ったまま何も応えなかった。

「で、古手屋さんは何か特別な話でもあったのかえ」

お内儀は改まった顔で喜十に訊いた。

「へい。先日、ここのお嬢さんが菊良という小切れ売りから子供の蒲団の皮にするとかで、縫い取りのある端切れをお求めになりましたね」

「ああ。きれいな柄で、娘も大層気に入った様子だったよ」

「あの品物はちょいと訳ありなんで、できれば買い戻しをお願いしたいのですが」

「買い戻し？ さて、困った。およしが了簡するだろうか」

お内儀は途端に困惑の表情になった。およしという娘があの端切れを気に入ったとすれば、取り上げるのが骨なのだろう。

「ここで立ち話も何んだ。古手屋さん、ちょいと中へ入っておくれでないか」

お内儀は内所へ促した。

「へい、それではお言葉に甘えてお邪魔致します」

喜十はそう応えて履物を脱いだ。平助と呼ばれた手代は、まだ憎々しげに喜十を睨んでいる。喜十はその態度に腹が立ったので、手代の前を通り過ぎる時「ばあか」と捨て台詞を吐いた。提灯を拵えていた職人が、その拍子にぷッと噴いた。

五

大津屋の内所は六畳間ほどだったが、きれいに片づき、障子も襖も新しいので気持ちがよかった。内所に娘の姿はなく、また先日一緒に来た主もいなかった。お内儀は山王権現を祀った神棚を背にして座ると、喜十に座蒲団と冷たい麦湯を勧めた。

「お嬢さんはお留守ですか」

麦湯をひと口飲んでから喜十は訊いた。浅草から歩いて来たので、ひどく喉（のど）が渇いていた。冷たい麦湯がうまかった。

「おりますよ。坪庭をお散歩しています。坊を背負ってね。うちの人がつき添っているんですよ」

お内儀はため息交じりに応えた。

「坊が人形だってことは気づいていたかえ」

お内儀は探るような目つきで続ける。

「ええ、まあ……」

喜十は曖昧（あいまい）に応えた。

「およしは十八の時に、うちと同業の店の息子と祝言（しゅうげん）を挙げたんですよ。夫婦仲はとてもよかったですよ。でもね、三年経（た）っても子ができなかったんです。向こうのご両親は跡継ぎがほしくて仕方がない様子でした。何しろ一人息子だったもので」

「ここのお嬢さんに、ごきょうだいはいらっしゃるんですかい」

「ええ、うちは幸い、およしの上に息子が二人おります。娘はおよしだけでしたが。ですからね、およしの祝言の時はあたしもうちの人も泣きの涙でしたよ」

お内儀は涙で潤（うる）んだ眼で応えた。

「さぞ可愛がって大きくされたのでしょうね」

「そりゃあ、もう」

「子ができないためにお嬢さんは嫁入り先から戻されたんですかい」

「そうなんですよ」

「しかし、子供は授かりものですから、十年も暮らした夫婦にぽっかりできることもありますよ。三年やそこらで見切りをつけられるのはたまりませんねえ」

「お前さんもそう思っておくれかえ」

「ええ。お嬢さんがお気の毒ですよ」

「だが、向こうのご両親が得心しなかった。娘はここに戻ってから塞ぎ込んでしまってねえ、挙句の果てに、あんなふうになっちまったんですよ。上の息子が不憫がって、市松人形を買って来ると、およしはそれを自分の産んだ子だと思うようになったんです。それで落ち着いてくれるのなら御の字だと、あたしらは思っていたんですが、でもねえ……」

「色々不都合も起きたという訳ですかい」

「ええ。およしは季節ごとに坊に着物を着せたがり、あんな娘だから、目についたものをお金も払わずに持って来てしまうんですよ。あたしとうちの人が、とにかく品物を買う時はお金を払うんだと口酸っぱく言って聞かせましたよ。すると今度は法外な値をつけられたり、払ったはずの代金をまた請求されたりするようになったんです。もう、とにかく目離しできなくてねえ。あたしらが生きている内はいいけれど、先のことを考えると、夜も眠れないことがあるんですよ」

「お気持ち、お察し致します」

　喜十は低い声で言った。

「それで、およしが買った端切れを返してくれとは、どういう訳なんだえ」

　お内儀は話を元に戻して訊いた。

　喜十は大津屋の娘の買った端切れが大名屋敷から盗まれたものなので、屋敷に戻さなければならないと、簡単に事情を説明した。

「盗品だったのかえ。それじゃ仕方がないことだが、あんた、およしを了簡させておくれでないか。あたしが言っても素直に聞く娘じゃないから」

「わ、わっちが？」

　喜十は慌てた。

「ああ、他人様の前じゃ、少しはおとなしいからさ」

「…………」

　頑是ない子供からおもちゃを取り上げるようなものだ。だが、喜十は、いやとは言えなかった。娘を納得させなければ蝦夷錦は戻らない。

「うまく行くかどうかわかりませんが、お嬢さんを説得してみます」

喜十が応えると、お内儀は内所を出て行き、娘を呼びに行った。ほどなく、娘は父親と一緒に内所にやって来た。背負っていた人形を下ろして、腕に抱える。娘は小花を散らした柄の絽の着物に紺色の夏帯を締めていた。

この間は気づかなかったが、改めて見ると娘は結構な器量である。だが、虚ろな眼の光は相変わらずだった。

「およし、こちらは浅草の古手屋さんだよ。覚えているだろ？　坊の夏物を買った見世のご主人だ」

およしはこくりと肯き、人形が着ている単衣の袖を摘まみ上げた。それは喜十が売った一ツ身で、金魚の柄が入ったものだ。大津屋は大店だから、人形とはいえ、呉服屋で新品を誂えてもいいはずだ。敢えて古手屋から買うのは、やはり世間の目を気にしてのことなのだろうと、喜十は考える。

「先日はお買い上げいただき、ありがとう存じます。本日はお嬢さんにお願いがあって参じました。小切れ売りの菊良からお求めになった端切れをお返し下さいませんか。あれは大名屋敷から盗まれた品物なんです。お屋敷では必死で探しております。どうぞ、お嬢さん、お願い致します」

喜十は深々と頭を下げた。

「いやよ。あれは坊のお蒲団(ふとん)にするのだから」

　驕慢(きょうまん)な言い方で娘は応える。

「蒲団はお内儀さんが別のものを用意して下さいますよ。あれがなければお屋形(やかた)様が困ることになるのです。それに、お嬢様の手許にあると知れたら、物騒な連中がここへ押し掛けることも考えられます。そうなれば、お嬢さんのお命にも関わります」

「いいのよ、それならそれで。あたしは、いつ死んでも構やしない」

　娘の言葉を聞いて喜十は妙な気持ちになった。死んでも構わないとは、今の自分の立場を十分に理解しているからではないだろうか。とても心持ちが普通でない娘の言葉と思えなかった。気のせいか虚ろな眼が底光りしてきたように見える。

「いつ死んでも構やしない、ですか。まあ、ごもっともで。今のあんたはこの家の厄介者だ。あんたがいなければご両親は安気に暮らせますよ」

　喜十は思い切って言ってみた。

「日乃出屋さん、何んてことを！」

　お内儀はさすがに声を荒らげた。

「大丈夫ですよ。このお嬢さんには何を言っても通じませんから」

　喜十はお内儀をいなすように言った。主はどうしてよいかわからないという態(てい)でおろおろしているだけだった。

「古手屋の分際であたしをばかにして……いいよ、それなら死んでやる。首を縊るのなんて訳もないことよ」

娘は立ち上がった。その拍子に人形が娘の腕から落ち、畳に転がった。泣きも笑いもしない人形は、つぶらな瞳を天井に向けている。

「おお、可哀想に、可哀想に」

主は慌てて人形を抱き上げ、頭を撫でる。

「お嬢さんが自害すれば、坊のおっ母さんがいなくなりますよ。いいんですかい」

喜十は試すように訊いた。娘は鼻先で、ふんと笑った。

「所詮、人形だもの……」

そう言った娘に喜十も立ち上がり「大した役者ですね。気が触れた真似をなさっているのは追い出されたお家に対するいやがらせですかい。それとも、ただの甘えですか。ご両親がどれほどあんたのことで胸を痛めているか考えたことはねェんですか」と、びんびん響く声で言った。

娘の唇がわなわなと震え、仕舞いには、わっと顔を覆って泣き出した。やはり喜十が予想した通りだった。娘は精神を病んでなどいなかったのだ。

「古手屋さん、これはどうしたことですか」

お内儀は訳がわからず喜十に訊く。

「お嬢さんはまともだってことですよ。あまり悲しい目に遭ったんで、実家に戻っても身の置き所がなかったんでしょう。気が触れた振りをしていれば、まだしも気が楽だったんですよ。そうですね、お嬢さん」

「どうしてあたしのことがわかったの？」

娘は涙だらけの顔を上げて訊く。

「いつ死んでもいいとおっしゃったからですよ。心持ちが普通じゃない者にそんな台詞はほざけませんよ。そうでしょ？」

「あなたは本当に古手屋のご主人なんですか。今まであたしのことを見抜いた人は誰一人いやしない」

娘は観念したように言った。

「これでも人を見る目はあるつもりですよ。だが、浅草のわっちの見世に来た時はわかりやせんでした。お嬢さんの演技は堂に入っておりましたからね」

「演技だなんて……」

娘は恥ずかしそうに顔を俯けた。

「いったい、どれほどの間、そんな真似をしていらしたんで？」

「およしが出戻って半年ほど経った頃からですから、こうと、一年近くになりますよ」

お内儀が口を挟んだ。

「結構、意地がありやすね」

喜十は悪戯っぽい顔で言う。娘は照れ臭そうに笑った。

「そろそろ潮時ですよ。済んだことはきっぱり忘れてこれからのことを考えるべきです。お嬢さんはまだまだ若い。これからひと花もふた花も咲かせられますって」

「本当にそう思うの？　お愛想はいらないのよ。子も産めずに嫁入り先から出戻ったあたしに、どんな花が咲かせられるのかしら」

「わっちは、女房とは六年も一緒に暮らしておりますが、まだ子ができる兆しはありません」

喜十がそう言うと、娘は「まあ」と驚いた顔になった。

「女房は可哀想な奴なんですよ。てて親は材木問屋をやっておりましたが、ダチに騙されて借金を背負い、店を潰されてしまいました。それだけならまだしも、てて親は、がっくりと力を落として死んじまったんですよ。母親もてて親の後を追うように半年後に……一人ぼっちになった女房は柳原の土手で首縊りをしようとしたんですよ。まあ、それを助けた縁で、わっちは女房と一緒になったんですがね。首縊りなんざ、するもんじゃありませんよ。女房はそれが原因で、でかい声が出せなくなったんですから」

「そんなお内儀さんでも古手屋さんは離縁せずに一緒に暮らしているんですか」

娘は不思議そうに訊く。

「何んで離縁しなけりゃならねェんですか。女房はちゃんと家の中のことをしてくれるし、商売も助けてくれる。わっちはありがたいと思っているんですよ。まあ、子がないのは寂しいですけど、どうしてもできない時は養子を迎える手もありますからね。あまり深く考えちゃおりません」

「羨(うらや)ましい」

娘はため息交じりに言った。

「お嬢さんには親身に思って下さるご両親がいるじゃねェですか。うちの女房より何倍も倖(しあわ)せなんですよ」

「本当にそうだよ、およし」

お内儀は喜十の意見に同調する。主も深く肯いた。

「お嬢さんを心から思ってくれるご亭主は、きっと見つかります。何しろお嬢さんはきれいですからねえ。やけにならずに、それまでご両親に親孝行して下さいよ。わっちからもお願い致します」

喜十は笑顔でそう言ったが、娘は口許(くちもと)に掌を当てて咽(むせ)び泣くだけだった。

六

大津屋に渡った蝦夷錦は人形の蒲団にするため、さらに細かく鋏が入れられていたが、どういう形になったにせよ、とにかく藩に戻せば事足りると、喜十はそれを風呂敷に包んで持ち帰った。

大津屋のお内儀は買い戻しの一分を受け取らなかった。それは喜十に対する礼でもあったのだろう。

喜十はそれを菊良にそのまま持って行った。

菊良は大層喜び、喜十に一朱の手間賃をくれた。ちゃんと礼儀を心得ている男だった。それに比べ上遠野平蔵は一分で買い戻したと言っても「そうか、物入りだったの」と、知らぬ顔の半兵衛を決め込むつもりだった。

喜十は、むっと腹が立った。

「旦那は内与力様を通じて、松前様からご褒美を頂戴しねェんですかい。一分も遣ったわっちの立場はどうなるんで？」

上遠野はむむっと口ごもった。だが、銭を出す様子は見せない。

「さいですか。旦那は最初っから、わっちに銭を出させて手柄を独り占めする魂胆だったんですね」

「無礼者！」

上遠野はその時だけ侍の威厳を見せる。

「へい、わっちは確かに無礼者でござんす。こんな無礼者の所にはお顔を出さない方がよござんすよ。御身(おんみ)の穢(けが)れとなりましょう。以後、旦那とのおつき合いは平(ひら)にごめんなすって」

喜十はそう言って、二階の部屋に足音高く上がった。おそめが一生懸命、上遠野の機嫌を取っている。早く追っ払え、と喜十はおそめに念を送った。

やがて、階下が静かになったと思うと、おそめが「お前さん、お前さん」と階段の下で呼ぶ声が聞こえた。

「上遠野様はお帰りになりましたよ。降りてらっしゃいましな」

喜十はほっとして、ゆっくりと階下に降りた。

「ほら」

おそめは含み笑いを堪(こら)える顔で、上遠野が使った座蒲団を眼で促す。そこには一分銀がひとつ載っていた。

「上遠野様は、悪い方ではありませんよ。ちゃんとお前さんの掛かりを置いて行ったじゃありませんか」

「黙っていたら知らん顔したんだ、あの人は」

喜十はいまいましそうに言う。

「そうね。でもそれは今までもよくあったことじゃないですか。今さらお前さんが腹を立てることでもありませんよ」

「そうかなあ」

「そうですよ」

「いいことにするか」

「ええ」

おそめは満面の笑みになった。

「おそめ、明日、鰻(うなぎ)屋に出前を頼もうか」

喜十は途端に機嫌のいい声で言う。

「一分が入ったから？」

「ああ」

「でもそれは、お見世のお金から出したのでしょう？」

「違うよ」

喜十は菊良と大津屋の経緯をおそめに教えた。

「じゃあ、お前さんは黙って一分と一朱を手に入れたのね。呆(あき)れた。上遠野様をあれほど詰ったくせに」

おそめは咎める眼で喜十を見る。

「一分は旦那の借金から引いておくさ」

「勝手な理屈だこと」

おそめはぷんと膨れた。だが、ふと上遠野が座っていた辺りに眼をやった。

「あら、何かしら」

座蒲団の下に布のようなものが覗いている。

おそめが摘まみ上げたそれは、およそ三寸四方の蝦夷錦の端切れだった。大津屋から持ち帰った蝦夷錦を上遠野へ渡す時、喜十は、きれいに中身を揃え直した。風呂敷にすべて入れたつもりだったが、それだけがはみ出てしまったのだろうか。

「座蒲団にくっついちまって、気づかなかったのかな」

「そうかも知れませんね。でも、変わった布ですね。綸子でもないし、友禅でもない。生地は絹物のように思えますけど」

「異国のものだよ」

「まあ、異国ですか。道理で」

おそめは感心した表情で蝦夷錦を見つめる。

喜十もおそめの横でしみじみと見た。恐らくは身分の高い者が着ていたのだろう。しっとりした絹地に精巧な縫い取りがしてあるところからも、それが察せられた。だが、その布のために蝦夷の子供が犠牲となった話を思い出すと苦い気持ちにもなった。

美しいものに、むごさがつきまとうのはなぜなのだろう。喜十は蝦夷錦を見つめながら思った。

「これ、いただいてもいいかしら」

おそめは喜十に訊いた。

「そんなもの、どうする」

「お守り袋にするの」

「何んのお守りだい」

「子授け地蔵の」

「………」

「いいでしょう?」

おそめがあまりに無邪気に訊くので、喜十はあやうく涙ぐみそうになった。

「それはご禁制の品だから、持っていることが知れたら大変なことになる。後で上遠野の旦那にお返しするよ」

喜十はおそめの手から奪い取って懐(ふところ)に入れた。おそめは残念そうな顔をしていたが、それ以上は何も言わなかった。

その後、松前藩は藩主の言動にふとどきな点、多々あるとしてお咎めを受けたという話を喜十は上遠野から聞いた。さもあろうと喜十は思ったが、もちろん、余計なことは喋らなかった。上遠野は蝦夷錦の残りを始末せよ、と言ったが、喜十はもったいなくて、捨てることも焼くこともできなかった。おそめが万が一、子供を産んだ時に改めてお守り袋にしてやろうと思った。それまで、押し入れの行李の中に蝦夷錦を眠らせておくつもりだった。

八月に入り、喜十は小切れ売りの菊良から大津屋の娘が店の手代と祝言を挙げると聞かされた。相手の手代は喜十に喰って掛かった平助という男らしい。

(何んだ、あの男は娘に惚れていたのか)

そう思うと、喜十は平助に受けた狼藉も笑って許せる気がするのだった。

仲ノ町・夜桜

一

日本橋の呉服屋で用事を済ませて吉原に戻って来た時、仲ノ町の通りは高田の植木屋が入って桜の樹を植えているところだった。

おとせは四郎兵衛会所の若い者に切手を見せながら、「もう、桜の季節なんですねえ」と、しみじみした口調で言った。

「いつもは「おとせさんに切手はいらねェでしょう」と冗談を言う会所の若い者も「これからひと月は花見ができるというもんです」と乱杭歯を見せて笑った。

吉原に住む女は大門を通行するのに切手と呼ばれる通行証が必要である。遊女の逃亡を防ぐための策であった。遊女以外の女も大門を通行するには切手がいるのだ。四郎兵衛会所の割印を押した半紙型三つ切りの紙片である。切手は五十間茶屋が一括して発行していた。ために五十間茶屋は切手見世とも切手茶屋とも呼ばれる。おとせの切手は奉公している店のお内儀から貰ったものである。三十六のおとせは、どう見ても遊女には見えない。だから会所の若い者は切手など必要ないと、からかうのだ。

おとせは江戸町二丁目の「海老屋」にお針として住み込んでいる。前年の春に亭主の勝蔵を亡くすと、浅草の馬道にある大塚屋という口入れ屋（奉公人の周旋屋）に裁縫の腕を生かせる住み込みの仕事を頼んだ。どこか大店の呉服屋にでもと思っていただけに、吉原の遊女屋を紹介された時、最初は驚いた。

大塚屋の主人は勝蔵と同じ岡っ引きなので、後家になったおとせに格別、便宜を計ってくれたのだ。給金は年に四両、着物と蒲団を縫うのが主な仕事である。遊女の晴れ着を仕立てる時は、給金とは別に二百文から五百文の仕立て料が入るという。中年の女の奉公先としては最高の条件に思えたが、おとせはやはり躊躇した。それは吉原が特殊な場所であったからだ。

勝蔵は八丁堀の同心の伴をして何度も吉原に行ったことはあるが、おとせは一度もない。

そこは素人の女が足を踏み入れる場所ではないような気がしていた。

おとせには鶴助という二十歳になる息子と十八歳の娘のお勝がいる。お勝は勝蔵が亡くなる前年に大工の棟梁の息子の所へ嫁に出していた。勝蔵にお勝の花嫁姿を見せてやれたことが、おとせにとっては、せめてもの救いだった。

勝蔵は春先のある夜、具合が悪いと言って晩飯もあまり食べずに早々に蒲団に入った。

朝になって気がつくと、すでに身体が冷たくなっていたのだ。突然のことに、もちろんおとせは動転した。近所の医者は深酒が祟り、心ノ臓がいけなくなっていたのだろうと言った。

この先、どうしたらよいのか、おとせは途方に暮れる思いがした。しかし、死んだものは仕方がない。当分は鶴助と二人暮らしを続けるつもりだった。ところが勝蔵の四十九日が過ぎると、鶴助は所帯を持ちたいと切り出した。鶴助は岡っ引きを嫌って呉服屋に奉公して、ようやく手代になったばかりだった。

まだ早いのじゃないかと諭したが、鶴助はやけに祝言を急いでいる様子だった。聞けば奉公している呉服屋・越後屋の女中と相惚れになり、あろうことか腹に子ができているという。そうなっては否も応もなく一緒にさせるしかなかった。しかし、嫁を迎えるにしても裏店のひと間暮らし。新婚夫婦とおとせが枕を並べて眠るというわけにはいかない。

かと言って鶴助には、一軒家を借りるだけの甲斐性は、まだなかった。おとせは仕方なく別に暮らすための奉公先を探したのだ。

吉原でお針の仕事があると鶴助に相談すると、反対するどころか、おっ母さんはまだ若いから、たまにはそういう所で働いてみるのもいいかも知れないと、あっさり言った。

心底、気落ちした。嫁になる女が決まると母親は二の次になるものかと情けなかった。

おとせは半ば自棄(やけ)のように、その仕事を引き受けたのである。海老屋に住み込んで、最初はろくなおかずもつかない食事に閉口したし、仕事の手順がわからず、古参のお針の意地悪もこたえたが、そこは年の功、半年経(た)った今ではすっかり慣れた。
「おとせさんに頼みんす」と名指しで仕事を任せてくれる遊女も一人、二人と増えている。おとせは裁縫の仕事ばかりでなく、遊女達の買い物なども気軽に引き受けるので重宝されていた。

正月に一度、おとせは自分の裏店に戻った。

台所はすでに鶴助の女房のおまなが使いやすいように並べ換えられていて、おとせは箸(はし)や茶碗のある場所さえわからなかった。

おまなは、おっ義母(か)さんにご苦労掛けて申し訳ありません、うちの人の給金が上がったら、きっと広い所に移って、おっ義母さんをお迎えに行きますから、と殊勝なことを言っておとせを喜ばせた。二月の初めに孫が生まれた。男の子で才蔵(さいぞう)と名付けられた。おとせは才蔵のためにも、せいぜい、頑張ってお金を貯(た)めようと決心している。

吉原では毎年、三月の初めに桜を植え、晦日(みそか)には根こそぎ取り去ってしまう。翌日にはもう、菖蒲(しょうぶ)が咲いているという具合である。

人の手の入った桜でも、大門口から水道尻(すいどじり)までの桜並木は美しい。いや、人の手が入っているからこそ、なおさら美しいのかも知れない。仲ノ町の桜は、まるで吉原の花魁(おいらん)、新造のようだ。形を揃え、美しさを調えたものばかりが集められる。そして、花が散る頃には、さっさと取り払われるのだ。

吉原に暮らすようになって、おとせは季節を強く意識するようになった。正月の松飾り、二月の初午、三月の桜、四月の菖蒲、五月は川開きの花火を眺める趣向、六月は吉原田圃の富士権現の祭礼、七月は七夕、八月の八朔、九月の月見、十月の玄猪、十一月は防火のまじないの蜜柑投げ、師走の煤払い、餅搗き。何んの彼んのと客を呼び寄せるために引手茶屋も遊女屋も腐心するのだ。おとせは秋から海老屋に奉公していたので、桜の季節は知らなかった。ひどく楽しみにしていた。植木屋が植えている桜の丈は高からず低からず、見世の二階から眺めてちょうどいい具合である。これが世に言う仲ノ町の夜桜となるのだ。

青竹の垣根を巡らし、根元には山吹の花を植える。そして所々、雪洞を立てるのだ。雪洞の仄灯りに照らされて白く浮かび上がる桜はどれほど美しいだろう。この桜を植える費用は遊女屋と引手茶屋、見番で負担されていた。

おとせが桜を横目で見ながら海老屋に戻る途中、やはり植木屋の職人の仕事を眺めていた福助に気づいた。

「福助さん、見物でございますか？」

おとせは福助の背に気軽な言葉を掛けた。

福助は驚いた顔で振り返ると、すぐに白い小粒の歯を見せて笑った。

「おとせさん、お帰りなさい」

福助は丁寧に頭を下げてそう言った。福助の本当の名は富士助（ふじすけ）と言うのだが、縁起物の福助に似ているところから福助と呼ばれている。少し頭の遅い若者であった。年は十七、八にもなっていようか。おとせは福助の正確な年を知らない。海老屋の遊女が生んだ子供である。そういう子供は早晩、よそに貰われて行くものだが、あまりの可愛らしさに海老屋の主人もお内儀も男禿（かむろ）に仕立てるべく手許に置いたのだ。ところが福助は五歳になっても歩けず、言葉も喋らなかった。様子が違うことにようやく気づいたものの、海老屋の夫婦は福助に情がすっかり移って手放す決心ができなかった。そのまま見世で育てたのだ。今は張り見世の時刻になると衣服を調え、訪れる客に挨拶をし、数寄者（すきしゃ）の客には薄茶（うすちゃ）を点（た）てるのが主な仕事であった。

不思議なことに福助が生まれた頃から海老屋は繁昌するようになったという。だからお内儀は福助のことを、うちの宝（たから）息子でございます、と言っていた。

「桜の季節になりましたね？」

おとせは福助の横に並んで言った。

「はい、そうです」

福助は穏やかな口調で応える。福助の傍（そば）にいると、こちらの気持ちがほんわりと和（なご）むような気がする。

「去年は二月の二十六日から植え始めたので、今年は少し遅いようです」

福助はそんなことも言う。機転の利いた会話はできないが記憶力はよかった。本当に頭が悪いのだろうかと訝しむことさえある。

「まあ、そうですか。福助さんは相変わらずよく覚えておいでだ」

おとせが褒めると福助は嬉しそうにまた笑った。頭が大きく、しかもおでこである。童顔は置物の福助に全くよく似ていた。しばらく一緒に職人の仕事を眺めていたが、福助は突然、独り言のように「妙ですね」と呟いた。

福助の声は素晴らしい。透き通った低音である。折り目正しい言葉遣いのせいで品さえ感じられる。

「どうかしましたか」

おとせは福助の顔を見上げた。背はおとせより首一つも高い。

「職人さんの中に伊賀屋の若旦那がいらっしゃいます」

「え？　どこに」

「ほら、あそこですよ。しゃがんで山吹を植えている人ですよ」

福助の指差した職人はこちらに背を向けていたので顔がわからない。しかし、屋号の入った半纏は心なしか新しくも見えた。

伊賀屋の若旦那とは日本橋、北鞘町の廻船問屋の息子で、海老屋の客でもあった。おとせは海老屋に奉公して間もないが、それでも伊賀屋甚三郎の顔は知っていた。花魁、喜蝶の馴染みの客だったからだ。喜蝶はおとせに親切であった。

「あたしにはよくわかりませんけれど、伊賀屋の若旦那が植木職人をなさるわけもございませんでしょう?」

おとせは福助を諭すように言った。

「それもそうですが、若旦那は去年の暮から喜蝶さんの所に揚がっておりません。喜蝶さんは心配しておりました」

「……」

「本当に若旦那はどうされたのでしょうね」

「福助さん、あたしはちょいと、このことを花魁に伝えて来ますよ。福助さんもそろそろ仕度をしなければなりませんよ」

陽はそろそろ西に傾き始めている。

「はい。八つ半(午後三時頃)に見世に戻ります」

福助はおとせに応えた。おとせはそのまま海老屋に急ぎ戻った。

「花魁」

おとせは内所(ないしょ)（経営者の居室）のお内儀に頼まれていた物を渡してから喜蝶の部屋に行き、障子越しに声を掛けた。

「あい……おとせさんかえ？」

「さようでございます。ちょいとよろしいでしょうか」

「お入りなんし」

喜蝶は細いゆったりとした声でおとせを促した。喜蝶は湯を遣い、ほてった肌の熱を冷ましているところだった。小さな顔は少し赤みを帯びていたが、陶器のようにすべすべしている。大き過ぎる黒目がちの眼、長いまつ毛、細い鼻、おちょぼ口と、非のうちどころのない美貌である。

「今、そこで福助さんに会ったんでございますが……」

「植木屋の仕事を眺めておざんした。ほんにあの子は職人の仕事を眺めるのが好きざます」

喜蝶はふわりと笑って先回りしたことを言った。

「はい、そうなんでございますが、福助さんがちょいと気になることを言ったものですから」

「気になることとは？」

喜蝶はすいっと形のよい眉を持ち上げた。

「植木屋の職人さんの中に伊賀屋の若旦那がいらっしゃるそうですよ」

「何え？　若旦那が？」

喜蝶は慌てて立ち上がると腰高(こしだか)障子を開けた。すでに仲ノ町の通りの半分以上が桜で埋め尽くされていた。

「どのお人ざますか？」

喜蝶は小さく見える職人衆に眼を凝らした。

「ほら、福助さんのちょうど前で山吹を植えている人ですよ」

喜蝶は眼を細めたが、埒(らち)が明かないと思った様子で「たより、これ、たよりや」と、廊下でお手玉をしていた禿(かむろ)を呼んだ。たよりは甲高(かんだか)い返事をして部屋に入って来た。頭のてっぺんの髪をわずかに結わえ、両鬢(りょうびん)と盆の窪(くぼ)に毛を残して、他は剃(そ)り上げているたよりは何んとも愛くるしい。

「こう、こっちへ来(き)なんし」

喜蝶に呼ばれて、たよりは窓の傍にやって来た。

「桜を植えていんす」

たよりはつまらなそうに喜蝶に応えた。

「ほら、あそこ。福助さんの前で山吹を植えている職人がいるざます」

「あい、見んした」

「あの職人、伊賀屋の若旦那じゃないかえ？」

喜蝶にそう訊ねられて、たよりは小首を傾げた。

「わっちにはようわかりいせん」

「ようく見なんし」

喜蝶は癇を立てた。

「花魁、堪忍してくんなまし。わかりいせん」

たよりは半べそを掻いた。

「もう……もういいざます。向こうへ行かっし！」

喜蝶はそっぽを向く。おとせは見るに見かねて「筆吉さんにお訊ねしてみましょうか」と口を挟んだ。筆吉は海老屋の妓夫（客引き）をしている男だった。商売柄、客の顔をよく知っている。特に喜蝶の客ならば初会だけで足が遠のいた者さえ詳細に覚えていた。おとせは筆吉と喜蝶に対して、花魁と妓夫の間柄だけではない何かを感じていた。それは誰に聞いたことでもなかったが。

「筆吉さんを呼んで来いす。花魁、ちいと待っていておくんなんし」

たよりは喜蝶の機嫌を取るように部屋を出て、ばたばたと足音高く階段を下りて行った。

やかましいす、静かに歩きなんし、他の部屋から文句の声が聞こえた。

「へい、花魁。お呼びですかい？」

ほどなく筆吉の低く籠った声が聞こえた。

「お入りなんし」

「いえ、ご用ならここで伺いやす」

妓夫が花魁の部屋に用もなく入ることは禁じられている。筆吉は律儀にその約束事を守っているようだが、おとせの目にはその態度が頑なようにも感じられた。

「外で仕事をしている植木職人のことを訊ねたいだけざます。おとせさんもおりいすから遠慮はいりいせん」

「そいじゃ、ご無礼致しやす」

筆吉は他人の目を憚るような様子で部屋に入って来ると、窓際に進んだ。お仕着せの縞の袷の上に海老屋の半纏を羽織っている。まだ三十前のようだが、その顔には妙に老成したものがある。妓夫を生業としているせいだろう。

「福助さんが伊賀屋の若旦那が職人に紛れているとおっせェした。筆さん、よく見なんし。ほんに伊賀屋の若旦那かえ？」

喜蝶がさり気なく指差すと筆吉は眉間に皺を寄せた。そうだとも、そうでないとも言わず、そのまま部屋から出て行こうとした。外に行って確認して来るつもりだろう。喜蝶が慌てて、その背中に覆い被せた。

「筆さん、もしも伊賀屋の若旦那でおざんしたら、仕事が終わった後でいいざますから見世に揚がってと伝えてくんなまし」

筆吉はそう言った喜蝶の顔をちらりと一瞥して「へい」と応えた。

「いいんですか？」

筆吉が出て行くと、おとせは喜蝶に訊いた。

喜蝶は身揚がりするような言い方をしたからだ。身揚がりとは客の揚げ代を立て替えることである。喜蝶は窓の桟に凭(もた)れてじっと外を見ながら「若旦那にはずい分、ご無理をお願いしいした。まさか知らぬ顔もできいせん」と言った。

「花魁は情け深い人ですね」

おとせは溜め息混じりに言った。廓(くるわ)の女はうまい口舌(くぜつ)で客の懐から金を引っ張る算段をするばかりだと思っていた。しかし、実際には金では割り切れないものもある。いや、むしろ吉原の女は金とあからさまに言うことを避けるようなところがあった。おとせは海老屋に来て、この世界にはこの世界なりの仁義と情があることを知ったのだ。

「あれ、こっちを見いした……あれ、悪さを見つけられたような顔で……いっそ、気の毒ざます」

喜蝶は妙に甲高い声を上げた。窓から覗くと、福助の姿はなく、代わりに筆吉が伊賀屋の息子と立ち話をしているのが見えた。伊賀屋の息子は時々こちらに気後れしたような視線を送ってきた。福助の言った通り、その職人は伊賀屋甚三郎だった。

「いったい、どんな仔細があるんでしょうね」

おとせは解せない気持ちで言う。

「きっと大旦那に勘当されなんしたんでしょうよ」

「勘当？」

「あい。大店の跡取りが遊びが過ぎて勘当されなんすという話は、おとせさんもご存じざましょう？」

「あたしは落語の話かと思っていましたよ。もっとも、あたしの周りには遊び好きの大店の息子なんていなかったものですから」

「おとせさんはおもしろいことを、おっせェす」

喜蝶はおとせにふっと笑った。寂しい笑みだった。

二

暮六つ（午後六時頃）。大籬（大見世）海老屋の主、海老屋角兵衛は内所の神棚に柏手を打ち、縁起棚の鈴を鳴らした。それを合図に海老屋の内芸者が三味線を抱え、トッテンシャランと景気よくつま弾く。見世清掻である。

若い者が見世清掻に合いの手を入れるように下足札をカランと鳴らす。すると二階から仕度を調えて待ち構えている遊女達の上草履(うわぞうり)がハタリ、ハタリと階段を下りて来るのだ。

見世清掻と下足札と上草履の音が吉原の見世明けの音である。清掻は三下がりで絶え間なく弾かれる。それは遊女達が張り見世を終えるまで続けられる。福助が客を迎え入れるために玄関先に立っている。紋付(もんつき)、袴(はかま)の正装である。福助がぶつぶつ何か呟いているのは見世清掻を口三味線で唱えているのだ。それは寸分の狂いもなかった。だから、内芸者の手がたまに外れると「今夜は少し、いけませんでした」と小言を言う。内芸者の小万(こまん)は畏(おそ)れ入って「福助さんはごまかせません」と頭を下げるのである。福助はその大きな頭を振りながら見世清掻を口ずさむ。花魁衆が見世に並び終えると、下足番の若い者は下足札を手捌(てさば)きも鮮やかに、ざらりと扇形に広げて箱に納める。これで張り見世の儀式が完了したことになる。

喜蝶は、今夜は張り見世には出ていない。伊賀屋の若旦那が揚がることになっているので部屋で待っているのだ。

おとせは内所にいて何んとなく落ち着かない気持ちでいた。普段はお針に与えられた部屋にいて、客の目になるべく触れないようにしているが、その夜は内所に顔を出し、お内儀のお喋りにつき合いながら喜蝶の様子をそれとなく窺(うかが)うつもりだった。内所にいても酔客に袖を引っ張られたとやら、着物の裾がほつれたとやら、お針の用事は結構多かった。

やがて、着替えをした伊賀屋甚三郎が見世にやって来た。

「へい、喜蝶さんへ。お二階へどうぞ」

筆吉は声を張り上げる。福助が「お越しなさいませ」と丁寧に頭を下げる。

おとせは内所からそっと伊賀屋甚三郎の顔を盗み見た。幾分、俯きがちの様子はいかにも元気がなかった。

お内儀のお里は溜め息を洩らして火鉢の灰を掻き立てた。お里は四十三、四になっているが、商売柄、五つは若く見える。藤色の無地の着物は裾を引き摺り、緞子の帯を斜に締めている。飴色の笄と前挿しの銀の簪が粋であった。

「喜蝶も思い切りよく振りゃあいいんだ」

お里は苛々とした口調で独り言のように言った。

「でも、伊賀屋の若旦那は、もう一年以上も喜蝶さんの馴染みのお客様でございましょう？」

おとせは遠慮がちに口を挟んだ。

「だが、勘当されたとなっちゃ話は別さ」

お里は蓮っ葉に言うと、簪を引き抜き、元結いの根元をがりがりと癇性に引っ掻いた。

「本当なんですか、勘当というのは」

おとせは信じられない気持ちで訊いた。

「ああそうさ。勘当とひと口に言うけれど、家から、追い出されただけじゃないのさ。あんた、人別（にんべつ）を抜いちまったということじゃないか」

「それじゃ……」

「あい、もう若旦那は伊賀屋とは赤の他人ということになるのさ」

「……」

「そうなったら、これから八朔の工面だろうが、新造の突き出しの仕度だろうが当てにできないじゃないか。そんな者に情けを掛けたところで仕方もない。実入りのいい客は他にごまんといるというのにさ」

お里の口調は愚痴（ぐち）めいていた。喜蝶は昼三（ちゅうさん）（揚げ代が昼三分、夜三分、昼夜で一両二分）の花魁で振袖新造、番頭新造、二人の禿を抱えている。新造と禿の衣裳、簪、笄などの装飾品、履物などは喜蝶が揃えてやらねばならなかった。その他に幇間（ほうかん）、引手茶屋への心付けと、掛かりがある。伊賀屋の息子の揚げ代を肩代わりしては、ますます借金が増えるというものだった。

「そろそろ親分の一周忌だね？」

お里は話題を変えるように言った。

「はい」

おとせは茶を淹れながら応えた。あっという間の一年に思えた。

「親分、幾つだった?」

「四十二ですよ、お内儀さん」

「厄かえ?」

「はい」

「うちの人の厄年もろくなことがなかったねえ。厄払いを盛大にしたというのにさ。火事は起きるし、心中騒ぎはあったし……」

心中沙汰を起こした遊女は切見世に落とされたという。もはや年季明けの自由もない、むごい現実があるばかりである。

「そう言えば、今日、親分の跡を継いだ龍次という岡っ引きが来ていたよ」

「あら……」

龍次は勝蔵の子分だった男である。勝蔵がああいうことになったので縄張を譲ったのだ。

「お前さんが留守だったから、会えなくて残念そうだったよ」

「そうですか。龍ちゃんは子供の頃からうちの人が面倒を見ていたので他人のような気がしないんですよ。そうですか……来ていましたか」

龍次とは正月以来会っていなかった。

「それで龍ちゃんは、あたしに何か用事でもあったんでしょうか」

「いえね、御用の向きで八丁堀と一緒だったんだよ」

お里は口をすぼめて茶を啜りながら応えた。

龍次は、吉原に来たついでにおとせに会う気持ちになったらしい。

お里は、しばらく思案顔をした後で、おとせに訊いた。

「ねえ、最近、うちの福に何か変わった様子があると思うかえ？」

「変わった様子とは？」

「そのさ、色気づいて何やら変な様子がないかということだよ」

お里は、いかにも言い難そうに、ぷりぷりした表情で応えた。

「そんなことはありませんよ。福助さんは真面目な子ですから」

おとせはそう言ったが、お里は安心する様子もなかった。

「浅草の近所でね、小さい女の子が悪戯されることが続いているそうだよ。何ね、ちょいと身体を触られるぐらいで大事には至っていないんだが、子供の親は気持ち悪がってさ」

「それが福助さんと何んの関係があるんですか」

おとせも、むっと腹が立った。

「その辺りで福助を見掛けたという人がいたんだよ」

「……」

福助は、時々、茶の湯の師匠の所に通っている。この頃は伴もつけずに一人で出かけられるようになっていた。師匠の家は浅草にあった。お里が心配するのも無理はない。

「お師匠さんの所でお稽古して、まっすぐに戻って来るのだけれど、途中のことはわからないからねえ。おとなしいと言っても人様とは違うし……」

「……」

「やっぱり、ああいう子は見世に引き取るべきじゃなかったんだよ。あたしは反対したんだよ。だけどうちの人が可愛い、可愛いってさ。あの子の母親は福岡と言って、そりゃあきれえな妓だった。あたし等が手許に引き取ったから恩を感じて、ずい分、稼いでくれたものだけど、こうなってはねえ……」

「でも、福助さんを今更どこにやるとおっしゃるんですか」

「大塚屋の親分に頼んで、立ちん坊でもさせるしかないだろう」

坂道を通る大八車の後押しをして小銭を貰う人足のことだった。そんなことは福助にさせたくないと、おとせは強く思った。大塚屋はおとせも世話になった口入れ屋のことである。

「お内儀さん、福助さんのことはあたしに任せて下さいましな」

「どうすると？」

お里はおとせの顔をまじまじと見た。

「それとなく様子を探ってみますから」

「……………」

「それで、もしも何かあったら、あたしが言い聞かせます。福助さんなら、きっとわかって下さいますよ」

お里は頼むとも、いらぬとも言わず、湯呑の中身を飲み干すと深い溜め息をついた。

三

伊賀屋の息子と喜蝶に、どういう話が交わされたのか知る由もなかったが、翌日も甚三郎は植木屋の仕事をしていた。喜蝶は自分の部屋の障子を細めに開けて、そんな甚三郎の様子を時々見ていたようだ。

おとせは薄絹（うすぎぬ）の座敷着の修繕を頼まれ、それができ上がると部屋に運んだ。

薄絹は火鉢に身体を寄せ掛けて煙管（きせる）を遣っていた。大名屋敷の留守居役など実入りのいい客が薄絹にはついている。貫禄は喜蝶の比ではない。おとせも薄絹の前に出る時は緊張した。

「花魁、袖のところは少し丈夫に縫い直しておきました。ついでに裾も糸が弱っておりましたので、そちらもやっておきました」

「あい、おかたじけ」

薄絹は驚くほど低い声で応えた。男の声かと思われるほどである。しかし、端唄をうたう時は惚れ惚れするほどの美声となる。

「それではこれでご無礼致します」

おとせは頭を下げてすぐに部屋を出るつもりだった。禿のあやはが窓を開けて桜を植えている様子を眺めている。あやははたよりより年上で、頭も切り下げ髪にしていた。普段の禿は木綿縞の着物に紅色の綿繻子の半襟を掛けて、油掛けと称する納戸色の胸当てをつけている。

あやはには、たよりとは別の愛らしさがあった。

「おとせさん、忙しいのかえ？」

薄絹は人恋しいような様子で訊いた。

「ええまあ、忙しいと言えば忙しいですけれど」

おとせは曖昧に返事をした。

「少し話をして行きなんし」

薄絹はふわりと笑みを浮かべた。

「でも……」

「喜蝶さんばかりと仲良くしいすと、わっちは悋気を起こしいすよ」

「まあ花魁、ご冗談を」

「おとせさんは町家の暮らしになじんだお人でおりいすから、色々、町家の仕来たりに通じておりんしょう。いずれ年季が明けたあかつきには、わっちも町家の者となりいす。飯の炊き方はともかく、人とのつき合いには気を遣うことにもなりいす。おとせさん、わっちに色々教えてくんなんし」

「花魁、そろそろお身請けのお話でも？」

おとせは眼を輝かせた。薄絹は二十五になる。そういう話があっても不思議ではない。薄絹は照れを隠すように「あやは、戸を閉めなんし」と、きつい言葉で言った。

「でも、おれ。まだ桜を植えるのを見ていたい」

あやはは不服そうに口を返した。薄絹は長煙管を持って立ち上がると、加減もせずにあやはの臑を打った。

「また、おれと言いなんすか。十にもなってまだ廓の言葉を覚えられぬとは情けない。ぬしはでくかえ？　福助さんよりまだ悪い」

福助さんよりと言った薄絹の言葉が底意地悪く聞こえた。泣いたあやはをおとせは優しく引き寄せた。

「花魁の言うことは聞かなくちゃね？　花魁は、あやはちゃんの実の姉さまのようなものだから」

　あやはおとせの胸で甘えたような泣き声を立てた。

「桜を見たければ外に行って眺めておいで」

　おとせは、あやはの機嫌を取るように言った。

「おとせさん、陽灼けしいす」

　薄絹はおとせの言葉を間髪を容れず遮った。おとせは、はっとした。陽灼けして真っ黒い顔で花魁道中の件はできない。おとせは慌てて「お内所からそっと眺めておいで」と言い直した。

　あやはこくりと肯くと部屋を出て行った。

「おとせさんは他人様の子でも可愛がるのだねえ。いっそ羨ましい気性だ」

「あら花魁、あたしだって虫の好く子と、そうでない子がおりますよ。見世の子は皆、可愛いですけど」

「……………」

　薄絹は黙って茶を淹れると、後ろの戸棚から菓子を出した。吉原の菓子屋「竹村伊勢」の物だった。おとせは恐縮して頭を下げた。

「花魁をお身請けしようとしているお客様は……もしかして新川の酒問屋の？」

おとせは薄絹の客に当たりをつける。薄絹はふっと笑った。

「察しのいいことで。さすが十手持ちの女房だ」

薄絹は誰もが口にすることをおとせに言った。

「花魁、それはもう、よしにして下さいましな。亭主が死んだ今じゃ、十手持ちの女房は返上して、海老屋のお針でございますよ」

「そねェなことはおっせん。たとえお針をしていようが、昔は確かに十手持ちのお内儀さんであったことに変わりはないざます。わっちだとて、商家の女房に収まりいしても、あのおなごは吉原（なか）で女郎をしていたと死ぬまで言われいす。昔を消せはしない。それが今からじれっとうす」

薄絹は俯いてそう言った。

「花魁、先のことをくよくよ悩んだところで仕方がありませんよ。今は今、先は先ですよ。なあに、何んとでもなりますって」

おとせは薄絹を励ますように言った。薄絹は安心したように艶冶（えんや）な笑みを浮かべた。

「喜蝶さんにもねえ、倖（しあわ）せになってほしいものですよ」

おとせはしみじみと言った。薄絹の将来を聞かされた後では、なおさら喜蝶のこれからが案じられた。

「昨夜、伊賀屋の若旦那がお揚がりなんしたざます」

薄絹は訳知り顔で言う。

「はい。伊賀屋の若旦那は植木屋に奉公なさっておいでです。どうやら勘当されちまったようなんですよ。本当に喜蝶さんも若旦那もお気の毒で」

「わっちは昨夜、客が一人で仕舞いざました。のうのうと寝ようと思いなんしたが、伊賀屋の若旦那は愚痴をこぼしていた様子で、喜蝶さんと長いこと話をされていんした。話し声がわっちの所まで聞こえなんして……喜蝶さんは、真面目に勤めていれば、いずれ大旦那のお怒りも解けましょうと慰めてはいんしたが、どうだか……」

二人は同時に溜め息をついていた。廊下から禿のたよりが「おとせさん、どこにおっせェす？　お内儀さんがお呼びでありいす」と甲高い声で叫んでいるのが聞こえた。

「あらあら、長話をしてしまいましたよ。お内儀さんに叱られる」

おとせは慌てて立ち上がった。

「おとせさん、わっちの身請けの話は当分、内緒にしておくんなんし」

薄絹は噂が洩れることを恐れて言う。

「花魁、それは百も承知、二百も合点！」

おとせがおどけて言うと薄絹はうくっと籠った声で噴き出していた。

内所に行くと、お里は苛々した様子でおとせを待っていた。

「お呼びでしょうか」

おとせは膝を突いて内所の襖の前で中に声を掛けた。

「ああ、おとせさん。今、福助が出て行ったところだ。ご苦労だが例のこと、よろしく頼むよ」

お里は切手と小銭を押しつけた。小銭はいらないと言ってもお里は承知しなかった。

「お稽古は半刻（一時間位）ほど掛かるが、待てるかえ」

茶の湯の師匠の家の近くで福助が出て来るのを待たなければならない。それは下手人の張り込みのようにも思えて、おとせは緊張した。

「はい、大丈夫です」

「他のお針には、あたしの用事で出かけたことにしておくからね」

「はい」

おとせは裏口から出て大門に向かった。仲ノ町の桜並木は今日で全部植え終えるだろう。

そして、花見客が訪れ、仲ノ町はとんでもない混雑になる。この時季、混雑に紛れて大門から逃亡する遊女が出ないとも限らない。四郎兵衛会所では、前に床几を持ち出し、普段より若い者を増やして警戒に当たるのだ。切手、切手とやかましい。しかし、若い者は、おとせの切手をろくに見もせずに大門を通した。おとせはそれが少し不満だった。

自分だって若い頃は、そこそこに見られるご面相をしていたものを、と思う。福助の後をつけるのは容易であった。何しろ大きな頭が目印となって、一町ほど後からでも見当がつく。福助はひょこひょこ呑気に歩いて行く。羽織の袖が少し長過ぎるのではないかと、おとせはいらぬことを考えていた。

浅草寺の近くに茶の湯の師匠の家がある。さほど大きな家ではないが、後ろは鬱蒼とした竹藪が拡がっていた。昼間でも仄暗い竹藪では、中で何が起きても容易に人に気づかれないと思った。

福助はおとせが後をつけているとも知らず、「ごめん下さい。海老屋の富士助でございます」と、やけに大きな声を張り上げて中に入って行った。おとせは磨き込んだ格子戸を眺めると、辺りを見回した。全く人通りはない。

隣りの武家屋敷はいかめしく門を閉ざしている。しかし、塀を回した庭から、白い桜の樹が蕾をほころばせているのに気がついた。

おとせはうっとりとその様子を眺めた。

「あれ、おとせさん」

いきなり名を呼ばれて、ぎょっと振り向くと、筆吉がこちらを見ていた。

「ああ、驚いた。何んだ筆吉さんか……」

「何んだはねェでしょう。どうしたんです、こんな所で」

「お内儀さんの用事で、福助さんのお伴ですよ。でも、向こうには内緒のことなの。筆吉さんも福助さんには黙っていてね」

「へい、それはいいですけど……何んか変ですね」

「ちょいと訳ありなのよ。ところであんたはどうしたの？　よそで油を売って来たの？」

そう言うと、筆吉は苦笑して鼻を鳴らした。

「油を売る暇なんざありやせんよ。日本橋に行って来たんですよ」

「日本橋に？　どうりで朝から姿が見えないと思った。筆吉さんも大変だ。夜は仕事でろくに寝られないのに昼もお使いを頼まれたんじゃ。眠いでしょう？」

おとせは、陽に灼けてはいるが肉の薄い筆吉の顔を覗き込んで訊いた。筆吉は手を伸ばして武家屋敷の塀からはみ出ている桜の花を毟り取った。

「おれは実の親にもそんな優しい言葉は掛けられたことはねェですよ」

筆吉は花びらを口に含んで照れたように言った。花びらに何か味でもあるのかとおとせは思った。しかし筆吉は苦い顔で嚙んだ花びらをペッと吐き出し「伊賀屋の近くまで行って様子を訊ねて来たんですよ」と言葉を続けた。

「まあ……それでお店の様子はどうだったの？　大旦那はまだ若旦那を許すつもりはないの？」

そう訊いたおとせに、筆吉は眉間に皺を寄せた。

「大旦那は中風で倒れられて、医者は容体が危ねェと言ってるそうです」

おとせはつかの間、言葉を失ったが、すぐに「じゃあ、すぐに若旦那を迎えに行かなきゃお店が心配じゃないの」と言った。

「店は大旦那の弟さんが跡を継ぐそうです」

「それじゃ……」

「あい。これからのことは、その弟さん次第ですが、どうも若旦那を店に戻して跡を継がせるという話にはなっていねェようです」

「若旦那はどうなるんです」

「さあ……」

筆吉は他人事のように表情のない顔で首を傾げた。

「せめて大旦那の息のある内に勘当を解いてもらうということはできないものかしらねえ」

「大旦那は、もう喋ることも容易ではねェらしいです」

「……」

「ただ……面倒を見ている女中さんの話じゃ、回らない口で、どら、どらに会いてェと喋ったそうですが」

「どらって？」

「若旦那のことですよ。どら息子のどら」

あっと気がついて、おとせは思わず笑ったが、すぐに涙が湧いた。

「出て行けと銭をぶつけて店から追い出し、人別を抜くまでむごいことをしたのは大旦那なんだが、まさか手前ェがそんな目に遭うとは思っていなかったんでしょう。もう、若旦那が伊賀屋の主（あるじ）に収まる望みはありやせん」

筆吉の声にも心なしか溜め息が混じった。

「筆吉さん、そのことを喜蝶さんに話すんですか？」

「話さなきゃしようがねェでしょう。あいつは、そこまで喋らなきゃ、わからねェ女ですから」

喜蝶のことを、あいつ呼ばわりした筆吉に何か仔細を感じたが、おとせはそれを訊けなかった。その内に稽古を終えた福助が師匠の家から出て来たせいもある。おとせと筆吉は塀の陰に隠れて福助の様子を窺った。

福助は端唄のひと節を口ずさみながら、来た道を戻って行く。道端に名もない花が咲いていると、立ち止まって眺める。全く、無邪気なものだった。

おとせと筆吉はゆっくりと福助の後からついて行ったが不審な行動は福助には感じられなかった。おとせはそのことをお里に話して、ひとまずは、ほっと胸を撫で下ろしたものだが、伊賀屋の息子のことは喉に刺さった小骨のように、いつまでも気になっていた。

四

筆吉は伊賀屋の息子のことを喜蝶に話したのだろう。喜蝶の様子が変わった。

花見の客で海老屋はいつになく賑わっていた。喜蝶は馴染み客を自分の部屋に待たせたまま、他の馴染み客のいる座敷へ凄まじい勢いで渡り歩いた。廊下を裲襠（しかけ）の裾を持ち上げて走る喜蝶の眼は吊（つ）り上がっていた。おとせは遣り手（やて）のお沢の部屋から出た途端、そんな喜蝶と危うくぶつかりそうになった。おとせはお沢に縫い物を届けに行っていたのだ。

「邪魔だ。どきなんし！」

喜蝶に悪態をつかれた。

喜蝶は半ば自棄になっているのだとおとせは思う。しかし、喜蝶を慰める術（すべ）がわからなかった。喜蝶は伊賀屋の息子に落籍（らくせき）してもらう夢を見ていたのかも知れない。夢が壊れた時、男も女も自棄になるものだろうか。喜蝶は脇目も振らず稼ぐことで夢のことを忘れようとしていたのだと思う。仲ノ町の夜桜は雪洞の灯りに照らされて溜め息が出るほど美しい。その桜並木の両側をひしめくように人が通る。

今宵ひと夜の夢を求めて。この世には様々な夢の形があるものだとおとせは思う。

三月の半ばになって、おとせはまた、お里に福助の張り込みを頼まれた。心配はないと言ったのにお里は安心できない様子だった。もっとも、幼い子供に悪戯心を掻き立てる輩（やから）は、まだ捕まってはいなかった。

福助はいつものように日本堤を呑気に歩いて行った。半町ほど遅れておとせも後を追う。

師匠の家に着いた時、「海老屋の富士助でございます」と、その素晴らしい声を張り上げるのも変わっていなかった。

おとせは先日と同じように武家屋敷の門の傍で福助が出て来るのを待った。

小半刻後、福助は師匠の家から出て来た。

おとせは気づかれないように塀の陰に身体を寄せ、福助が歩き出すと後をつけた。

江戸は桜の季節でもあり、陽気がよいせいで歩いていても汗ばんだ。おとせは時々、懐から手巾（しゅきん）を出して額に滲（にじ）んだ汗を拭った。

いつもと変わらず福助は歩いていたが、浅草寺前の広小路に出ると、不意に細い露地を曲がった。おとせは突然のことに胸の鼓動が高くなった。その露地は芸者の置屋（おきや）がある所らしい。下地っ子（したじっこ）（芸者の見習い）らしいのが二、三人笑いながら歩いて来るのとすれ違った。

下地っ子達は福助に警戒した眼をしていたが、通り過ぎると安心したように甲高い笑い声を立てた。

「福助だァね」

福助の名は知らなくても様子からそう思ったらしい。からかうような声だった。

さらに前を進むと、たよりとよく似た幼い少女が手鞠を突いているのに気がついた。

福助はその前で立ち止まった。おとせの胸はこれ以上ないほどに高鳴った。もしも福助にふとどきな行ないがあった時は、大声で叱ってやろうと身構えてもいた。

「通りますよ、いいですか？」

福助は少女に訊いた。狭い露地なので鞠突きの邪魔をすることになるから、福助はそう言葉を掛けたのだろう。

「あい、通りゃんせ」

少女は笑って応えた。

「ありがとうございます」

福助は律儀に頭を下げた。それがおかしいと、少女はけらけら笑った。

おとせは少女に声を掛けなくても、身体をうまく避けて、そこを通り過ぎた。

やがて垣根を回した小ざっぱりした家の前に来ると福助は中を覗いた。おとせに新たな緊張が走った。福助は中に耳を傾けている。耳を澄ますと、三味線の音と、まだ大人になり切れない少女の声が低く聞こえた。

その家はどうやら三味線を教える家のようだった。

福助はそのまま三味の音色に聞き惚れていた。

福助は大きく肯いた。何を納得して肯いたのかおとせにはわからない。しかし、福助は安心したような表情で踵（きびす）を返した。

「福助さん」

おとせは声を掛けずにいられなかった。

「ああ、おとせさん」

福助は幾分、驚いた顔をした。

「寄り道をしてはいけませんよ」

おとせは自然、詰（なじ）る口調になった。さんざん心配させられたせいだ。

「見つかってしまいました。どうぞ、おっ母さんにはご内聞に」

福助は幇間のように、自分のおでこを手でぺちっと叩くと悪戯っぽい表情になった。

「話によっちゃ内緒にしてもよろしいですけれどね。そこの家で何をしていたんです？」

福助は俯いて答えなかった。

「ああそうですか。あたしには、おっしゃりたくないと言う訳ですね。それなら仕方がない。お内儀さんにお話ししなければ。そうなると福助さんはお茶のお稽古ができなくなりますね。お気の毒なことです」

「言います、言います」

福助は顔を上げると慌てて言った。

「わたしは小梅さんの三味線を聞いていたんですよ」

「小梅さんって？」

「小万さんの娘さんです」

「小万さんに娘さんがいらしたんですか」

おとせは驚いた。海老屋の内芸者の小万は年増ではあったが子供がいるようには見えなかった。

「はい、そうです。小万さんは海老屋の仕事があるから小梅さんとは離れて暮らしています」

「………」

「小梅さんは三味が苦手なんです。だからわたしは心配で心配で」

おとせはそれで合点がいった。耳だけはいい福助はそっと小梅の稽古の様子を窺っていたらしい。

「もしかして、福助さんはその小梅さんがお好きなんですか？」

朝日文庫

おとせが訊くと福助は両手で顔を覆(おお)った。

「ちょいと、何んですよ。大の男がみっともない」

福助はようやく手を離したが、その顔は朱(しゅ)に染まっていた。

「おとせさん、わたしは小梅さんを嫁にしたいのですが……やはり無理でしょうか。わたしは頭が悪いですから」

「小梅さんって幾つです？」

「十二です」

「……」

「今すぐじゃないですよ。小梅さんがもう少し大きくなったらですよ」

福助は慌てて言い添えた。

狭い露地から広い通りに出ると、おとせは福助と肩を並べて吉原に向かった。福助は当たり前の男だと思う。ねじ曲がった欲望の持ち主ではないのだ。そうでなければ小梅に対して恋心を抱く訳がない。福助は例の事件の下手人ではない。おとせはそのことに強い確信を持った。

「それで、三味のお師匠さんの家の前で福助さんが大きく肯いたのはどんな意味なんですか」

「え？　見ていたのですか」

福助は丸い眼をさらに大きく見開いた。

「見ていましたとも。今日の小梅さんの首尾は上々ということですか」

「そうです、そうです。先月は少しいけませんでしたが、今月は格段の進歩がありました」

福助は嬉しそうに言った。

「福助さん、あたしからもお内儀さんに福助さんの夢が叶うようにお話ししますよ。だから福助さんもお見世のためにせいぜい、気張って下さいましな」

おとせがそう言うと福助は立ち止まり、おとせに向かって丁寧に頭を下げた。

「よろしくお願い致します。海老屋富士助、一生のお願いでございます。何卒(なにとぞ)、何卒……」

通り過ぎる人が福助の芝居掛かった物言いに苦笑していた。おとせは恥ずかしさに福助の背中を一発どやした。

「やめて下さいましな。こんな人前で」

福助はおとせの勢いを受け留め切れず、つんのめりそうになった。

「おとせさん、女のくせに力が強いですね。転ぶところでしたよ。わたしは乱暴な人は嫌いです」

福助はぷりぷりしながら歩き出した。

五

引け四つ（夜中の十二時頃）の柝(き)が入ると吉原はようやく見世仕舞いとなる。遊女に振られた客が部屋の外に出て廊下をふらふらし、「これさ、廊下鳶(ろうかとんび)をしなさるな」と注意されるのもその時分である。客のふらふらした姿が醜いことから鳶にたとえられるのだろう。

おとせはその夜、昼間飲みすぎた茶のせいで夜中に目が覚めた。お針の部屋は一階にあるが、厠(かわや)に寄り、ついでに台所で水を飲んで戻る時、ふと二階の喜蝶のことが気になった。

あれからずっと浮かぬ顔をしていたからだ。

今夜の客は泊まらずに帰ったので、喜蝶もゆっくり寝られることだろうと思った。もしも寝つけずにいたなら、声の一つも掛けて慰めてやろうと思った。

足音を忍ばせて二階に上がると常夜灯が仄白く黒光りした廊下を照らしている。喜蝶の部屋の前まで来て足が竦(すく)んだ。押し殺したような男女の話し声が聞こえたからだ。それは諍(いさか)いにも思えた。驚いたことに男の声は筆吉だった。遊女の部屋に入ることをあれほど遠慮していた男が何用あって、こんな夜中に喜蝶の所にいるのだろう。しかし、それを心配して、あれこれいらぬ差し出口は、いかにも余計なことに思える。おとせは見ない振り、聞かない振りをしようと思った。

だが、次の瞬間、ばしっと、しばかれる音が聞こえて、おとせの心ノ臓は大きく音を立てた。何が起きているのか想像もできない。おとせは踵をそっと返した。

おとせがもっと驚いたのは目の前に薄絹が立っていたことだった。薄絹は咎めるような眼でおとせを見ている。お里に告げ口されたら海老屋にはいられないだろう。おとせは両手を合わせ、拝むようにしてから薄絹の前を通り過ぎた。階段を下りながら横目で薄絹の様子をすばやく盗み見ると、薄絹は喜蝶の部屋の閉じた障子をじっと眺めていた。

翌日のおとせは生きた心地もしなかった。

いつ、お里に呼ばれて小言を喰らうかと内心でひやひやしていた。だが、お里からは何も言われず、喜蝶も筆吉も、いつもと変わりがなかった。

おとせは嫌な気分を忘れるように縫い物に没頭した。いつもの倍ほども仕事をしたと思う。昼飯を食べてほっとした時に禿のあやはが、お針の部屋に訪れて、「おとせさん、花魁が呼んでありいす」と言った。とうとう来たかと思った。おとせは唇を嚙み締めると覚悟を決めた。

「花魁」

薄絹の部屋の前で深い吐息をついて心を落ち着かせたつもりだが、胸の動悸は高かった。

「お入りなんし……」

薄絹の低い声が聞こえた。中に入って障子を閉めると、「花魁、昨夜は堪忍して下さい。あたしは喜蝶さんのことが心配で、心配で。申し訳ありません」と、畳に額をこすりつけるようにして謝った。

「やめなんし。おとせさんからそうされる覚えはありいせん」

「でも……」

「気づいたのかえ」

薄絹は部屋着の襟を肩の上に引き上げながら訊いた。

「何んのことでしょうか」

おとせは怪訝な眼で逆に訊き返した。

「喜蝶さんの部屋に誰がいたか気づいたのかと訊いているざます」

「あの……それは……」

「遠慮はいりいせん。おっせェす」

「……」

「わっちはおとせさんを咎めてはおりいせん。ただ訊いているだけざます」

「筆吉さんが……」

おとせは消え入りそうな声で応えた。薄絹は、すいっと眉を持ち上げた。

「それで、おとせさんはどういう了簡(りょうけん)でいるざますか」

薄絹の声に厳しいものが感じられた。

「どういう了簡とおっしゃられても、あたしは別に」

「お内儀さんに言いなんすか？」

「とんでもない」

おとせはかぶりを振った。その拍子に薄絹の表情が弛(ゆる)んだ。

「それならいいざます。あい、手間を取らせて、おかたじけ」

薄絹はあっさりとおとせを解放した。おとせは心からほっとして頭を下げたが、「花魁、あたしが喜蝶さんの仔細をお訊ねしたら、花魁はお怒りになるでしょうね」と言った。

「おとせさんは金棒引(かなぼうひ)きかえ」

金棒引きとは、世間の噂好きの者を指す。

「とんでもない。人の困るようなことは喋って歩きませんよ」

おとせはその時だけ、むっと腹を立てた。

「おとせさんはもうわかっているじゃあ、おっせんか」

薄絹は訳知り顔で言う。長煙管に火を点(つ)けて白い煙を、もわりと吐き出した。

「いいえ、ちっとも」

おとせは煙の行方を眼で追っている薄絹に言った。

「察しが悪い。筆さんは喜蝶さんの間夫なのさ。だが、これは見世には内緒の話だ。わっちと喜蝶さんしか知らないことだ」

「……」

喜蝶と筆吉は同じ村の出だった。最初に筆吉が海老屋に奉公に上がり、その後で喜蝶が海老屋の養女になったのだ。妓夫と遊女の恋は、もちろん廓では御法度。しかし、二人は密かに自分達の思いを育てていた。喜蝶の年季が明けたあかつきには、晴れて所帯を持とうと約束を交わしているという。

だが、年を取り、お互いに分別がついて来ると、それがいかに途方もない望みだったか気づくようにもなった。特に喜蝶は疲れていた。年季が明けるまで海老屋にしがみついているかと思えば、そこまでの年月が途方もなく長く思え、また花魁としての矜持も喜蝶を責め立てた。どうしたらいいものか。筆吉はそんな喜蝶に、いい人がいたら落籍してもらったらいいと言ったらしい。その方がある意味で喜蝶の倖せだと思ったようだ。

筆吉は男らしいとおとせは思う。喜蝶にとって伊賀屋甚三郎は与しやすい客であった。

喜蝶の言うことに、ほいほいと鼻の下を伸ばし、金を出す若旦那が。

喜蝶はその内、あらぬ考えに捉えられた。

伊賀屋甚三郎に落籍してもらった後も筆吉との繋(つな)がりを切らずにいることだった。筆吉は喜蝶の考えに強く反対していた。それが原因で、しばらく二人の仲は険悪になっていたという。しかし、伊賀屋の息子は勘当され、筆吉は喜蝶のせいだと詰った。それが昨夜の諍いにもなったのだろう。

「これからどうなるんでしょう」

おとせは薄絹の話が終わった後で心細いような声で訊いた。

「さあてね。先のことは誰にもわかりいせん。喜蝶さんが新しい客の所に行きなんすか、それとも年季まで勤め上げて筆さんと一緒になりいすか……」

「花魁、勝手を言いますが、このお話、聞かなければよかった……」

おとせは袖で眼を拭って言った。喜蝶と筆吉の気持ちが切なかった。

「所詮(しょせん)、花魁も一人の女さね。情に流される時もありいすよ」

薄絹はそう言って火鉢の縁で煙管の雁首(がんくび)を叩いた。

おとせは薄絹に頭を下げて部屋を出た。立ち上がった拍子に開け放した窓の外に、こんもりと真綿を被せたような桜が見えた。満開であった。

明日は晦日という夜。おとせは朋輩(ほうばい)と一緒に夜桜見物に出た。お里が行っておいでと許してくれたのである。翌日はまた、根こそぎ取り払われるのかと思えば、いっそ惜しいような気持ちである。すべての花びらが散って葉桜になるまで眺めていたいとも思う。しかし、吉原で葉桜に風情を感じる趣向はないのだ。

仲ノ町の通りも夜桜見物の客で賑わっていた。客も今夜ばかりは遊女屋に揚がることより、桜を眺める気持ちの方が強いのだろう。見世はいつもより暇に思える。

小半刻、見物を終えたおとせは海老屋に戻るところだった。格子の前には編み笠で顔を隠した客が張り見世の遊女を品定めしている。

筆吉がそんな客に声を掛けている。慌ててその場を離れた客はひやかしだろう。筆吉は新たな客の呼び込みを続ける。

筆吉の立っている上は喜蝶の部屋になる。

障子に喜蝶の横兵庫（よこひょうご）の影が映ったと思うと、からりと開いた。喜蝶の顔が夜目にも白い。筆吉が二階の気配に上を向く。喜蝶は下を向いた。二人の視線が一瞬、絡み合った。だが、筆吉はすぐに前を向く。喜蝶も通りの桜に眼を向けた。

二人が眺めているのは同じ樹（き）の桜だった。

おとせは胸の中で「ああ」と呟いた。二人はそのまま、しばらく桜に見入っている。筆吉は動かない。二人の姿は一幅の絵のようだった。歌川（うたがわ）派の絵師、国貞（くにさだ）でも見たら小（こ）躍（おど）りしそうな構図に思えた。花魁と妓夫。

やがて喜蝶は顔を引っ込めて障子を閉めた。

するると同時に筆吉も動き出した。

「旦那、旦那、夜桜もよろしゅうございますが、お揚がりになりやせんか。ちょい、旦那、いかがさまで」

呼び込みをする筆吉は昼間の筆吉とは別人のようだ。これが吉原で生きる男の顔だとおとせは思う。昼と夜の二つの顔を持たなければならないのだ。自分も長いこと、ここで暮らしていれば二つの顔を持つのだろうか。

おとせは海老屋に入る前に通りをもう一度振り返った。満枝の花びらはびっしりと隙間もない。その花びらの上に、果てもない暗い空が拡がっていた。

翌日は朝から高田の植木屋が入って桜の撤去に掛かった。植木職人の中に伊賀屋甚三郎の姿はとうとう見つけられなかった。無事に店に戻ることができたのか、はたまたよそに職を求めて行ってしまったのか、おとせにはわからなかった。しかし、それから吉原で伊賀屋甚三郎の姿を二度と見掛けることはなかった。

秘伝　黄身返し卵

一

八丁堀と言えば、奉行所の役人が居住する所として江戸の人々は誰でも知っている。江戸幕府開闢以来、市街は開発が目まぐるしく、物資の輸送のために多くの堀が作られた。八丁堀もその一つで、河口から八町あったことから、この名がついたという。もともとは寺社地であったが、埋立などの開発が進むにつれ、寺社は他の地域に移転され、代わって、奉行所の与力、同心の組屋敷が建てられるようになったらしい。

とはいえ、八丁堀にも町家はある。西の松屋町、神田塗師町代地、本八丁堀一丁目は町家が固まった地域であるし、同じく東の亀島橋近くの地域も水谷町、金六町、北紺屋町と町家が密集している。その他に北島町、坂本町、亀島町、南茅場町もある。

おもしろいのは松平越中守上屋敷の向かい側の岡崎町で、この町は与力、同心の組屋敷をぐるりと取り囲む形になっている。それに岡崎町は結構、広範囲な区域で、七軒町の埋立地の傍の鉤形の所も岡崎町なら、片与力町とあふみ屋新道の間をコの字に囲っている所も岡崎町、さらに大通りと呼ばれる地域にあるもの、玉子屋新道、やね屋新道の北側も岡崎町なのだ。

岡崎町は、すべて通りに面している。それは、奉行所の役人が暮らしの不足を補うために町人に地所の一部を貸し与えたためである。だから、岡崎町の住人の地主は大抵、奉行所の役人と言えるかも知れない。

北町奉行所、臨時廻り同心、椙田忠右衛門の組屋敷も一番南にある岡崎町の町家に囲まれた所にあった。ここは組屋敷としては小規模で、南北両奉行所を合わせても十世帯ほどしか住んでいない。他は、圧倒的に町人だが、町人といっても、医者や儒者が多い。奉行所の役人は、一応、幕臣なので、金儲けする商人に地所を貸すのはよしとされなかった。それで、比較的身分のしっかりした者が選ばれるとすれば、医者、儒者、たまさか絵師、音曲の師匠などになった。

忠右衛門の所は幇間（太鼓持ち）の桜川今助と、汁粉屋「弁慶」を営む茂次に貸している。それについて、北町の奉行所内では苦々しく思っている輩が何人かいるようだが、忠右衛門も妻女のふでも頓着しない。

特にふでは「何かい、八丁堀で素町人に地所を貸してはいけないというお定書きでもあるのかい」とうそぶく。あるに決まっているのであるが、誰もふでに反論しない。それを口にしたところで、皆、同じ穴のむじな。目くそ鼻くそを笑う結果となろう。三十俵二人扶持の下禄の同心は背に腹はかえられない。地所を貸すことも、お上は見て見ない振りをしているのだった。

　うらうらと春の陽射しが相田家の庭にあふれていた。本日非番の忠右衛門はたっぷりと朝寝をした後で、縁側に出て嫁ののぶを呼んだ。

「のぶちゃん、どこだい？　わし、腹が減ったよう。お雑煮作っておくれ」

胴間声に甘えが含まれると気色の悪いものだが、忠右衛門自身はもちろん、そう思っていない。嫁に優しい舅であると自負してもいる。

　台所で昼の用意をしていたのぶは慌てて女中のお君と顔を見合わせた。

「あら、どうしましょう。お昼はおうどんにするつもりだったから……お君、お餅は残っているかしら」

「大旦那様がとっくにお召し上がりになってございませんよ」

　十八のお君はのぶより六つ年下で、少し受け口の娘だった。

　のぶは年が明けて二十四である。女のきょうだいのいないのぶは、お君を妹のように思っている。お君は小梅村の百姓の娘で、もう三年ほど相田家で住み込み奉公をしていた。

「水餅も？」

のぶは確かめるように訊く。硬くなったおそなえは水を張った樽に入れておく。そうすると黴も取れる。網で焼けば搗きたてのように柔らかくなる。その餅も忠右衛門は食べ尽くしたというのだろうか。

「ええ」

お君は、あっさりと応え、葱を刻む手を止めようともしない。

「おうどんじゃ、お舅さんのご機嫌はあまりよくないかも知れない。ねえ、お君、茂次さんの所に行ってお餅を買ってきて」

のぶがそう言うと、お君は大袈裟にため息をついて「はい」と肯いた。

「何んだって？　また雑煮が喰いたいとほざいているのかえ」

茶の間から現れたふでが懐手をして二人に訊いた。御納戸色の鮫小紋に黒と茶の昼夜帯を締めているふでは鶴のように細い身体をしている。しかし、声に力があり、滅多に風邪も引かない丈夫な女だった。ふでは五十一の忠右衛門より三つ年上の姉さん女房である。そのせいで、よその女房達に比べて亭主に遠慮のない物言いをする。

「お姑さん、おうどんのだしにお餅を入れるだけですから、さほどの手間にはなりませんよ。どうぞご心配なく」

のぶはふでが癇を立てないように柔らかく言った。

「ごぼうはあるのかえ」

ふでは抜け目のない表情で訊く。お君は首を傾げた。

「だしに、ごぼうのささがきを入れろとほざくよ、あの男」

そう言われて、のぶは慌てて流しの下の野菜籠を掻き回した。しなびたごぼうの尻尾がようやく見つかった。

「こ、これでよろしゅうございますね」

ふにゃふにゃのごぼうでも、水に放せばピンとなるだろう。

「ふん。まあ、間に合うんなら、わたいも四の五の言わないけどさ。そうじゃなかったら、怒鳴り散らしてやるところだった」

「お舅さんは、せっかくのお休みですもの、ご機嫌を損ねては可哀想ですよ。さ、お君、早く」

のぶは帯の間から紙入れを取り出し、お君に波銭を渡した。お君はこくりと肯いて、裏口から外へ出て行った。

「全く、何んだってあんなに喰い意地が張っているのかねえ。昔は出された物は黙って喰っていたのにさあ」

ふではくさくさした表情で言う。

「居候と主では立場が違うのじゃありませんか。お姑さんの所にいらした頃は、お舅さんもご遠慮なさっていたのですよ」

のぶは忠右衛門を庇(かば)うように言った。ふでは忠右衛門と所帯を持つ以前から、忠右衛門の世話をしていたと聞いている。

「遠慮なんて言葉があの男の中にあったのかねえ。あやしいもんだ」

ふではつかの間、昔を思い出したように遠い眼になった。

「お姑さんも、お舅さんによいところがあったから、お世話して差し上げたのでしょう？」

「さあて、それはどうだか。昔のことは忘れちまったよう。きっと、わたいも若かったから魔が差したんだろうよ」

「お姑さんに魔を差させるほど、お舅さんはすてきな方だったんでしょうね」

「年寄りをからかうもんじゃないよ。あれがすてきだったら、道端の石っころは皆、すてきになっちまうよ」

ぷっと、のぶが噴(ふ)くと、ふではふわりと笑い、「すまないねえ、そいじゃ、雑煮は頼んだよ」と、ねぎらいの言葉を掛けて台所を出て行った。忠右衛門がわがままを言うと、ふでが取りなしてくれる。ふでは口調ほどきつい姑(しゅうとめ)ではなかった。のぶにはそれがありがたい。嫁に来たばかりの頃は、ふでの物言いに、一々、驚いたものだ。だが、嫁いで六年、今はそれにも慣れた。ふでも子がないことを除けば、のぶに対して不満はない様子である。

子は二度みごもったが、二度とも流れた。

あの苦しみは尋常ではなかった。それを思うと子供などいらないと思うのだが、相田家の将来を考えるとそうもゆかない。

「いいかえ、産むんなら息子だよ。四人も五人も産めとは言わない。たった一匹でいいんだ。それぐらい、無理を言ってもいいだろ？」

ふではその時だけ釘（くぎ）を刺す。のぶが困り顔をしていると、忠右衛門は「そう物事は思い通りにいかないよ。のぶちゃん、どっちでもいいからね」と、助け船を出してくれた。

「そいじゃ、お前さんは跡継ぎが男でなくてもいいのかえ」

ふでは驚いた顔で忠右衛門に訊き返した。

「うん。女なら婿（むこ）を取ればいいし、跡継ぎがいなかったら、それはそれで構わん。どうせ同心なんざ、もともと一代限りのお抱え席なんだし、それをよそに回したくなくて、跡目を立てて引き継いでいるんだからね」

「正直にお言いよ。お前さん、本当に跡継ぎがいなくてもいいと言うのかえ」

ふでは念を押した。

「うん、いいよ。わしはさあ、正一郎が生まれた時だって、どっちでもよかったんだ。他人が男子でよかったと言うから、そうですなと相槌（あいづち）を打ったが、本心は、ま、どうでもよかった」

まことに鷹揚な男である。だが、のぶは時々、忠右衛門という男がわからなくなることがあった。

忠右衛門は北町奉行所では伝説の同心であった。奉行所に出仕するようになった見習いは、決まって忠右衛門の逸話をあれこれと聞くことになる。

一つ、湯島の学問所で行われている学問吟味を、あっさりと合格した頭脳の持ち主であること。

二つ、剣術はからきし駄目で、十二歳の少年剣士にさえ負けたこと。

三つ、朱引き（江戸の境界線）の外まで下手人を追って行き、そのまま行方知れずになったこと。

四つ、家族が忠右衛門の弔いを済ませた一年後、ひょっこり、お訊ね者の下手人を連れて戻り、無事にお白州に送り込み、お奉行より過分の褒美をいただいたこと。

五つ、酔って舟から落ち、溺れているところを付近の岡場所の女に助けられたこと。それが縁で、江戸の岡場所には精通していること。

六つ……いや、忠右衛門に関する逸話なら枚挙にいとまはない。ひと晩、語り明かしても時間は足りないだろう。のぶはそんな舅のいる家に嫁いだのだ。正一郎の嫁として。

正一郎は北町奉行所で隠密廻り同心として公務に励んでいる。もとは忠右衛門もその任についていたが、今は年のせいで比較的閑職の臨時廻りである。あと何年かしたら致仕(隠居)を願い出るつもりのようだ。もっとも、奉行所は今から忠右衛門の好きにさせているふうがある。さっぱり役に立たないが、思わぬところで思わぬことをするので、半ばおもしろがり、半ば呆れていた。

二

お雑煮を嬉しそうに頬張り、満足した忠右衛門は庭に出て、桜の樹を見上げた。あとひと月もしたら蕾をつける。忠右衛門はその時を想像しているように樹齢四十年を数える桜を見ていた。

のぶが食後の茶を運んで行くと、文机に年季の入った冊子が開いて置いてあった。そこには傍にある筆を使って「のぶの雑煮」と、したためられていた。うまい物を口にした時に書き留める覚え帖だった。

のぶは嬉しくなった。

「お舅さん、お茶が入りましたよ」

声も自然に張り切る。

「ああ……」

振り返った忠右衛門の顔は間が抜けて見える。ふでに言わせれば助平ったらしい表情だ。実家の母親にふでの言葉を伝えると、母親のすみは腰を折って笑い転げたものだ。

「何を考えていらしたのですか」

「うん、桜が咲いたら、のぶちゃんの嫌いな毛虫も出るなあって思っていたんだよ」

「…………」

自分の考えていたことを先回りされて、のぶは言葉に窮した。桜なんて名所に出かけて眺めるもので、家の庭に植えるものではないと思う。ぼんやり生温い日には、枝の叉の所に真綿をつけたような巣が繋る。じっと見ていると、その中に薄緑色の毛虫が無数に蠢いているのがわかった。のぶは色気のない悲鳴を上げて正一郎に叱られる。

「お舅さん、毛虫が出たら退治して下さいね」

「わし、いやだよ。毛虫だって命があるんだからね。生きるのに必死だわな」

「毛虫に同情なさるんですか。わたくしと毛虫とどっちが大事？」

「のぶちゃん、困らせないでおくれ。わし、寺の生まれだから、殺生はどうも……」

忠右衛門が寺に生まれたのは本当だが、殺生を嫌がるのは、慈愛深いせいではなく、ただ面倒臭いだけなのだ。忠右衛門は下谷の寺の末っ子として生まれた。跡継ぎの男子に恵まれなかった椙田家に養子に入った男だった。養父母は、すでに二人とも鬼籍に入っている。

「お舅さん、覚え帖を読ませていただいてよろしいですか」

縁側に腰掛けて、ズズと茶を啜る忠右衛門にのぶは訊いた。

「いいけど、この頃、めぼしいことはないよ」

「お舅さんの字、本当にお上手。わたくしなんて恥ずかしくなりますよ」

のぶは冊子を取り上げてほれぼれとした顔で言う。薄墨の麗しい字はのぶの眼を喜ばせる。

「どうしたらこんなにお上手になれるのでしょう。羨ましい」

「そうかい」

褒められても忠右衛門は、さほど嬉しそうではない。雑煮を食べる時の方が嬉しそうに見える。

「わたくしの手習いのお師匠さんは、うまく書こうとするからいけないとおっしゃいましたけれど、そう思わなくてもうまく書けませんでした」

のぶは吐息混じりに言う。のぶはあまり字がうまくなかった。正一郎に蚯蚓がのたくったような字と悪態をつかれる。

「それは違うよ、のぶちゃん。習い始めは、うまく書こうと思う方が上達するものだよ」

「あら、そうですか」

「で、その内、うまく書こうということを忘れる。そうしたらうまくなっている」

何んだか狐につままれているような理屈である。

「じゃ、学問吟味のような難しい学問を覚える時はどうしたらよろしいのですか」

「毎日書見(しょけん)することだな。飽きるまでやって、空(そら)で覚えるようになる。空で覚えるようになると書物の中身が頭の中に浮かぶようになるんだな。わしなんざ、学問吟味の試験官が何々のあれはいかに、って訊いたから、頭の中で、そいつが書かれている書物の箇所をめくってさ、これこれですと申し上げただけ。そしたら、まことに結構と合格。他の奴(やつ)らがうんうん唸(うな)りながら夜遅くまで勉強して、それでもうまくいかないってのが、正直、わからない」

「でも、学問吟味は長い文章も書かなければならないとお聞きしておりますが……」

「論(ろん)ね。それはわし、昔っから読本(よみほん)は好きだったから、文章を真似て書いただけ」

「やはり、お舅さんの頭の造りは他の方と違うのですね」

「そうかねえ」

　忠右衛門は無邪気な表情でのぶに笑った。げじげじの眉に団子鼻、いつも唇を尖(とが)らせるようにして喋る。額は禿(は)げ上がり、髷(まげ)を結うのが、この頃は少し大変である。たっぷりと肉のついた頬はいかにも食通を思わせる。

　肌は存外に白いが、腕と臑(すね)にはこわい毛が生えている。それがのぶには、どうも忠右衛門とそぐわない気がしている。だが、何にせよ、のぶにとって忠右衛門が並の舅でないことには、変わりはなかった。

ぱらぱらと冊子をめくると、目につくのは卵料理である。忠右衛門は卵好きだった。様々に工夫した卵料理は百以上あるという。

忠右衛門はすでに、その内の半分を食していた。

「柳橋川長の口取り、利休卵」という記述に目を留めると、「お舅さん、利休卵って、どんなものですか。やはり、お抹茶を使っている卵焼きですか」と訊いた。利休が茶人であったぐらい、のぶでも知っている。

「うーん、利休で抹茶とは考えたもんだ。だが、ちょいと違うねえ。利休って男、茶碗に信楽焼を好んだそうだ。信楽ってほれ、茶碗の生地にぶつぶつしたのがあるだろう?」

そう言われてもピンとこない。

「駄目だよ、のぶちゃん、狸の置物を考えたって」

「あら……」

のぶはきょとんとした顔になった。実際、狸の置物を頭に浮かべていたからだ。

「黒いぶつぶつ、いや、つぶつぶかな。そういうのがついてる茶碗だよ。徳利でもいいけどさ」

「あ、ああ。はい」

のぶはようやく合点がいった。

「でさあ、そのつぶつぶを胡麻に見立てて、胡麻入りのやつに利休の名を充てるようになったのさ」

「じゃあ、実際に利休さんは利休卵を召し上がってないってことですか」

「うん、そういうことになるね。あの世で利休、怒っているよ。勝手に名前使うな、ってね」

ころころと声を上げてのぶが笑った時、庭の垣根から坊主頭が覗いた。

「これはこれは旦那、ご新造さんとお仲のよろしいこって。結構でございますねえ」

幇間の桜川今助が湯屋の帰りらしく、上気した顔で声を掛けた。

「おう、入って来い」

忠右衛門は気軽に招じ入れる。

「よろしいんですか。そいじゃ、ちょいとお邪魔させていただきます。若奥様、いつもお可愛らしくて、おきれいで、若旦那がお羨ましい」

垣根の木戸から入って来た今助は如才なく愛想を言う。

「お越しなさいませ。本日もお座敷がおありになるのですか」

「へい、おありになりまして、おありがとうございますってもんでげす」

「まあ」

間髪を容れずしゃれのめすのは今助の仕事柄である。

「どうだ、何かうまいもんを喰ったか」

忠右衛門は挨拶代わりの言葉を口にした。

「全然」

今助はあっさりと首を振った。頭はすっかり剃り上げているので、年齢の見当が難しい。

本人は四十五だと言っているが、五つ六つ、さばを読んでいるふうがある。

正一郎は時々、この今助から一中節と藤間流の踊りの稽古をつけて貰っている。市中を変装して歩く隠密廻りは、そういう芸も小道具として必要なのだ。今助は、忠右衛門に比べ、正一郎が何から何まで野暮だとこき下ろす。

一応、自分が師匠だから、たとい、相手が武家であろうと弟子には辛辣な評価をするのだろう。

「でもね、旦那、例の黄身返しの拵え方を仕入れて参りましたよ」

今助は縁側の縁に斜めに腰を掛け、思わせぶりな顔で言った。忠右衛門の眉が、その拍子にぴくりと動いた。

「なに！　わかったってか？」

「へーい」

今助は得意そうに節をつけて応えた。

「何んですの、黄身返しって」

のぶの問い掛けに答えず、忠右衛門は「のぶちゃん、お茶、お茶」と急(せ)かした。

「は、はい」

のぶは慌てて茶の間に行って茶の用意を始めた。

「裏の太鼓が来ているのかえ」

長火鉢の前で煙管を使っていたふでが白い煙を吐いて訊いた。

「ええ」

今助の住まいは実際には表通りにあるから、裏は椙田の家になるのだが、地主の権威で、ふでは今助の所も茂次の所も裏と言う。

「また、妙なことを吹き込まなきゃいいけど」

ふでは心配する。興味を惹かれたとなったら、忠右衛門は時間も立場も頓着しない質(たち)だ。

「黄身返しがどうしたとか……」

のぶが言うと、ふではちッと舌打ちした。

「そんなこと、どうでもいいじゃないか。たかがうで卵の黄身と白身が引っ繰り返ったもん、何がそんなにありがたいのかねえ」

「えっ？」

のぶの手が止まった。黄身と白身が引っ繰り返るということは、白身が中で外側が黄身になるということだ。そんなゆで卵があるのなら、のぶだって見てみたい。いや、食べてみたい。

「おや、お前さんまでおもしろいのかえ」

ふでは小意地の悪い眼でのぶを見た。

「だってお姑さん、不思議ではありませんか。そんなことできるもんなんですか」

「そりゃ、やろうと思や、できないことはないよ。何せ世の中だもの」

この世は何が起きても不思議ではない、というのがふでの理屈であった。のぶは急いで茶を淹(い)れた。早く今助の話が聞きたかった。

「慌ててこぼすんじゃないよ」

ふでは言ったが、口許(くちもと)に笑みが浮かんでいた。

縁側に戻ると、忠右衛門は顎(あご)を撫でながら思案顔していた。茶を差し出すと、今助はこくりと頭を下げ、色の悪い歯茎を見せて笑った。

「お舅さん、黄身返しの卵はどうなりました」

「ははあ……」

忠右衛門は手応えのない声を洩らした。

「どうもねえ、眉唾だと旦那はおっしゃるんですよ」

今助は張り切って伝えた情報に忠右衛門がさほど喜ばなかったことで気落ちしていた。

「ぞっとしないねえ。わし、昔、ひよこになり掛けのうで卵を喰ったことがあるが、あれの方が凄かったなあ」

「眼がついていたんでございますか」

今助は首を伸ばした。

「眼どころか、毛も羽も生えていた」

のぶは思わず眼を瞑った。聞くだに恐ろしい。

「だけど、そんなにまずくなかったよ。ちゃんと、うで卵の味もしたし、かしわの味もした」

「それを召し上がった旦那も大したもんです」

今助は仕方なく持ち上げる。

「やっとうの試合に出ろと言われるよりましさ」

こともなげに忠右衛門は言った。

「今助さんは黄身返しの作り方を覚えたんでございましょう？　教えて下さいましな」

のぶはつっと膝を進めて訊いた。

「これはでございますね、あたくしがお座敷で旗本のお殿様からお聞きしたんでございますよ。そのお殿様はこちらの旦那に負けずにうまい物がお好きでして、おまけに奇妙きてれつな喰い物なら、なお、お好きという変わった方でして、座興に黄身返し卵のことを話して下さったんですよ」

「それで？」

前置きの長い今助にいらいらしながら、のぶは話の続きを急(せ)かした。

「生み立ての卵の頭にですね、針でちょいと穴を空けまして、それをぬかみそに五日ばかり漬けまして、それからお水で丁寧に洗って煮抜きにすると黄身が外になり、白身が中になるということでした、はい」

「その旗本は実際に試したのかい」

忠右衛門は疑わしいような表情で今助に訊いた。

「さあ、そこまでは……」

「理屈は知っているんだよ。そいつは『万宝(まんぽう)料理秘密箱』、別名『卵百珍(ひゃくちん)』の中に書いてあったものだ」

「まあ、それじゃ、お舅さんはとうに黄身返しの作り方をご存じだったんですね」

のぶは感心した顔になった。

「うん。その本は卵料理ばかり集めたものだが、材料や作り方は、とても普通の家じゃ作れないものばかりさ。のぶちゃん、さっきの利休卵もその中に入っているよ。川長で喰った時、ああ、これが利休卵かと思い当たったんで、書いといたんだ。うまかったしね」

「旦那、そこまでご存じでしたら、どうですか、手前ェでちょいと何したら」

今助は忠右衛門に拵えてみろとそそのかす。

「わし、自分でやるの面倒臭い。のぶちゃん、やってみるかい」

忠右衛門はのぶに水を向けた。卵は滋養のある食べ物だが、それは病人が出た時か、客が土産（みやげ）に携（たずさ）えて来た時に口に入る程度で、普段のお菜（さい）にするには贅沢である。酔狂に黄身返し卵を試すつもりはなかった。

「わたくしはご遠慮します。お姑さんに叱られます。それに、中がひよこになり掛けの卵だったら、恐ろしいですから」

そう言うと、今助がからからと笑った。

「さようでございますねえ。ご新造さんは滅多に卵はお召し上がりにならないし」

「そ、のぶちゃん、何んにも喰わないの。白い飯と汁と漬け物だけだよね」

忠右衛門は訳知り顔で言う。

「お浸しもいただきますよ」

のぶはむきになって声を張り上げた。本当にのぶは食べられない物が多い。鰻（うなぎ）は駄目、ひかりものの魚も駄目、塩辛、粕（かす）漬け、麹（こうじ）漬けのようなくせのある物は当然、駄目。紫（し）

蘇(そ)、茗荷(みょうが)、三つ葉、芹(せり)などの香菜も苦手だった。お前は喰い物に好き嫌いがあるから子ができぬのだと、正一郎は嫌味を言う。そうかも知れないとのぶも思う。そんなのぶが、よりによって、喰い道楽の舅のいる家に嫁いでしまったのだ。ふでも食べる物は限られているというものの、鰻の白焼きぐらいは喜んで食べる。親戚の法事などで、外で食事をする時、のぶは食べられない物ばかりで困った。そっと、正一郎や忠右衛門に膳の上の物を助(す)けて貰うのが常だった。

「いつまで油売ってんだよ、このとんちき！」

下らない話ばかりしている三人に業を煮やし、ふでは縁側に出て来て文句を言った。しかし、矛先は今助に向けられていた。

「これはこれは奥様、ご機嫌麗しくて、おめでとうございますです、はい」

「うろちょろしてたら、お座敷に遅れるじゃないか。そしたら、客から祝儀を貰い損(そこ)ねる。貰い損ねたら、店賃(たなちん)がまた滞(とどこお)る。お前さん、わかってるんだろうね。ふた月分、溜まっているんだよ。こういうことが続けば、出て行って貰うからね」

「へいへい、申し訳ござんせん。ちゃんとしっかり稼ぎますんで、平にご容赦のほどを」

「そのくせ、正一郎の束脩(そくしゅう)（謝礼）は、律儀に取り立てる。全くいけ図々しい男だ」

黙って聞いていればふでの小言はいつまでも続く。忠右衛門は、もはや引けろと、目顔で今助に合図した。こくりと肯いた今助は、「それでは皆々様、ご機嫌よろしゅう。

手前、桜川今助、いざ、退散。とざい、東西！」と、おどけて言い、そそくさと庭から出て行った。

「のぶちゃん、晩のお菜は何んだい。わし、目刺しはいやだよ。そうそう、油揚の焼いたのに、大根おろしをたっぷりのせたのがいいな」

忠右衛門は今助の姿が見えなくなると、呑気に言った。

「今、昼飯を喰ったばかりだというのに、もう晩飯の心配かえ。津軽や南部じゃ、飢饉で餓死する者が出てると聞いてるよ。少しは気の毒とは思わないのかえ」

ふでは憎々しげに言う。

「あ、それは御政道が悪いの。領民が窮乏しているとなったら、藩主も家老もご公儀に訴えて救済米を回して貰うよう取り計らうべきなのさ。藩の面目ばかり考えているから、そんなありさまになるんだ」

忠右衛門は経世の才もある。しかし、そんなことはふでに通らない。

「そいじゃ、お奉行に申し上げて、お前さんの言葉を伝えてお貰いよ。津軽の殿様も南部の殿様も涙をこぼして喜ぶだろうよ」

「のぶちゃん、わし、ちょいと散歩に出てくる。ああ、そうそう、帰りに豆腐屋に寄ってくるよ」

忠右衛門はふでの言葉など聞こえないような振りをした。

「そんな、お舅さんがお菜の買い出しだなんて」

のぶは慌てて忠右衛門を制す。

「いいんだよ」

忠右衛門はもはや腰に大小をたばさんで、外出の用意を始めた。のぶは衣桁(いこう)から忠右衛門の羽織を取り上げ、そっと背中から被(かぶ)せた。

「わしが帰るまで婆さんの相手を頼むよ」

肩に回したのぶの手の甲を優しく叩いて忠右衛門は言い添えた。

「誰が婆さんだって？」

ふでの声が尖(とが)る。

「はて、この家に婆さんと呼ばれて不思議じゃないのは何人もいたかな。のぶちゃん、あんた、婆さんと言われたことがあるかい」

「お舅さん！」

「そいじゃ、お君かな」

忠右衛門の言葉に呆れ果てたふでは「いやだ、いやだ」と言いながら、茶の間に引っ込んだ。

忠右衛門は、ふでに対して少し邪険だと、のぶは時々思う。それは長年連れ添った夫婦のあうんの呼吸と言われたらそれまでだが、どうも二人の間には何かのっぴきならない事情が隠されているような気がしてならなかった。

忠右衛門が行方知れずになっていた時に、ふでが理ない仲となり、忠右衛門が無事にお務めに復帰すると、江戸の在にいたふでを呼び寄せたのだ。ふではそれまで、何をしていたのだろうか。親兄弟の話は聞いたことがないし、のぶも訊ねたことはない。訊ねてはいけないようなことに思えて、のぶは口に出さなかったのだ。

三

正一郎はその夜、かなり遅くなってから戻った。腹減らしの忠右衛門のために晩飯は先に済ませ、ふではさっさと床に就いた。さんざん朝寝をした忠右衛門はまだ眠気が差さないらしく、正一郎が帰宅すると寝間着のまま茶の間に出てきた。

「ただ今戻りました」

普段着に着替えた正一郎は忠右衛門の顔を見ると丁寧に頭を下げて挨拶した。

忠右衛門とは性格も風貌も正反対の男である。三十歳の正一郎は両親のよいところばかりを引き継いでいると、のぶの実家の母親は言う。近所の住人も鳶が鷹の子を産んだと噂している。それは忠右衛門を見かけだけで判断していると、のぶは思う。隠密廻りであるから正一郎は滅多に笑顔は見せず、常に厳しい表情をしている。のぶはわが夫ながら、正一郎の視線に胸が冷える瞬間がある。のぶが気を許しているのは、むしろ忠右衛門の方かも知れない。

「ずい分、遅くまで掛かるね。張り込みかい」

忠右衛門は正一郎の横に座って労をねぎらうように訊いた。

「例の押し込みの下手人らしいのが吉原の遊女屋に居続けているという話を聞きまして、今まで見世の前で張っていたのですが、どうやら無駄骨でした」

正一郎は疲れた顔で応えながら湯漬けを掻き込む。忠右衛門は膳の沢庵に手を伸ばして、一つ口に放り込んだ。

「吉原の何んという見世だい」

ぽりぽりと音をさせながら訊く。

「それが見世の名は定かに知れなくて、江戸町あたりの小見世としかわかっておりませぬ。とにかく、そこに行けば敵は姿を現すだろうと思っておりましたが、さすが吉原、小見世と申しても数が多くて……埒は明きませんでした」

「その話、どっから仕入れたんだい」

忠右衛門は首を伸ばした。

「本所の菊蔵から聞きました」

回向院前の広場を縄張にする岡っ引きだった。

「あいつ、吉原にそんなに詳しくはないだろうに」

忠右衛門は腑に落ちない顔で言う。

「あいつも又聞きらしくて、どうも、もう一つピンときませんでしたが」

「いけないよ。隠密廻りは探索が真骨頂だ。しっかりしたことを聞いてから動き出さなけりゃ……菊蔵が誰からその話を聞いたのか確かめた方がいいね」

「さようですね。富士屋の押し込みがあった後、本所の寺で開かれた賭場（とば）で、やけに派手に金を遣う男がおりまして、そいつが仲間の一人ではなかろうかと拙者も目をつけておりました。ですが、この頃、ふっつり姿を消したので、慌てていたところでございます」

「博打（ばくち）に飽きたら、後は酒と女という寸法かい」

「そんなところですな」

「目のつけ所はよかったが、それをすぐに吉原に結びつけたのはいただけないねえ」

「父上、それでは他に当たるべきだったとおっしゃられるのですか」

正一郎は背筋を伸ばして父親の顔を、まじまじと見た。

「賭場は深川なんだろ？　だったら、何も吉原まで足を伸ばさなくても、近間に料理屋も岡場所もあるわな」

そう言われて正一郎は茶の間の天井を睨（にら）んで思案顔をした。

「いいことを教えてやろうか。深川に仲裏があるだろ？」

「はい。永代寺前の門前仲町にある岡場所ですね」

「ああ。子供屋の入口を抜けると、奥の突き当たりに細い横丁があるんだ。その東側はさあ、江戸町一丁目と呼ばれているんだよ。あそこは確か相模屋という見世だったなあ。吉原にあやかっているのさ。表櫓の方には角町や京町もあるよ」

「父上は下手人らしき者が深川に潜伏しておると考えるのですか」

「そう考える方が自然だろうが。まあ、賭場でいい目が出たというなら、本物の江戸町へも行くだろうが、そうじゃないんだろ？」

「はい、賭場に顔を出している間に十両ほど負けたと聞いております」

「すごいねえ。十両あったら平清でとびきりのうまい物が喰えたのに、無駄なことをする奴だ」

「平清」は深川で有名な料理茶屋だった。

　のぶは忠右衛門の話を聞きながら感心していた。江戸町というと、人はすぐさま吉原を思い浮かべるが、忠右衛門はそうではなかった。前後の事情を考えて下手人らしいのは、まだ深川にいると考える。そして、深川の岡場所に目をつけたのだ。奉行所の仕事のことは、さっぱりわからないのぶでも、忠右衛門の話は的を射ていると思った。

「お前様、さっそく明日になったら深川においでなさいませ」

　のぶは張り切って正一郎に言った。正一郎は、その瞬間、ぎらりとのぶを睨んだ。

「おなごが亭主の仕事に口出しするな」

　冷たい言葉が返ってきて、のぶは胸が冷えた。

「そう邪険にするものではないよ。のぶちゃんは、のぶちゃんなりにお前のことを心配しているんだから」

　忠右衛門が取りなしても正一郎の機嫌は直らなかった。春とはいえ、吉原で何時間も張り込みをして、しかも、それが見当違いだったと気づいて、正一郎は大いに自尊心を傷つけられていた。正一郎は恥をかくことや失敗をすることを異常に嫌う男だった。

「拙者、疲れております。お先に休ませていただきます」

　憮然(ぶぜん)とした表情で応えると、席を立った。

　のぶは正一郎が茶の間から出て行くと、思わず洟(はな)を啜った。

「ごめんよ、のぶちゃん」

　忠右衛門は気の毒そうな顔で謝った。

「いいんです。わたくしがぼんやりだから、いつも正一郎さんに叱られるんです。わたくし達、きっと、きっと……」

「きっと、何んだい」

「性格が合わないんです……この頃、どなたか別の方が正一郎さんの奥さんにふさわしいのじゃないかって思うのですよ」

「そんなことはないよ。わし、のぶちゃんが嫁さんで喜んでいるよ」

「ありがとうございます。でも、わたくしはお舅さんの所へ輿入れした訳ではありませんので……」

のぶはそう言って、膳を持ち上げた。忠右衛門はまた、沢庵に手を伸ばすところだった。

のぶの勢いがよかったものだから、その拍子に忠右衛門の手を振り払うことになってしまった。「あ」と、のぶは声を上げたが、忠右衛門は、いいから片づけろというような手の仕種をした。

「すみません」

のぶの言葉に吐息で応えた忠右衛門の顔は悲しげに見えた。

四

正一郎はのぶと祝言を挙げる前、思いを寄せていた娘がいたという。それは正一郎からではなく姑のふでの口から聞かされた。

相手は、幕府の小普請組を務める男の娘だった。小普請組は閑職で役禄がつかないので、生活は苦しかった。その娘も母親の内職を手伝っていたのだ。正一郎がその娘と知り合ったきっかけは、娘の家の近くで殺しの事件が発生し、当日の様子を聞くために近所を廻っていて、たまたま、その家にも訪れたことからだった。本来、町方役人が武家の家を訪れるということは希（まれ）だが、その家は屋敷の半分以上も他人に貸し、周りはすべて町人という状態であった。正一郎は念のため、娘の家も訪れたのだ。娘の母親は武家の妻にしては気さくな女で、正一郎を家の中に招じ入れ、茶など振る舞ってくれた。

ちょうど、桜の季節の少し前で、娘は露店の庇（ひさし）を飾る造花の飾りを拵えていた。桜の花びらを串刺ししたようなものだ。

正一郎はひと目で娘に魅かれた。それからは、椙田家の到来物のお裾分けを理由に、頻繁に娘の家を訪れるようになった。

娘の父親は病を得て、床に就いていた。娘は長女で、下に弟が一人、妹が二人いた。娘は弟を元服させて、御番入り（ごばんいり）（役職に就くこと）が叶うことを願っていた。そのために婚期を逃し、すでに二十歳にもなっていた。

当時、正一郎は十九歳で娘より一つ下だった。自分の母親も夫より年上であるから、それは少しも気にならなかった。

正一郎は娘を妻に迎え、両親や弟妹達の面倒も見ると、娘の父親に申し出た。父親は涙をこぼして喜んだ。

だが、間もなく父親は亡くなった。娘は正一郎に、祝言は一年待ってほしいと告げた。父親の喪に服するのは当たり前なので、正一郎も承知したが、娘はある事情を隠していた。

娘は前々から幕府の目付役の男の後添（のちぞ）えに入る話を仄（ほの）めかされていたのだった。父親が生きている内は、その話を受ける気はなかったらしい。しかし、父親の死で事情が変わってしまった。長女として家族を養う責任が娘の薄い肩にいっきにのし掛かったのだ。

正一郎の援助だけでは到底、間に合わないと思うようにもなった。

目付の男の後添えに入れば、弟の御番入りにも便宜を計らって貰えると判断した娘は、父親の死後、正一郎には黙ってその話を受けたのである。

正一郎が荒れたのは言うまでもない。目付役の男の家に押し掛け、娘を返せとわめいた。

忠右衛門と与力、正一郎の同僚の見習い同心達がこぞって正一郎を連れ戻しに行った。その時、娘が正一郎に呟いた台詞（せりふ）は「わたくしはもう、貧乏暮らしはいやでございます」というものだったそうだ。

正一郎は二重に傷ついた。

それから毎日、毎日、浴びるほど酒を飲み、酔っては暴れた。業を煮やしたふでは、これは持たせるものを持たせれば落ち着くだろうと、自ら嫁探しに乗り出したのだ。忠右衛門はそんな才覚のない男だった。

　ふでが目を付けたのがのぶだった。世間知らずで、何もわからないのぶは、正一郎の名が出た途端、胸が躍（おど）った。習い事に通う道で何度か正一郎を見かけたことがあった。男らしい風貌の正一郎は他の男達と違って見えた。

　のぶの初恋の相手は正一郎であったのかも知れない。のぶの父親も町方奉行所の役人で八丁堀の亀島町の組屋敷に住んでいた。今は兄の恵兵衛（けいべえ）が跡を継いでいる。その下の二人の男子は同じ町方役人の家に養子に入っている。のぶは末っ子の一人娘だった。両親は反対したが、のぶは輿入れしたいと言った。それで縁談が纏（まと）まったのであるが、思えば自分は子供だったと、のぶは思う。

　正一郎の事情など意に介してもいなかったのだから。手ひどい失恋をした男が妻に優しくなれるはずがない。のぶの甘い気持ちは嫁いで半年後には跡形もなく消えていた。子を二度も駄目にしてからは、ますます正一郎との間は拡がっていくような気がする。

　この頃、滅多に正一郎はのぶには触れない。よそに好きな人ができたのだろうか。のぶはふと思うことがあった。

忠右衛門の助言が効を奏し、正一郎は日本橋通り一丁目、太物屋（ふともの）「富士屋」に押し入り、主、番頭、手代の三人を殺害して金品を奪った無宿者の金次、辰吉、引き込み役の富士屋の手代末吉の三人を捕らえた。

富士屋は幸い、主の息子が店を引き継ぐので今後の商いにも影響がなく、この一件はめでたく落着した。

五

南紺屋町の染物屋に、ふでから頼まれた反物を届けたついでに、京橋の橋際に店を構えている小間物屋で、のぶは化粧の品を幾つか求めた。

店を出た時、堀の水が陽の光を受けてきらきら光っているのに気づいた。のぶは京橋の真ん中辺りで足を止め、欄干に凭れてじっと水の流れを見つめた。その流れは八丁堀に続いているけれど、白魚橋までは紅葉川と呼ばれている。白魚橋の下で東の楓川と交わる。

紅葉川は忠右衛門、八丁堀は正一郎、白魚橋はふで、横から流れる楓川は自分と思いたいが、どうしてもそれはできなかった。

のぶはぼんやり、相田の家を出ることを思い始めていた。忠右衛門はがっかりするだろうが、このまま相田の家に留まっていても仕方がないような気がする。今すぐという訳ではないが、実家に戻り、母親と一緒に暮らしたかった。そうして、母親がいなくなったら、自分は剃髪して尼寺にでも入ろう。そんな突飛な考えも頭を掠(かす)めた。

「若奥様」

背中から聞き慣れた声がした。振り向くと今助が笑っていた。

「ちょいと深刻な顔をしておりやしたね。あたくしは若奥様が身投げでもしやしないかと、はらはらしましたよ」

「まさか」

のぶは苦笑した。

「これからお戻りでしょう？　お屋敷まで道行きと洒落(しゃれ)ましょうよ。若旦那が一中節(いっちゅうぶし)をさらってくれとおっしゃっておりましたんで」

今助は愛想のいい顔で続けた。

「あら、うちの人、本日は早いお戻りなのでしょうか」

のぶは途端に慌て出した。ぐずぐずしていたら、また怒鳴られる。

「若奥様もお大変でございますねえ。変わり者の若旦那に、これまた変わり者の旦那。おまけに口じゃ敵(かな)わない奥様ときたら、気の休まる暇もありませんねえ」

「今助さんは同情して下さるの？」

「そりゃもう」

「わたくしねえ、本当にうちの人の奥さんでいいのかしら」

「へへえ、何んです？」

今助は呑み込めない顔で、のぶを見つめた。

「わたくし、うちの人に嫌われているような気がして、それが辛いのですよ」

今助は言葉に窮して黙った。真顔にもなっている。

「若旦那にレコでもできやしたかい」

今助は小指を立てて訊いた。

「いいえ……でも、そんな方がいらしたとしても、わたくしはぼんやりだから気がつかないと思いますよ」

「それはねェでしょう。どんなにぼんやりでも女房の勘は働くもんです」

「そうでしょうか」

「そうですよ。若旦那がお屋敷にお戻りになった時に白粉の匂いでも嗅ぎやしたんですか」

「いいえ、それは」

「そうでしょう？　若旦那は野暮天だから、そんな気の利いたことはできやせんよう」

今助は一生懸命のぶを慰めてくれていた。

のぶは今助の親切が嬉しくて思わず涙ぐんだ。

「いけねェ、いけねェ。泣いちゃいけやせんよ。泣けば烏（からす）がまた騒ぐってね」

「いやだ」

のぶは涙を浮かべた眼で笑った。

「ご機嫌直しに、いいもんを差し上げやしょう」

今助は羽織の袖を探って、紙に包んだ物をのぶに差し出した。

「なあに？」

「開けてごらんなさい」

今助は悪戯（いたずら）っぽい表情で言った。くしゃくしゃの鼻紙を開けると、中は卵だった。

「ゆで卵ですか」

「そうですよ。だが、ただのうで卵じゃありやせんよ」

今助は思わせぶりに言う。のぶは、はっとした。例の卵だろうか。

「今助さん、もしかしてこれは黄身返し？」

「へーい」

今助が肯くと、のぶの胸は少しどきどきした。

「これはどなたからいただいたのですか」

「卵屋ですよ」

当たり前と言えば、当たり前の話である。

酔狂に黄身返し卵を作ってみようとするのは、よほどの暇人か、幾らでも卵が使える卵屋ぐらいのものだ。

「本当にこれは外側が黄身で、中が白身なのですか」

「わかりやせん。あたくしもさっき貰って来たばかりなんで、まだ確かめてはいないんですよ。二つ貰ったんで、若奥様に一つ進呈しますよ」

「お舅さんの方が興味をお持ちになると思うのですが……」

「どうですかねえ。あの人はまた、何んだかんだと茶々を入れるだけで、大してお喜びにならねェと思いますよ」

「そうでしょうか。でも、お珍しい物をありがとうございます」

のぶはそう言って頭を下げた。大事に紙の中に卵を戻して袖に入れると「ささ、参りましょうか」と、今助を促した。

二、三歩進んで、のぶは今助を振り返った。

「今助さん、さっきのお話、内緒にしておいて下さいな。お舅さんが心配しますから。もちろん、うちの人には絶対に秘密よ」

のぶは釘を刺した。

「それはもう、わかっておりますって」

今助は鷹揚に笑った。

岡崎町の家に着くと、のぶは今助を玄関に促し、自分は勝手口から中へ入った。すでに晩飯の時刻で、台所ではお君がてんてこまいしていた。忠右衛門が「腹減った」と騒いでいるらしく、ふでが「もう少し、お待ちったら」と、癇を立てている声が聞こえた。

外でぐずぐずしている内、存外に刻を喰ってしまったようだ。

「ごめんなさい、お君。京橋で今助さんと出くわして、お喋りしている内に遅くなってしまったのよ」

「若旦那様はご立腹で、あたしも困ってしまいました」

「そう……」

「お師匠さんも、なかなかお見えにならないし、大旦那様は四半刻（三十分）前からお腹がお空きで、奥様がお煎餅を差し上げたのですが、それが唐辛子入りの辛いのだったもので、舌が焼けるようだと大騒ぎされましてね。だったら、召し上がらなきゃよろしいのに、ぺろりと平らげた後でおっしゃるので、それでまた、奥様と口喧嘩になりまして」

お君は汁の味見をしたり、まな板で青菜を刻んだりしながら、口も盛んに動かす。

正一郎の部屋から、節を唸る声が聞こえたかと思ったが、すぐに止んだ。

「おや、もうお帰りかえ。今日の稽古は何かえ、ひやかしかえ」

ふでが今助に嫌味を言っている。のぶは慌てて玄関に出て行った。

「若奥様、若旦那はどうも興が乗らないそうで、本日はま、これでお開きでございます」

今助は鼻白んだ表情で履物（はきもの）に足を通すと、そそくさと帰って行った。今助は呼びつけられて、すぐに追い払われたので、不愉快そうだった。

ものを教わるには、たとい、相手の身分が低くても謙虚な姿勢を取らなければならない。

正一郎には、そういう配慮が欠けていると、のぶは思う。だが、面と向かって注意をすることなど、もちろん、のぶにはできなかった。

「のぶ、のぶ」

正一郎の声が響いた。のぶは急いで正一郎のいる部屋へ向かった。

「貴様、飯刻（めしどき）まで何をしておった。父上がいらいらしておるではないか」

正一郎の眼は吊り上がっていた。

「申し訳ありません。お姑さんの用事で出ていたものですので」

「おれはまた、唐天竺（からてんじく）まで行ったのかと思ったものだ」

「そんな大袈裟な。ちょうど京橋で今助さんにお会いしましたので、一緒に帰って来たのですよ」

「ほう、ついでにどこぞに寄って、油でも売って来たのか」

「そんなことはありません。まっすぐ戻って参りました」

「あれも一応は男だからな、一緒に歩いていたとは外聞が悪い。よくよく気をつけろ」

「そんな……」

呆れた顔になったのぶに、正一郎は「口答えするな」と、制した。

晩飯は、のぶにとって、さらに最悪だった。

魚屋が持って来たのは、こはだの酢じめで、のぶには食べられない。汁も魚のアラが入っていて、青みに三つ葉を使っていたので駄目だった。青柳と葱のぬたも手がつけられない。

こんなことなら、煮売り屋から座禅豆でも買って来るのだったと思ったが、後の祭りである。

のぶは沢庵をお菜に、汁もなしで、喉を詰まらせながら晩飯を終えた。正一郎はそんなのぶに、ことの外、機嫌が悪く、ものを喰うのがいやなら死ね、とまで言った。

六

椙田家の家族が寝間に引っ込み、お君も仕舞湯から戻った後は女中部屋に引き上げた。

のぶは火の始末と、戸締まりを確かめた後もぐずぐずと台所の座敷に残っていた。

正一郎が寝入った後でないと、寝間に行く気がしなかった。晩飯の時の暴言を忘れて、のぶに手を伸ばしてくるとしたら、なおいやだ。正一郎に対する唯一の抵抗だった。もっとも、最近の正一郎はのぶにとっくに愛想が尽きているふうもある。のぶのささやかな抵抗すら意味のないことかも知れなかった。

味気ない食事では小腹も空いていた。戸棚の中を探すと、砂糖が粉をふいたようになっている羊羹のかけらが出てきた。のぶはそれを茶受けにして、茶を飲むことにした。

瀬戸火鉢の傍で背を丸めて茶を啜るとため息が出た。

「のぶちゃん、まだ起きていたのかい」

厠で小用を足した様子の忠右衛門が台所の座敷に顔を出した。

「ごめんなさい。うるさかったでしょうか」

「いいや。灯りが点いていたんでね」

忠右衛門はそう言いながら腰を下ろした。

「お茶、お飲みになります？」

「うーん、どうしようかな。茶を飲むと、また小便に起きなきゃならないし……だけど、少し喉も渇いているし、その羊羹もひと口喰いたいし」

「どっちなんです」

「少し飲むよ」

のぶは、ふっと笑って湯呑に茶を注いだ。

菓子皿も忠右衛門の前に押しやった。

「わし、子供の頃、羊羹のはじっこが好きだったねえ。何んかさあ、砂糖が余計に甘く感じられてうまかったよ」

「お舅さんは本当に変な物ばかりお好みですよねえ」

「そのお蔭で嬶ァと息子まで変なのになったよ」

のぶはくすりと笑っただけで、忠右衛門に言葉は返さなかった。

「ごめんよ、のぶちゃん。あいつ、一人息子だから我儘で……」

「いいんです。わたくしは夫の機嫌を取れない愚か者の妻ですから」

「自分のことをそんなに悪く言うことはないよ。のぶちゃんは一生懸命やってるさ」

「世の中には性格の違うご夫婦がたくさんおりますわねえ。でもその方達だって、一つぐらいは相通じるものがあると思いますよ。そうじゃなかったら、とても一緒には暮らせませんもの」

「わしと婆さんも合わん」

忠右衛門はきっぱりと言った。

「でも、お二人は相惚れでご一緒になられたのでしょう？」

「うーん、どうかなあ。もっとも、わし、おなごが惚れるような男じゃないから、婆さ

ん の他に嫁のなり手はなかっただろう」

「ご冗談を」

「あいつはただの一度だって、わしの言葉に素直に従ったことはないよ」

「まあ、そうですか」

「何んでも手前ェで決めて、手前ェで事を運ぶんだ。わし、そんなに頼りにならない亭主かねえ」

「さあ、どうでしょう」

のぶは、さり気なくはぐらかした。忠右衛門に従っていたら、椙田の家はたちまち日干しになるだろう。奉公人を雇う時も、盆暮の用意も、ふでが采配を振るっているからこそ、滞りがないのだ。

「のぶちゃんも年を取ったら婆さんみたいになるのかねえ」

忠右衛門はその時だけ、しみじみした眼になった。

「そう思います？」

「のぶちゃんは育ちがいいから、婆さんのようにはならないだろう」

忠右衛門は珍しくお世辞を言った。忠右衛門と話をしている内、のぶも少し気持ちが軽くなった。羊羹を口に運ぶ忠右衛門を眺めながら、のぶもゆっくりと茶を飲んだ。

その時、袖の中に僅かに持ち重りする感触があった。

「あっ！」

のぶは素頓狂(すっとんきょう)な声を上げた。

「どうしたんだい」

忠右衛門は怪訝(けげん)な眼でのぶを見た。

「お舅さん、今助さんからいい物をいただきましたよ。お舅さんが驚くような物」

「何んだい、のぶちゃん。もったいつけないで教えておくれよ」

「あれ」

「え？」

「きの字のつく物」

「黄身返しかい」

謎解きを忠右衛門としてもつまらない。すぐに言い当てられてしまうからだ。だが、のぶが袖の中から卵を取り出すと、忠右衛門の丸い眼はそれに釘付けになった。

「のぶちゃん、わし、胸がどきどきしてきた」

「そうでしょう？」

のぶは得意そうに言った。

「のぶちゃん、早く剝(む)いておくれよ」

忠右衛門はのぶを急かす。

「はいはい」

のぶは鼻紙を薄縁（うすべり）の上に拡げ、丁寧に殻を剝き始めた。忠右衛門は身じろぎもしない。

のぶは黄身返し卵に過剰な期待を持っていたのかも知れない。つまり、のぶの頭の中では本当に黄身と白身が反転しているゆで卵だった。

しかし、殻を剝いた卵は、白身と黄身がまだらになった汚らしい代物だった。

「これが黄身返しなんですか？」

のぶは呆れた声で訊いた。

「のぶちゃん、包丁で切ってくれ。半分こにしよう」

忠右衛門に言われ、のぶは流しの傍から菜切り包丁を持って来て、真ん中から二つに割った。中心は白身が多いというものの、やはり、のぶが想像していた物とはほど遠い。

だが、忠右衛門はすぐさま口に入れると、「うん、なかなか乙だね」と、言った。

のぶも口に入れてみたが、水っぽく、冷たいゆで卵でしかなかった。

「のぶちゃん、期待外れみたいな顔してるよ」

「そうですか？　考えていたのと、少し違っておりましたもので」

「物事の実態なんて、こんなものさ。蓋を開けりゃ、埒もないことの方が多いんだよ」

「お舅さんは乙だとおっしゃいましたよ」

「言葉のあやだよ」

「もう……でもお舅さん、この卵はやはり、ぬかみそに漬けたのでしょうか」

「いや、違うだろう。ぬかみそで試したけれど、うまく行かなかったんで、これはあれだな、長い針みたいなもんで、殻を壊さないように中身を掻き回したんだろう」

「そうですよねえ。そんな、黄身返しなんて不思議なことができる訳はありませんもの」

「人はね、当たり前のことがおもしろくないんだよ。裏返しや逆さまが好きなのさ。とどのつまり、人って生き物はへそ曲がりなんだよ。正一郎は、このできそこないのうで卵さ。のぶちゃん、普通のうで卵にしておやりよ」

忠右衛門が何を言いたいのか、その時ののぶにはわからなかった。のぶは曖昧に笑った。

「さ、わし、もう寝るよ。のぶちゃんもさっさとお休み。ごちそうさん」

忠右衛門はそう言って、台所から出て行った。のぶは卵の殻と菜切り包丁を片づけると、水瓶から柄杓で水を掬い、喉に流し入れた。

胃の中に水と一緒に黄身返し卵が下りていくのがわかった。久しぶりに食べたゆで卵は、付け木のような匂いがした。それはまた、おならの匂いにも似ていた。のぶは吐息をつくと、そっと顔をしかめた。

藤尾の局

一

「ささ、お内儀さん、お嬢さん、お早く！」

番頭の寿助の声が切羽詰まっていた。お利緒と母親のお梅は母屋と繋がっている店蔵の中に急いで入った。

二人が店蔵に入った途端、寿助は重い扉を閉じ、錠前をがちゃりと掛けた。店蔵の扉が閉じられると、内所の喧噪もそれとともに遮られた。お利緒はようやくほっとしてお梅の顔を見上げた。

お梅はすぐに「梯子段を上りましょう。座れる場所があるはずですよ」と、お利緒を促した。お利緒はお梅の先になって狭い梯子段を上った。

両替商「備前屋」は浅草・御蔵前に店を構える間口六間半の堂々とした店である。主の清兵衛は今年、五十五歳になる。その妻であるお梅は三十九歳で、清兵衛とはひと回り以上も年下だった。お梅は清兵衛の後添えとして備前屋に迎えられ、お利緒を生んだ。

清兵衛には先妻との間に息子が二人いたが、娘がいなかったのでお利緒の誕生を大層喜んだ。

しかし、お梅と息子達の仲は芳しくなかった。先妻のおまさは病で亡くなっていた。清兵衛がおまさの一周忌を待たずにお梅を家に入れたことで息子達と確執ができたのである。

清兵衛の愛情がお利緒にすっかり移っている様子も、息子達の恨みを募らせることになったようだ。二人とも酒乱のくせがあった。酔っては暴れた。清兵衛は息子達の暴力に業を煮やし、店はお利緒に婿を取って継がせる、お前達は勘当だと、なにがしかの金を渡して家から追い出してしまったのである。

しかし、それで収まりがつく訳がない。息子達は懐が寂しくなると備前屋を訪れて小遣いを無心した。二人とも職に就いている様子はなかった。清兵衛が金を出すことを渋ると二人して暴れた。一度は匕首を忍ばせて来て、危うくお利緒は怪我をするところであった。酒気がなくなれば冷静さを取り戻すので、とにかく二人を寝かせておとなしくさせるまで清兵衛と番頭、手代が、あの手この手で宥めるのである。

お梅とお利緒が傍にいると尚更息子達は興奮した。それで、息子達がやって来た時は慌てて人目につかない場所に母と娘は隠れるのだった。前の時は納屋に隠れたが、そこはすぐに見つけられてしまった。お梅は長男の清吉に腰を蹴飛ばされ、しばらくの間、歩くこともできなかった。今度二人が来た時は店蔵に隠れるようにと前々から手筈（てはず）を調（ととの）えていた。それが今日になった。

梯子段を上って行くと、高張り提灯（ぢょうちん）や掛け軸、塗りの膳などが目についた。それ等は壁際の棚にきちんと並べられてある。床には長持ちなども置かれていたが、板の間の中央にようやく座れる場所があった。店蔵で必要な物を取り出す時、そこに座って中身を確認するのである。傍には燭台（しょくだい）も置いてあった。梯子段の上は芝居小屋の二階桟敷（さじき）のようになっていて、落っこちない用心のために竹の桟が回してある。そこから下を覗（のぞ）けば、店蔵の階下の様子が見渡せた。階下にも古い簞笥（たんす）や螺鈿（らでん）の違い棚、挟み箱などが置いてある。商売柄、頑丈な銭箱も積み重ねられていた。

「かかさま、燭台に火を点（つ）けましょうか？」

十二歳のお利緒は母親に訊（き）いた。店蔵の中は閉め切っているせいで確かに仄暗（ほのぐら）かったが、灯（あか）り取りの窓から弱い陽射（ひざ）しが微（かす）かに差し込んでいた。

「いいえ、まだ陽の目がありますゆえ、灯りを点けるのはもう少し後に致しましょう。ここは燃える物ばかりで火事でも起こしたら大変ですから」

お梅は用心してそう言った。

「兄さま達、おとなしく帰ってくれるかしら」

お利緒は独り言のように呟いた。そろそろ晩飯という時分に兄達が現れたので、食べるのはいつもより遅くなりそうだった。もしかしたら朝までこのままかも知れないと、お利緒は思った。

「今日は格別に御酒を召し上がっていたようですから、どうでしょうねえ」

お梅は他人事のように応えた。その表情は特に心配しているふうでもなかった。毎度のことでお梅はすっかり慣れっこになっているようだ。しかし、お利緒は兄達が訪れると、相変わらず煩わしさと厭わしさを覚えた。

お利緒はいつも母親について不思議に思うことがあった。お梅は決して腹を立てない。高い声など聞いたこともなかった。二人の息子に罵声を浴びせられても「落ち着いて下さいませ。ゆっくりとお話を致しましょう」と、悠長に応えるだけであった。そんな母親がお利緒には歯がゆかった。反対にお利緒は甲高い声で、「兄さまなんて、大嫌い！」と何度も叫んだことがある。そうすると兄達は尚更、烈火のごとく怒った。

お利緒は後でお梅にやんわりと説教を喰うことになる。

「御酒を召している殿方には何を言っても無駄です。余計なことを言えば火に油を注ぐことになるのですよ」

お利緒はお梅の言葉に殊勝に肯くものの、兄達がやって来て暴れると、やはり叫びたい衝動に駆られた。

「今日は長丁場になりそうですね。旦那さまがうまく取りなして下さるとよろしいのですが」

お梅はそう言って、袂からお利緒の好きな最中を取り出して膝の前に置いた。

「まあ、かかさま。いつの間に？」

お利緒は感心した声で訊いた。

「咄嗟に袂に入れておりましたよ。でも、お茶はありませんから、ゆっくり召し上がれ」

お梅はお歯黒で染めた口許をほころばせて言った。眉の剃り痕が青い。引っ詰めの丸髷には飴色の笄がすっと挿し込まれているだけで、他に余計な飾りはない。御納戸色の鮫小紋の着物に媚茶の緞子の帯を締めている。その装いは商家のお内儀として、さして目に立つものではなかったが、お梅の仕種、言葉遣いは他の女房達と、どこか違っていた。

まず、その美しい立居振る舞い。加えて丁寧な物言い、穏やかな表情は備前屋の客の間でも評判になっていた。お梅は華道、茶道の心得があり、さらに琴、三味線をよくする。

和歌も詠み、手紙を書かせたら、それこそ誰もが感嘆の声を上げるほど麗しい字である。

それもそのはず、お梅は江戸城の大奥に十年近く女中奉公していたことがあったのだ。

お梅は京橋の呉服屋の娘だった。娘を大名屋敷に奉公に出すのは商家の誇りである。しかも、それが江戸城となれば、並の女中奉公とは訳が違う。お梅は大奥でよく勤め、老女藤尾を名乗っていた。藤尾の局であった。

お梅は御台様の覚えもめでたく、そのまま一生奉公の覚悟を決めていた。ところが、実家の母親が病に倒れると、母親は一人娘のお梅をひどく恋しがるようになった。嫂がどれほど親身に看病したところで実の娘には敵わない。お梅は母親のために、とうとうお暇を願い出て実家に戻り、看病に専念した。

しかし、母親はお梅の看病の甲斐もなく、それから半年後には亡くなってしまった。お梅が傍にいることで安心したせいか、さほど苦しまず、眠るように逝った。それがお梅のせめてもの救いになった。

母親が亡くなると、俄にお梅の今後の身の振り方が問題となった。店は兄の藤兵衛が跡を継いで何んの心配もなかったが、母親の看病が終わると、途端にお梅は何もすることがなくなり途方に暮れた。嫁に行くにも御殿奉公が仇になって二十七と薹も立っている。おいそれと嫁ぎ先はなかった。

清兵衛との縁談が持ち上がったのは、その頃である。清兵衛の母親は実家の店を贔屓にしていた客の一人であった。清兵衛の母親も若い頃は水戸様に奉公していたという。藤兵衛がお梅のことを何気なく話題にすると、清兵衛の母親は息子の後添えにどうであろうかと水を向けて来た。藤兵衛はその話に飛びついた。その機会を逃してはお梅が行かず後家で終わると思ったのだ。

そうしてお梅は、ろくに清兵衛の顔も知らないまま、慌ただしく備前屋に輿入れしたのである。近所の人々はお梅が備前屋に持ち込んだ花嫁道具の多さに驚きの表情を隠さなかった。御台様より拝領した道具の数々は、お梅の前身を嫌でも物語っていた。しかし、それ等の高価な道具も今は店蔵の中で眠っていて滅多に使われることはなかった。

渡りに舟のような縁談ではあったが、清兵衛は思いの外、よい夫であった。夫婦仲も睦まじく、お梅は嫁いだ翌年にお利緒を生んでいる。そのまま幸福な暮しが続くものと思っていたが、やはり生さぬ仲の息子達のせいでお梅は苦労を強いられることになった。

清兵衛の母親が生きている内は、それでもまだましな方だった。姑が寄る年波に勝てずあの世に旅立つと、息子達は堰を切ったように乱暴狼藉を働くようになったのだ。

お利緒は兄達が何を言っても、何をしてもお梅が怒ったりしないので増長しているのだと思っていた。ぴしりと言ってやればいいのにと、いつも思う。

「どうして兄さま達はお酒を飲むと暴れるのかしら。普段はお利緒、可愛いなあと言ってくれることもあるのに……」

お利緒は最中の端をひと口齧ると言った。

唐人髷の頭はお利緒によく似合う。目鼻立ちは清兵衛に似ているが、顔の輪郭はお梅と同じ細面だった。藤兵衛は商売柄、お利緒によさそうな反物を見つけると、いそいそと届けてくれる。お利緒は周りの者に可愛がられていた。物怖（ものお）じしない性格のせいかも知れない。

「可愛いとおっしゃったのは清吉さん？　それとも清次郎さん？」

お梅は興味深そうな顔でお利緒に訊く。

「二人ともよ」

お利緒は得意そうに小鼻を膨らませた。

「清吉兄さまはあたしに、いちまさん（市松人形）を買って来たこともあったでしょう？　ととさまはそれを見て、どういう風の吹き回しだろうと皮肉をおっしゃったから、また喧嘩（けんか）になったのよ。かかさまも憶えておいででしょう？」

せっかくお利緒のために買って来た人形は長男の清吉が自棄（やけ）を起こして頭の毛を毟（むし）り取ってしまい、無残な姿になった。お利緒は「お人形がお坊さんになっちゃった」と言って清兵衛を苦笑いさせた。

「兄さま達はお利緒を憎くはないのですよ。だってきょうだいですものね。わたくしだけが憎いのです。兄さま達から大事なととさまを奪ってしまった女ですから。わたくしのとばっちりがお利緒まで及んで、申し訳ないことだと、いつも思っております」

お梅は律儀に娘に頭を下げた。お利緒は慌てて、そんな母親の手を取った。

「やめて、かかさま、そんなことをなさるのは。かかさまに非はないのですから。悪いのは兄さま達ですよ」

「いいえ、兄さま達の気持ちを考えると、それも無理はないと思うことがありますよ」

「お人のよい。だからかかさまは兄さま達に見くびられるのよ」

「おやおや、お利緒は威勢のよいことを言いますね」

お梅はそこでおかしそうに鈴のような声で笑った。

「あたしは御蔵前生まれの御蔵前育ちですからね。気っ風だけはいいのですよ」

「なるほど……」

お梅は感心したように言ったが、眼は笑っている。

「あら、からかっているのね。あたし、もう少し大きくなったら兄さま達なんて追い払ってやるわ。小太刀のお稽古を始めたのはそのためですもの」

お利緒は意気込んで言った。お利緒が七歳の時から近くの道場に剣術の稽古に通っているのは本当だった。師匠から筋がいいと褒められている。

「剣術の腕を上げて兄さま達をやっつけてやると、本気で思っているの？」

お梅は眉間に皺を寄せた。

「ええ、そうよ」

「そういう了簡ならばおやめなさい」

お梅の声がその時だけ厳しかった。お利緒は眼をしばたたいて母親の顔をまじまじと見つめた。お梅は淡々と言葉を続けた。

「意地悪をされたからと言って、その報復をしようなどと考えてはいけません」

「なぜです？」

「そのようなことは、よい結果になりません」

「でも、かかさまは兄さま達にいいようにされるばかりではありませんか」

「あの二人はまだ若いのです。世の中のことも何もわかっていないのです。もう少し年を取って分別ができ、お嫁さんでも迎えれば、きっとお店のことも、わたくしのこともわかってくれるはずです」

「わかるものですか。ますますのぼせる一方ですよ。あたし、悔しくって夜も眠られないことがあるのよ。兄さま達を竹刀（しない）でやっつけてやったら、どんなに胸がすっとするでしょう」

「その後は？」

お梅はお利緒の顔を覗き込んで訊いた。

「え？」

「その後はどうなるのです？　あなたが兄さま達を竹刀で打ちのめした後のことですよ」

「し、知らないわ……」

「もしも兄さま達がひどい怪我をしたら、どうするつもりですか？」

「かかさま、あたし、怪我などさせないわ」

お利緒は口を返したが声音は弱くなった。

「打ちどころが悪くて、もしもの事態になったら？」

お梅は脅すように続けた。

「そんな、かかさま。そんなことあるものですか」

お利緒は慌てて言った。

「いいえ。この世は何が起こるか知れたものではありません。短慮はいけません」

お梅の言葉にお利緒は少しの間、黙った。

しかし、お梅の言葉に納得した訳ではなかった。やはり兄達をやり込めたいという気持ちは変わらなかった。

「かかさまはあたしと違うのよ。かかさまは人を恨んだり妬(ねた)んだり、まして仕返しをしたことなどないお人ですもの」

お利緒は首を俯(うつむ)けたまま低い声で言った。

「そんなことはありませんよ。わたくしも人間です。恨んだことも妬んだことも、仕返しをしたこともあるのですよ」

「いつ？　いつです」

お利緒は母親の手を再び取って強く握った。

「わたくしがお城で奉公していたことは知っておいでだね？」

「はい、存じております」

「その時、わたくしは意地悪をしたお女中に思い切り仕返しを致しました……でも、そのことがいつまでも胸の中にしこりとなって残っているのです。あんなことはしなければよかったと」

「話して、かかさま。どうぞ、その話をあたしにして」

お利緒は縋(すが)るようにお梅に言った。

「あれはねえ……御代参のお役目の時でした」

お梅はようやく燭台に火をともした。それから、小さな窓に視線を向けて、それより向こうの、ずっと向こうの過去に思いを馳(は)せるような眼になった。四角に区切られた夜の空に卵色の三日月が飾りのように光っていた。

二

江戸城大奥は敷地六千三百十八坪と、本丸の半分以上を占める場所である。そこはおよそ三つの区画に分かれていた。

御殿向き、長局向き、御広敷向きである。

その内、御広敷向きは警護の役人も詰めているので、女ばかりの園と言えない。いわゆる大奥と呼ぶのは御殿向きと長局向きのことを言う。表御殿を中奥と呼ぶので、それより北にある御殿向きと長局向きを大奥としたのだろう。御殿向きには御台様が住み、さらに北に細長く長局向きがあった。

長局向きには最も最下級の女中である御半下から、最高の上臈・御年寄まで、五百人ほどの女性が住んでいる。

大奥の女中奉公に上がるのは普通、武家の子女が選ばれた。奉公に上がることは行儀見習いも兼ねていて、奉公を退いて実家に戻った暁に縁談が持ち上がると有利な条件ともなる。お梅は実家が大店といえども商家である。

慣例からすれば、とても女中奉公など叶わぬことだった。しかし、実家の母親の弟が故あって小普請組支配の家に養子に行っていて、お梅が母親の用事でたまたまその家を訪れた時、叔父が女中奉公の話を持ち出したのである。御広敷の役人から女中奉公に相応しい娘はいないかと頼まれていたせいもあった。

その御広敷の役人はさらに大奥の老女から内々に頼まれていたらしい。

叔父は、習いごとに熱心で、芯の強そうなお梅を見込んで推薦する気になったらしい。お梅の母親は奉公に上がって婚期を逃すことを恐れていたようだが、叔父の熱心な勧めにとうとう根負けしたのである。奉公に上がる時、お梅は形だけ叔父の養女となった。

お梅が最初に就いた役目は御錠口だった。

上様が小姓に送られて御錠口まで来ると紐を引いて鈴を鳴らすのである。そして夜間は銅の差錠を下ろす。鈴を鳴らす役目だけと言っても、上様の御成り以外に鈴が鳴っては大変なことになる。それはそれは気を遣う仕事である。お梅はここでよく勤めた。お梅の真面目な仕事ぶりと、立居振る舞いの上品な様子に目を留めた御年寄の亀岡が、お梅を御客応答格に引き上げたことから、お梅の身辺が俄に変わってきた。それは異例の抜擢とも言える。御客応答格は大奥に訪ねて来る御三家、御三卿の接待、その他、上様の御親戚、御台様の御親戚の接待が主の重要な役目だった。お梅はここでも一所懸命に勤めた。

そして奉公に上がって八年目には大役の御年寄を命じられたのである。御年寄は老女と称し、また、お局とも呼ばれた。幕閣にたとえるなら老中とも言うべき立場である。御台様の衣裳や毎日の食事の配膳、芝や上野の将軍家菩提寺の代参など、さらに重い役目が多くなった。

お梅は朋輩の女中達から羨ましがられた一方、妬まれもした。無理もない。元をただせば商家の出。その卑しい身分で御年寄まで昇ったのだから、かなり陰湿な苛めも受けた。

しかし、大奥に上がって苛められるのが辛いの、意地悪が辛いのと弱音を吐くのでは、どだい話にならないものがあった。そのような者に女中奉公の資格はない。

奉公に上がった最初の年などは、御台様の見ている前で大きな声で唄をうたわなければならない。古参の女中が「さあ、おうたい、さあ、おうたい」とはやし立てる。下手でも何んでもやらなければならない。恥ずかしさに身が縮むような気がした。お梅と一緒に奉公に上がった小普請組の娘などは泣きながらうたっていた。古参の女中はそれがおかしいと大いに笑うのである。気が強くなければとても勤まらない。お梅はそういう辛抱を堪えて出世したのである。

藤尾の局となったお梅に年一回の代参の役目が廻って来た。御台様の名代として芝の増上寺に参拝に訪れることだった。その日ばかりは葵の御紋つきの裲襠を着て、御台様と同等の立場で過ごせるのである。晴れがましい気持ちと一緒に緊張も強いられた。決して粗相があってはならない。代参の仕度も並大抵ではなかった。

いよいよ代参の前夜。夜の内から侍女に髪を梳かせ、衣裳を準備した。化粧に使う湯は御守殿火鉢の上で沸かし、翌朝、起きてすぐに間に合うように用意させてお梅は床に就いた。

夜の大奥では御火の番が廻って来る。

「御火の番、しゃっしゃりませえ」と警告の声が御廊下に響く。

御火の番はおよそ二十名ほどが交代で廻っていた。お梅の代参があることは事前に知らせてあるので、夜は火の使用を禁止しているといえども、翌朝の化粧のために湯を沸かすのはやむを得ない。侍女の楓と屋島は、一旦、湯を沸かすと炭に灰を被せた。灰を除けば火がすぐに熾きる仕掛けになっている。物分かりのよい御火の番ならば心得て、そのまま行ってしまう。しかし、その夜の御火の番は格別に意地の悪い青柳という女中だった。お役目を盾に、たとえ代参だろうが何んだろうが容赦しないことで有名だった。

何日も前から御火の番は青柳でなければよいが、と楓と屋島は案じていた。運の悪いことに、その青柳がよりによって廻ってきていた。

「御火の番、御火の番」

青柳の声がお梅の部屋の外から聞こえた。

楓は襖越しに「よろしゅうございまする」と応えた。しかし、青柳はその場に立ち止まったまま動く気配がない。床に就いているお梅も息を詰めるような気持ちで青柳が行ってしまうのを待った。楓と屋島の様子が違うと感じた瞬間、襖がからりと開けられた。青柳はそのまま、ずかずかと部屋に入って来たのだ。

「青柳様、お局様はすでにお休みです。どうぞ、お引き取り下さいませ」

楓は悲鳴のような声で懇願した。しかし、青柳は聞く耳を持つ様子がない。楓を押し退け御守殿火鉢の前に進むと火箸で灰を掻き回した。炭はそうされると、すぐに赤い炎を立てた。青柳が鼻先でふっと笑った様子が感じられた。何んの彼んのと、これまでにも青柳には意地悪のされ放題であった。御廊下ですれ違いざま、裲襠の裾を踏まれたり、御台様の膳を運ぶ時、わざとのようにぶつかって来て吸い物の椀を引っ繰り返されたり。そんな時でも青柳は決して自分の非を認めなかった。すべてお梅が悪いと言って譲らなかった。

青柳はお梅より十も年上だった。年季の浅いお梅が順調に出世しているのを内心でおもしろくないと思っていたようだ。誰もが青柳を恐れていた。下手に逆らって意趣返しをされるのが嫌で、青柳に面と向かっては言えないのである。しかし、青柳に対する陰口はお梅もこれまで、ずい分とあちこちで聞かされていた。御台様も青柳に対しては当惑している様子であったが、御火の番の女中としては最古参であり、青柳がいなければ御火の番の女中達を纏める者がいないので、あまり強いことも言えずにいた。

「火が埋けてありまする。これはどうした訳でございまするか?」

青柳は鬼の首でも獲ったように楓を詰った。

お梅は眠った振りをしていた。起き上がって言い訳したところで青柳には通じないと諦めていたからだ。

「申し訳ございませぬ。すぐに始末を致しますゆえ、どうぞお引き取り下さいませ」

楓と屋島は畳に手を突いて深々と頭を下げた。しかし、青柳はそれで引き下がるような女ではなかった。あろうことか、いきなり湯沸かしの湯を御守殿火鉢の中にぶち撒けたのである。部屋の中にはもうもうと煙が立ち込め、至る所、灰だらけとなった。寝間で横になっているお梅の所にも灰が飛んで来て、せっかく梳いた髪も灰にまみれてしまった。

「以後、お気をつけあそばすように」

青柳は涼しい顔で部屋を出て行った。

「かかさま。それからどうなさったの？　御代参はおやめになったの？」

お利緒は心配顔で訊いた。寿助はなかなか迎えに来なかった。そろそろ五つ刻（午後八時頃）にもなっていようか。しかし、お利緒は母の話を熱心に聞いていたので少しも退屈を感じなかった。

「御代参はやめることなどできませぬ。御台様の代わりにすることですから。そんなことをしては御台様の体面を汚すことになるのです」

「それではお仕度の方は首尾よくできたのですか？」

「ええ。青柳が出て行ってから灰を払い、部屋の中を静かに拭き掃除して、ひと晩中、後始末に追われました。楓と屋島は泣きながら後始末をしておりました。わたくしは二人を宥めましたが、さすがにその時は青柳に対して腹が立って、腹が立って……」

お梅はその時のことを再び思い出したように溜め息の混じった声で応えた。

「青柳という女中、嫌な人。竹刀でやっつけてやりたい！」

お利緒も甲走った声になった。

「わたくしも、あの時ほど頭に血が昇ったことはありませんよ。それに比べたら、兄さま達の乱暴狼藉など罪がなくて可愛いものです」

お梅はふっと笑った。ああそうなのか、とお利緒は合点がいった。確かに、大奥でお梅が意地悪されたことに比べれば、兄達のすることなど取るに足らないことに思えた。お梅が、兄達の乱暴にさほど困った様子を見せなかったのは我慢していたのではなく、心底こたえていなかったからだった。お梅はそれだけ肝の座った女であったのだ。

「それからどうなさったの？　続きを話して」

お利緒はお梅の話を急かした。

「とうとう前夜は一睡もできませんでした。夜も明けぬ内から仕度をして、どうにか御代参の準備を調えたのです」

「よかった」

お利緒は安心して思わず掌を打った。

「翌朝、御台様にご挨拶を済ませ、駕籠が待っている御玄関に向かいました」

一睡もしていないのに、お梅は不思議に眠気を感じなかった。青柳に対する興奮が収まっていなかったせいだ。御廊下の両端には見送りのための女中達が一斉に頭を下げて並んでいた。何しろ、その日ばかりは御台様と同等の立場。誰に対しても遠慮は無用だった。

お梅は静かに御廊下を進んで行きながら青柳の姿を捜していた。青柳は御廊下の曲がり角の所に殊勝に控えていた。

お梅は歩みを進めながら自然に青柳の方に近づいていった。青柳の傍に来た時、お梅は裲襠を捌(さば)いた。裲襠の裾がふわりと青柳の頭に被さった。青柳は片外(かたはず)しに結った髷に長い鼈甲(べっこう)の笄を挿していた。お梅は裲襠の裾をわざとその笄に引っ掛け、ついで、ぐいっと手前に強く引いた。笄がパキンと折れる音が御廊下に響いた。女中達は驚いて何事が起きたのだろうと、こちらを見つめた。

「無礼者！　わらわに邪魔するか！」

お梅は怒りの言葉を青柳にぶつけた。青柳は青ざめた顔でお梅を見た。しかし、その日はお梅に対して切り返すことなどできない。

唇をわなわなと震わせてお梅を睨(にら)んでいるばかりだった。

楓と屋島はさらに震えていた。どんな意趣返しが来るのだろうと、その方を恐れていたようだ。お梅はそのまま、駕籠に乗って芝に向かい、滞(とどこお)りなくお役目を果たした。

「す、凄い、かかさま」

お利緒は驚いてお梅の顔を見た。お利緒は感動していた。

「でも、その後に青柳の報復があったのですか？」

お利緒はすぐに心配になって訊いた。

「何んの。あのおとなしい藤尾が、あれほど怒りを露にするのは仔細があるに違いない。御台様と古参の御年寄の亀岡様が話し合われ、青柳の前夜の仕打ちがお耳に入ったのです。青柳はお役目を解かれ、お城から追い出されました。しかし、あの性格です。実家に戻ったところで親きょうだいに疎まれ、仕舞いには……」

お梅は伏目がちになった。

「どうしたのですか？」

「気が触れて座敷牢のような所で生涯を終えたそうです」

「……………」

「わたくしのせいです。青柳のしたことは、なるほど意地悪も含まれていたでしょうが、あの方はお役目を忠実に実行されていただけで、わたくしの方が悪かったのですから。万一、火鉢の火で火事でも起こしたら大変なことになっていたかも知れないのです。そう思うと、あの方が気の毒で……青柳がいなくなってから小言を言う者がいなくなったせいか、御火の番の女中達にはぞんざいな振る舞いが目立ちました。わたくしは未だにそのことで後悔しておるのです。だからね、お利緒、短慮はいけませんよ。何事もよっく考えて行動するのですよ」

お梅はしみじみとした口調でお利緒に言った。

三

慌ただしく店蔵の錠が開けられた。

「お内儀さん、大変です。旦那様が怪我をされました」

寿助は泣きそうな声を上げた。お梅は燭台の火をふっと吹き消すと、お利緒に構わず梯子段を下りた。お利緒は途端に闇の中に置き去りにされた。

「かかさま、待って。かかさま」

お利緒はすぐに母親の後を追った。

清兵衛は蒲団に寝かされていた。頭に布が巻かれていた。息子達と争った拍子に庭石に頭をぶつけたのだという。医者をすぐに呼びにやって手当をして貰った。

次男の清次郎は酔い潰れて畳の上に大の字になって眠っていたが、長男の清吉はすっかり酔いが醒めた顔で清兵衛の枕許に座っていた。自分の膝頭を両手で摑んで俯いていた。

医者は気絶しただけだと言っていたが、大事を取って、しばらく寝かせておくようにと言って帰った。

「清吉さん、旦那さまに手を上げたのですか？」

お梅は俯いている清吉に声を掛けた。清吉は何も応えない。もう秋だというのに、清吉は単衣のままだった。二十五歳の清吉からは荒んだ暮しぶりしか窺えなかった。

「今、旦那さまにもしものことがあったら、備前屋は終わりでございますよ。あなた方は小遣いの無心も望めませんよ」

お梅は努めて穏やかな口調で清吉に言った。

「そんなことはねェでしょう。お利緒に婿を取って店を継がせると親父は言いやした」

「何を馬鹿な。お利緒はまだ十二歳ですよ。婿の話になる前に備前屋が潰れてはどうしようもないじゃないですか。息子が二人もいるのに末娘に跡を継がせたとあっては客も離れて行ってしまうというものです。ここは清吉さんに性根を入れ換えて貰って店を継いでいただきたいのです。それがわたくしの本心です。あなたがしっかりしないから、清次郎さんも真似するのです」

「清次郎はどうすればいいんです？」

清吉は上目遣いでお梅に訊いた。その眼が酒のせいなのか、清兵衛が倒れた衝撃のせいか、赤かった。さすがに普段の勢いは鳴りを静めていた。

「清次郎さんはどこか同業のお店にご養子に行って、その店を盛り立てていただき、備前屋ともども身代を太らせるよう努力してほしいと思っております」

「親父が承知しやせんよ。親父はあんたにすっかり骨抜きにされちまっている。そんな親父を見るのは反吐が出るほどだ」

「それではわたくしがこの家から出て行けば、あなたも清次郎さんも改心して下さるのですか？」

「ま、そういうことです」

清吉は平然とうそぶいた。

「改心なんてするものですか！」

お利緒が堪らず声を張り上げた。

「なに？」

清吉はぎらりとお利緒を睨んだ。

「兄さまはぐうたらが骨身に滲みついているのよ。たとえ、かかさまがこの家を出て行っても、ぐうたらは治るものか！」

お利緒は怯まず口を利いた。清吉は手加減もせず、そんなお利緒の頬を張った。寿助が慌ててお利緒を庇った。

「お嬢さんに手出しをしないで下さい」

「ほ、お前ェまでこの女(め)に味方するのか？　御殿奉公して、何ほど偉いか知れねェが、その虫も殺さぬような仏面(ほとけづら)が気に喰わねェ」

「清吉さん、だからわたくしは出て行くと申しておるのです。でも約束して下さいね。きっと真面目にお店のために働くと。わたくしは備前屋が滞りなく商いを続けられるのなら喜んで身を引きます。ささ、お利緒、仕度をなさい。寿助、後のことは頼みますよ」

お梅は踵(きびす)を返して自分の部屋に向かった。

箪笥を開け、大きな風呂敷(ふろしき)包みを取り出して拡(ひろ)げ、当座の着替えをその上に重ねた。耳には清兵衛の傍らにいるお利緒の泣き声が聞こえていた。

「本気なのかい？」

清吉がやって来てお梅の背中に畳み掛けて訊いた。

「本気でございます」

お梅は清吉の方は見向きもしないで応えた。清吉は溜め息をついた。

「さぞかし、おれ達が憎いことだろう」

「いいえ」

「嘘(うそ)つけ！」

お梅が振り向くと清吉の眼は三角になっている。ろくに髪結い床にも行かないので、月代(さかやき)にまばらな毛が生えている。それは清次郎も同じだった。もうひと暴れするのだろうかとお梅は身構えた。

「ここはあなた方のお家です。わたくしは元を質せば他人ですから……」

「お利緒は妹だぜ」

「まあ、そう思って下さいますか。ありがとうございます」

「何んだよ、何んだってあんたは、そんなにいつもきどってものを言うんだ。本心ってものがねェのかい？　おい、お局さんよ。ちったァ、おれ達に本音を吐いたらどうなんだ」

「本音を言えと？」

清吉の言葉に苛々したものが含まれていた。

お梅はゆっくりと清吉に向き直った。

「ああ、そうさ。おれ達に人形のような母親はいらねェんでね」

「それでは申し上げましょう。備前屋は旦那さまの代で終わりでございます」

ずばりと言ったお梅に清吉は、つかの間、言葉を失った。

「せっかく築き上げた信用も財産も、あなた方が短い月日の内になくしてしまうでしょう。わたくしが今、出て行くのも、その時に出て行くのも同じことだと考えております。しかしながら、旦那さまにはお世話になりました。お利緒も授けていただいて、わたくしは曲がりなりにも女房の倖せを味わいました。それでたくさんでございます」

「あんたは先刻、改心して働けと言った。あれは何んだ？」

「お愛想でございます。あなた方に改心するおつもりなど毛筋ほどもないとお見受け致します」

「……」

「さあ、これでわたくしは本音を申し上げました。備前屋を煮て食べようとどうしようと、あなた方のお気に召すままに……そこをおどきなさい。わたくしもならず者の息子と縁を切ることができてほっとすることができましょう」

お梅は風呂敷包みを縛ると清吉の横をすり抜けた。

「あんたは、やっぱりおれ達が憎いんだ」

清吉は捨て台詞(ぜりふ)を吐いた。

「あなたこそ、わたくしが憎くてたまらないのでございましょう？　わたくしがこの備前屋に来て、二人の息子の母親になった時、亡きお母さまの分まで、あなた方を愛(いと)しもうと考えておりましたのに、あなた方はわたくしの気持ちも知らず、悪態の数々……わたくしは心から疲れましたよ。お母さまには申し訳ありませんが、お役目をご辞退させていただきます」

茶の間に行くと、お利緒が目を醒ました清次郎に何やら喰って掛かっていた。

「お利緒、おやめなさい。さあ、京橋へ参りましょう」

「いや！　あたしは備前屋の娘よ。京橋になんて行かない」

お利緒は必死の形相でお梅に訴えた。

「怪我をしたととさまをこのままにしておけない。行くのならかかさま一人でおいでになって」

「そうだよな。お利緒は備前屋の娘だ。京橋に行く筋合いはねェわな」

清次郎もお利緒に加担している。初めてきょうだいが心を一つにしているとお梅は思った。

「それではわたくしが一人で出て行きます」

お梅は低くそう言って、裏口に廻り、履物に足を通していた。

四

京橋の兄には、息子達の狼藉に疲れたので、しばらく骨休みがしたいと言った。余計な心配をさせたくなかった。兄の藤兵衛はそんなお梅をねぎらうように、好きなだけいたらいいと言ってくれた。備前屋の事情をろくに知らずにお梅を嫁がせたことで、兄は負い目を感じていた。突然、お梅が戻って来ても悪い顔はしなかった。

お梅はどうして清吉に対し、あんな言い方をしてしまったのか後悔していた。売り言葉に買い言葉の応酬で、弾みで飛び出したようなものだ。藤尾の局でいた頃の思い出話が尾を引いたような気がする。代参の事件以来、お梅は憤りというものを感じたことがなかった。清吉とのやり取りで、お梅は久しぶりに自分の本心をさらけ出した気がした。母親として、そんな自分を恥じていた。

京橋に来て十日が経った頃、お利緒が顔を見せた。お利緒はお梅を迎えに来たと言った。

「かかさま。ととさまの具合がすっかりよくなりましたよ。あたしが看病しましたから」

お利緒は半ば自慢気にお梅に報告した。

「怪我をしたととさまを置き去りにして、わたくしは悪い女房ですね?」

お梅は喉を詰まらせてお利緒に詫びた。

「あたし、兄さま達に御代参の話をしたのよ」

「まあ、そんなことを。どうしてですか」

お梅は訝し気にお利緒に訊いた。

「兄さま達はかかさまが決して怒ったりなさらない人だと思っていたからよ。ううん、あたしもあの話を聞くまではそう思っていたから。そうしたら、兄さま達は大層、驚いて、かかさまもやるものだと感心していました。ととさまも、そんなことがあったのかと、御膳を一緒にいただきながらおっしゃっていたわ」

「ねえ、お利緒。あなたはととさまと兄さま達と一緒に御膳を上がったの？」

お梅は家族揃(そろ)っての食事が今まであまりなかったので不思議に思えた。

「ええ、そうよ」

「……」

自分がいなければ家族はうまく行くのではないかと、ふと思った。

「かかさま。兄さま達はもうお酒はやめるそうですよ」

「……」

「商いにも真面目に精を出すそうです。ですから備前屋に戻って下さいな」

そんなに簡単に事が運ぶものかと思った。

何年も二人の息子達には悩まされて来たのだから、お利緒の話をまともに信用することはできなかった。

「清吉兄さまは、備前屋はととさまの代で終わりだと言われたことが大層、こたえた様子ですよ」

「……」

「ガーンと頭を殴られた気がしたと言っていたわ。そういうことなら、もっと早くにかかさまが言えばよかったのよ。ねえ、そう思うでしょう？」

「ととさまは兄さま達をお許しになったの？」

「いいえ。でも、一年、真面目にお店のために働いたら考えるとおっしゃっていたわ。当分、今まで住んでいた所からお店に通うそうですよ」

「お利緒、本当に本当？」

お梅はつっと膝を進めてお利緒に訊いた。

「もう、疑い深いのだから。お店の外に出てごらんなさいな。清吉兄さまが待っているわ。ここまであたしについて来てくれたのよ。手を繋いで来たの」

「待たせては申し訳ありません。お利緒、清吉さんを上げて下さいな。お茶の一つもお出ししなければ」

お梅は慌てて言った。

「あたしも、一緒に中に入りましょうと言ったのだけど、遠慮するって」

「……」

「だから、かかさま。早く帰り仕度をして下さいな。もう備前屋を出て行くなどとおっしゃらないで」

お利緒はお梅の手を取って揺すった。

「お梅、意地を張らずに戻るんだ」

説得するお利緒を不憫に思ったのか、藤兵衛が口を挟んだ。店座敷で客の相手をしていた藤兵衛は久しぶりに訪ねて来た姪が可愛くてしょうがないのである。店を放り出して内所に顔を出していた。藤兵衛にも娘はいたが、すでに嫁ぎ、後は息子が残っているだけであった。

藤兵衛の言葉にお利緒は無邪気に訊いた。

「伯父さま、かかさまは意地っ張りなの？」

「そりゃあ、意地っ張りさ、お利緒ちゃん。何しろ、御殿で藤尾のお局さまだったぐらいだからね。並みの意地っ張りと訳が違う」

藤兵衛は冗談めかして応えた。

「兄さんったら……」

お梅は苦笑した。

「とにかく、清吉と清次郎が少しでも改心する気になったんだ。この機を逃しては、あいつら、またどんなふうになるか知れたものではないよ。清兵衛さんのためにも戻ってやるがいい」

藤兵衛は二人の息子を呼び捨てにしていたが、それは伯父としての愛情から出ていることだとお梅は感じていた。

「どうだろう。清次郎にその気があるのなら、うちの店に引き取ってもいいけどね。備前屋は両替屋だが、清次郎は次男坊だから違う商売になってもいいのじゃないか？　わたしも及ばずながら力になるよ」

藤兵衛は思いついたように言葉を続けた。

「兄さん、本当?」

お梅が眼を輝かせた。

「ああ」

お利緒がくすくすと笑っている。お梅は怪訝な顔をしてお利緒を見た。

「何がおかしいのです?」

「かかさまったら、伯父さまの前ではまるで小さな子供のよう……」

「お利緒、幾ら年を取っても妹は妹なんだよ」

藤兵衛はお利緒に愛し気な眼をして笑った。

外に出ると清吉は向かい側の路地の塀に凭れて待っていた。お梅を見て気後れしたような表情を見せた。着物は相変わらずの単衣のままだったが、頭はきれいになっている。

「ご不自由をお掛け致しました」

お梅は清吉に丁寧に頭を下げた。

「いや、なに……」

清吉は小鬢をぽりぽりと掻いて照れ臭そうに言った。

「おや、まだ単衣かい。袷はないのかい?」

見送りに出て来た藤兵衛が気軽な口を利いた。

「面目ねェ。皆、質屋に行っちまいやした」

「そいじゃ、よさそうなのを見繕(みつくろ)ってやろう」

「お願いしますよ、兄さん。ついでに清次郎さんの分も」

お梅が畳み掛けるように言った。

「毎度ありがとうございます。お梅、ちゃんとお品代は払っておくれよ」

「伯父さま、しっかりしてる」

お利緒の声に藤兵衛は声を上げて笑った。

藤兵衛は御蔵前に帰る三人を長いこと見送っていた。

京橋からまっすぐ北に向かい、一石橋を渡った。堀の向こうに江戸城が見えた。

「あそこで十年も暮していたんですね？」

清吉はしみじみした口調で言った。

「さようでございます」

お梅も城に眼を向けながら相槌(あいづち)を打った。

「ずっと、あすこにいた方がよかったと思ってやしませんか？」

「そんなことはありませんよ」

「あすこにいれば、おれ達のようなろくでなしの息子の親にならずに済んだのに……」

清吉は足許の小石をつっ突いて言った。

「備前屋の商いを手伝う気になったというのは本当ですか？」

お梅の問いかけに清吉は大きく吐息をついた。

「二十五にもなってから商売を覚えて、間に合うもんでしょうかね」

「それは清吉さん次第だと思います。そういう気持ちになっただけでも、わたくしは嬉しいですよ」

「御代参の意趣返しは見事なもんでした」

「……」

お梅は何んと応えてよいかわからず、黙ったままだった。

「敵わねェと思いやした。そんな人と差しで勝負したところで、こちとらに勝ち目はねェ。すっぽり尻尾を丸めやした」

そう言った清吉の顔は晴れ晴れとしていた。

「お恥ずかしい限りです」

お梅は身の縮む思いがしていた。

「お利緒にその話を聞かなかったら、おれ達はいつまでもあんたに盾突いていましたよ」

「ねえ、かかさま。あたしがお話ししてよかったでしょう？」

お利緒は得意そうに口を挟んだ。

「たまには癇癪を起こしてくれたっていいんですよ。いや、是非ともそうしてくれ。そうじゃなかったら、この先、おれはあんたが血の通った人間なのかどうか疑ってしまうぜ」

「…………」

「今までのわたくしは化け物でしたか?」

お梅はおかしそうに言った。

「夜になると首がにょろにょろ伸びる……なんてね」

「兄さま、悪い冗談」

お利緒は清吉の言葉に声を上げて笑った。

外堀は秋風にさざ波を立てていた。どこから飛んで来たのか、色づいた楓の葉が水面に浮かんでいた。お梅は大奥に残して来た侍女の顔をふっと思い出した。今となっては、その顔も朧ろである。いや、それよりも、堂々と聳える江戸城の中で、自分が老女として暮していたことさえ夢のように思われた。

今の自分は備前屋という商家の女房である。

藤尾の名はとっくに捨てたつもりだった。

しかし、息子達と微かながら和解の兆しが見えたのは、その藤尾であった頃の逸話からであった。最初は藤尾であったことで息子達から疎まれたのに。お梅は人生の皮肉をしみじみと感じない訳には行かなかった。

清吉はそれからも、何度か酔っては乱暴を働くことがあった。しかし、弟の清次郎が京橋に行ってしまうと、その勢いも以前ほどではなくなり、すぐに収まるように感じられた。

清吉が妻を迎え、子ができ、備前屋の主として清兵衛の代わりに店を切り盛りするようになった時、誰もかつての放蕩を口にする者はいなくなった。

そこまで辿りつくのには、さらに十年の時を要したのである。お利緒を嫁に出し、清兵衛を亡くしたお梅は離れの隠居所で静かに暮した。時々、息子の放蕩に悩む母親としての相談を受けたりもした。お梅は明確な回答などできなかった。

「さて、なるようにしかなりませぬ。改心するか、放蕩に身を持ち崩したまま終わりになるか。いずれも当人次第でございます。わたくしは何も致しておりません。ええ、何も何ひとつ……」

藤尾の局であった時の逸話はおくびにも洩らさなかった。お梅にとって、青柳とのことは終生消せない傷であったのかも知れない。

お梅は八十六歳の天寿を全うしてこの世を去った。今際のきわに清吉が聞いた言葉は「わらわはこれから参りまする。いざ……」というものであった。どこへ参るのかと清吉はお梅に訊いたが、その答えはなかった。

〈参考書目〉
『幕末明治　女百話（下）』篠田鉱造著・岩波文庫

赤縄（せきじょう）

一

八丁堀、代官屋敷の通りに面している麦倉洞海（むぎくらどうかい）の屋敷の庭は蟬（せみ）の鳴き声がかまびすしい。

洞海は外科を得意とする蘭方医（らんぽうい）で通っている。

母屋（おもや）から続いている手当場（てあてば）の方からは洞海の娘のあさみが患者とやり取りする声が切れ切れに聞こえていた。手当場では瘡（かさ）、しらくもの皮膚病から神経痛、頭痛、歯痛、食あたりまで、外科か否かに拘（かかわ）らず様々な病を治療している。

午前中、日本橋呉服町（ごふくちょう）から次郎左衛門（じろうざえもん）が訪れると、洞海はあさみと弟子に後を頼んで母屋の方に次郎左衛門を促（うなが）した。次郎左衛門は洞海の夏の羽織を届けに来たのだ。洞海は自分の着る物をすべて次郎左衛門に任せていた。

近い内に蘭方医の寄合（よりあい）があり、羽織はその寄合に間に合うように無理を言って急がせたものだった。

仕事の邪魔をしてはならじと次郎左衛門はすぐに暇乞いをするつもりだったが、洞海はそうさせなかった。洞海は次郎左衛門と話をすることを大層楽しみにしていたからだ。洞海の友人は仕事柄、医者が多い。次郎左衛門のような職人はいない。職業によっても、ものの考え方はおのずと違う。洞海はこれまで、次郎左衛門の話から示唆を受けることが多かった。それに次郎左衛門は洞海にとって単なる仕立て屋ではない。娘の連れ合いの父親に当たる男でもある。

洞海の羽織は紺の透綾である。薄物仕立てで、中の着物が透けるので大層涼し気に見える。洞海は仕事着の十徳の上から羽織を試して満足そうな笑みを洩らした。

「お師匠さん、どうだね？　これを着て出かけたら、わしでも男ぶりが上がって見えないかい？」

洞海は思わせぶりな目付きで次郎左衛門に訊いた。

「はい、まことに品よく映ります」

次郎左衛門も自分の仕事に満足がいったような顔で応えた。右腕がほんの心持ち長い洞海のことを考え、袖丈にも気を遣って仕立てた。着丈もぴったりであった。

「お代は晦日でいいかね？」

洞海は羽織を脱ぎながら訊く。

「はい、結構でございます」

「よそ様より勉強してくれてるんだろうね？」

洞海は悪戯っぽい表情で続ける。なに、次郎左衛門をからかっているのだ。真面目な次郎左衛門は受け取った羽織を丁寧に畳みながら「それはもう」と応えた。

女中のおすずの運んで来た茶で喉を潤しながら二人は寛いだ表情で庭を眺めた。三十坪ほどの庭であるが、季節ごとに庭師を頼んでいるので見苦しい雑草も生えておらず整然としていた。生け垣は樫で拵え、庭は青桐という背の高い樹を主体にしている。緑色の幹がすっと伸びて大振りの葉が涼し気な緑陰を作っている。青桐の下には山吹、寒椿、躑躅、雪柳などが植えられていた。小さな池も設えてあり、そこには睡蓮、沢瀉などの水草を植えて、いかにも数寄者の洞海らしい庭の造りであった。

麦倉の家を訪れる患者達も風流な庭を眺めることを楽しみにしていた。外には強い陽射しが降っているが、そうして庭を眺める二人は時々首筋の汗を拭う程度で、さして暑さを苦にしているふうもなかった。

洞海は十徳と呼ばれる鼠色の筒袖の上着に対のたっつけ袴の恰好で気楽に胡座をかき、次郎左衛門は木綿縞の単衣に博多の細帯を締め、こちらはきちんと正座している。次郎左衛門にとって正座が一番寛げる姿勢でもある。

目方は洞海の方がやや重いが、背丈はほぼ同じ。ついでに年も次郎左衛門の方が一つ上なだけで、昔話をさせたら共通する話題に事欠かない。

「そろそろ、あの浴衣を手放す気になったかね？」

洞海は茶をひと口啜ると、そんなことを言った。

「ご冗談を。あんな古着は先生がお召しになるものじゃありません」

洞海は次郎左衛門が着ている父親譲りの絞りの浴衣にいたく執心していた。新品の時には生地も絞りも見事なものであったが、年月を重ねる内に絞りは伸びて、次郎左衛門の言うように、ただの古着に過ぎない。しかし、着る物に目ざとい洞海は、その着心地のよさを見抜いていた。事あるごとに譲ってくれとねだるのだ。

「そうか、駄目か……しかし、もしも、他の者に譲ろうと考えた時は、わしだぞ。わしのことを思い出してくれよ」

「敵いませんねえ、先生には。あれはそろそろ寝間着にしようと思っているんですよ」

「寝間着にしたところで悪くはない。あれを着て寝たら、さぞかし気持ちよく眠れることだろう」

「……………」

「お師匠さんは辛抱な男だから、あれを着潰す気でおられるのだろうの……いや、残念だ。あのような浴衣はどうしたら手に入れられるのだろうかと、夏になる度に考えてしまうよ」

「先生が男でようござんした。これがおなごに生まれついたなら、着る物で身上が傾くところですよ。お医者でこれほど身を構うことにご熱心な方もおられません。その割にあさみさんは構わない人だ」

次郎左衛門は溜め息混じりに呟いた。息子の嫁だというのに、次郎左衛門は今でもあさみを呼び捨てにできない。本来は息子の嫁に来てくれるような娘ではなかったのだと考えているからだ。それは女房のおまさも同じ気持ちであった。

「あさみは仕事が忙しくなれば恰好などどうでもいい奴だ。男まさりというのでしょうな」

洞海も苦笑混じりに応える。

「あれが生まれる時、家内は陣痛が重くて大層苦しみました。洞順を産んでいるので産道はついていたはずなのに、まるで初産のようだった。わしも家内も、これは相当の暴れ者の息子だと信じて疑わなかったものです。ところが生まれてみるとおなご……わしは気が抜けましたよ」

洞海は愉快そうに昔話を次郎左衛門に語った。洞順はあさみの兄のことである。大名屋敷の侍医を務めているので、今は八丁堀から離れて住んでいた。

「権佐の時は、うちの奴が急に産気づきまして、大いに慌てたものでございますよ。うちの奴も大層苦しみましたかねえ。ようやく生まれたと思いましたら、今度はなかなか産声を上げずに心配しました。取り上げ婆さんが尻を叩いて、ようやく泣かせたのですよ。身体がどす黒くなっておりましたよ。あれは半分死に掛けていたのでしょうかねえ」

次郎左衛門も権佐の生まれた時のことを思い出して言った。

「仮死状態で生まれたのですか。それはそれは……権佐はよほど強い運に恵まれていたのでしょうな。大抵はそのままいけなくなる場合が多いものです」

洞海は半ば感心した表情になった。

「しかし、先生。あたくしはさほど強い運だとも思っておりませんよ。いっそ、あの時死んでいたなら、後で苦労しなかったものをと考えることがありますよ。そうしたら、あさみさんも、もちっとましな亭主をお持ちになれたでしょうに。いやはや、今更詮のないことを申し上げますが……」

次郎左衛門は庭に視線を投げてしみじみした口調で言った。

「何をおっしゃる。わしは権佐があさみの亭主になったことを心から喜んでおります」

洞海は禿頭を振りながら力んだ声を上げた。

「ありがとう存じます。権佐はよいお舅さんに恵まれたものです。他の方では、こうはゆきませんよ」

「お蘭も生まれたことだし、何よりお師匠さんと友人になれたのがわしは嬉しい」

「あたくしも先生のような立派な方と親戚づき合いできることを常々自慢に思っておりますです、はい」

「時にお師匠さんは、どうして権佐という名前にしたのですかな？　お師匠さんが次郎左衛門なら権佐は権佐衛門とするのが定石と思いますが」

洞海は長年の疑問を口にした。確かに権佐だけでは渾名のように聞こえる。

「はしょったような名前で、あたくしも実は今じゃ後悔しているんでございますよ」

「ほう」

洞海は興味深い顔になった。

「なにね、あたくしは次郎左衛門なんて長ったらしい名前をつけられたお蔭で、まともに呼んで貰ったことはないんでございますよ。次郎ちゃんなんてのはいい方で、仕立て屋の師匠の所に弟子入りした時は、じろで通っておりました。馬鹿な質とお思いでしょうが、あたくしは無駄が嫌いでございましてね、そいじゃ、あたくしの残りの名前は要らなかったものなのかと考え込んでしまったのですよ。あたくしはその時、決心したんでございます。子供には無駄な名はつけまいと」

「それで権佐なのかい？」

洞海は少し呆れたように訊いた。次郎左衛門はこくりと肯いた。権佐の弟も弥須と、ぶっきらぼうな名である。普通なら弥須吉か弥須助と名付けるところであろう。

「でも、先生。やっぱり名前はちゃんとつけないと駄目なものですよ。八卦見に見て貰ったことはありませんが、きっと息子があんなひどい怪我を負ったのは名前が悪かったんだとあたくしは思っている次第で」

「それはお師匠さん、名前のせいじゃない。あさみとの巡り合わせでそうなったのだよ。申し訳ない。わが娘のために権佐はあのような傷を」

洞海は殊勝に頭を下げた。

「そんな、先生、そんなつもりで申したんじゃございませんよ。まあ、あたくしとしたことが余計なことを」

次郎左衛門は心から後悔したように首を俯けた。

「おべべの爺っちゃん！」

茶の間に顔を出した孫のお蘭が甲高い声を上げた。二人にとっては共通の孫だった。孫を可愛いと思う気持ちに、どちらも遜色はない。

「おお、お蘭、今までどこにいたんだい？　おべべの爺っちゃんはお前の顔が見えないんで寂しかったよう」

次郎左衛門は甘えた声でお蘭に言った。お蘭は仕立て屋をしている次郎左衛門のことをおべべの爺っちゃんと呼び、洞海と区別していた。権佐がそう教えたのだろう。五歳のお蘭は小鼻を膨らませて「あたい、提灯掛け横丁の藪きたにお蕎麦を注文しに行ったのさ。おべべの爺っちゃんと、うちの爺っちゃんと一緒にお昼はお蕎麦にしようって」と得意そうに応えた。金魚の柄の入った浴衣は権佐が縫ったものである。お蘭の利かん気な顔にはよく似合った。

「お蘭、せっかくだが、昼飯は呉服町に帰って食べるから心配しないでおくれ」

次郎左衛門は慌ててそう言った。

「お義父さん、ご遠慮なく。すぐにお蕎麦が届きますから」

お蘭の後ろからあさみが顔を見せて言った。

「お前も気が利かないねえ。どうせなら鰻でも取ればいいのに」

洞海が詰るように言う。

「あら、そうでした？　まあ、どうしましょう」

途端にあさみは眉根を寄せて困り顔をした。

「いや、あたくしはお蕎麦が好物ですので、それじゃせっかくですから、お蕎麦をいただかして貰いますよ」

次郎左衛門はあさみを庇うように応えた。

お蘭が安心したように二人の間に座って笑った。

「お蘭、お前はこの爺っちゃんと、おべべの爺っちゃんと、どちらの方がより好きなんだ？」

洞海は試すようにお蘭に訊く。子供を困らせるような問い掛けである。お父っつぁん、あさみが低い声で窘めた。お蘭がどちらに軍配を挙げても、もう一方は傷つく。

お蘭は二人の顔を見比べて、少し困惑したような表情をしたが、すぐにとてつもなく大きな声で「どっちも！」と応えた。わが娘ながら、あさみはその機転に感心し、思わず「お蘭、お見事」と、芝居がかった声で半畳を入れた。洞海は顎を上げて哄笑し、次郎左衛門は、さも愛し気な表情でお蘭の頭を撫でた。

二

権佐と弟の弥須は炎天の中、葭町から日本橋に向けて歩いていた。二人は暑さのせいでもなく、いささかげんなりした気分だった。

その日の明け方に蔭間茶屋の一軒で相対死（心中）があったのだ。二人の男が刃物で刺し違えて果てたのである。

葭町は昔、遊里の吉原がその辺りにあったことから今でも何んとなく色街の風情が残っている所である。しかし、どういう訳か、今の葭町は蔭間茶屋が多いことで有名である。近くに芝居小屋もあったので、おおかた芝居の女形崩れが水茶屋奉公をするようになって栄えたのだろうと権佐は思っている。

その辺りは衆道（男色）の趣味のある客が昼となく夜となく徘徊するので、ただ通るだけでも権佐には気色が悪い。加えて色がらみの事件が起きたとなれば、なおさらである。

朝になって権佐は南町奉行所与力、菊井数馬から呼び出しを受け、弥須と二人で葭町へ足を向けた。蔭間茶屋「千鳥」は表通りから狭い小路を入った所にひっそりとあった。いかにも人目を忍んで客が訪れそうな見世である。

権佐と弥須が千鳥に行った時、ひと足先に来ていた定廻り同心、藤島小太夫は検屍の最中だった。藤島は定廻りの中で古参の部類に入る男である。年は四十五歳と権佐は聞いていた。菊井数馬とは務め柄以上に親しくしている。権佐は藤島の命令で御用に出ることもあった。

相対死を図った者は蔭間と武士らしい客であった。四畳半の小部屋で事を起こしたのだ。部屋は天井も襖も返り血が飛んで凄まじい状況であった。

狭い部屋には藤島と千鳥の主である千鳥屋宇右衛門、それに土地の岡っ引きが入っていたので、権佐が入り込んでは邪魔になる。

権佐は中の様子をちらりと覗くと見世の外に出て、興味本位に覗いてくる野次馬の整理をすることにした。見世前には藤島の若い中間が一人立っているだけだった。野次馬は権佐を見ると、相対死が起きたよりも恐ろしそうな顔をした。傷の縫合の痕が目立つ権佐の顔は、初めて見る者を驚かせずにはいられないようだ。

千鳥の入り口近くにある部屋から一人の若衆姿の男が廊下に出ると、その場に立ち止まって突き当たりの部屋をじっと見た。

事件が起きたのは、その部屋であった。じっと見ている男も恐らく蔭間であろう。二十歳の弥須と同じ年ぐらいに思える。

「兄さん……」

権佐は土間口に入って、そっと呼び掛けた。

絽の着物は袂を長くして、下の袴も薄物仕立てで中が透けて見える。死んだ蔭間も似たような恰好をしていたが、着物は血に染まり、元は何色なのか定かに判別できなかった。

権佐の声に振り向いた蔭間は、わ、わ、と短い悲鳴を上げた。弥須が苦笑した。

「おう、うちの兄貴の顔を見て、そんなに驚くこたァねェ。手前ェの顔だって相当に恐ろしいぜ」

遠目には、たおやかな美少年をきどっている蔭間も近くで見ると厚化粧が鬱陶しい。

弥須の言葉に少し安心したのか「あら、ひどい」と、その蔭間は軽口を叩いた。朋輩が死んだので泣いた後のような眼をしていた。

「ちょいと仔細を聞かせてくんねェか。八丁堀の旦那はまだお調べの最中だから、詳しいことはわからねェのよ」

権佐は低い声で言った。蔭間はこくりと肯いた。

「お前(め)ェ、名前ェは？」

権佐の問い掛けにその蔭間は「りん弥(や)」と、ぶっきらぼうに応えた。

「そいつは源氏名か？」

「そうですけど……」

「元の名前ェは何んだ？」

「忘れましたよ。もう、名前なんてどうでもいいじゃありませんか。葭町のりん弥といえば、あたしと決まっているんだから」

りん弥は面倒臭そうに唇を歪(ゆが)めた。

「まあ、それもそうだな。で、相対死を図った理由に何か心当たりはあるかい？」

権佐が訊くと、りん弥は訳知り顔で話し始めた。

「並河(なみかわ)の旦那は秋に祝言を挙げることになっていたんですよ。吉弥(きちや)も髭(ひげ)が濃くなって、この商売にも先が見えてきた……それで、どうしようもなくなったんでしょうよ」

並河とは武士の名字で、吉弥は敵方(あいかた)の蔭間のことだろう。蔭間の売れ時は、せいぜいが十七、八まで。二十歳を超えたらお払い箱だという。ある意味で吉原の遊女達よりも厳しい世界である。それでも化粧でごまかし、年増の蔭間もいることはいた。皺(しわ)だらけの顔に若衆髷(わかしゅまげ)は、すこぶる異様に見える。

「お前ェはどっちが先に死のうと持ちかけたと思う？」

権佐は続けて訊いた。りん弥は「さあ」と小首を傾げた。

「並河って客の居所は知っているのかい？」

「水野様のお屋敷に仕えているお人だそうです」

水野様とは竈河岸に中屋敷がある水野壱岐守のことだろう。何んでも上総国の大名らしい。

「そのお武家に祝言が決まった。もとより手前ェは女より男の方がいいなどとは口が裂けても言われねェ。途方に暮れて事に及んだという寸法か……」

権佐は宙を睨みながら独り言のように呟いた。

「でも旦那、遺書もなかったんですよ。おおかた、昨夜はもの凄く暑かったから、二人とも頭の中が普通じゃなくなって死にたくなったんでしょうよ。どうせなら大川に飛び込んだ方が涼しかったのに」

りん弥は妙な理屈を捏ねた。死に方に涼しいも何もあったものではない。

千鳥の見世前で権佐がりん弥と話をしているところに、水野家の家臣であろうか、四人の男達が戸板を持ってやって来た。並河という武士を引き取りに来たようだ。男達は皆、苦渋の表情を隠さなかった。権佐は慌てて藤島を呼びに行った。外に出て来た藤島がふた言、三言、男達と言葉を交わすと、男達は見世の中に入った。

ほどなく戸板にのせられ、上に筵を被せられた亡骸は屋敷に運ばれて行った。

まともに弔(とむら)いをするのかどうかはわからない。恐らく、身内だけでひっそりと葬られることだろう。迷惑を被(こうむ)った千鳥の主は部屋の襖、畳を新調しなければならない。並河の所にその掛かりが要求されることになる。何につけても金の世の中である。

残された吉弥は手足を縛り、荒菰(あらごも)で巻かれて投げ込み寺に葬られる。そうしないと地獄で畜生道に堕(お)ちると言い伝えられていた。

「さて、わしはこのことをお奉行に報告しなければならぬ。後は鯛蔵(たいぞう)に任せて引き上げることにする。お前達は他の見世にゆき、主にくれぐれもこのような事が起こらぬよう用心致せと触(ふ)れ廻(まわ)れ。その後は帰ってよし」

藤島は権佐と弥須にそう言った。鯛蔵とは葭町近辺を縄張りにしている岡っ引きの名で、事件の起きた部屋にいた男である。下膨れの顔をしている藤島は体格もよい。権佐は藤島を見上げるようにして「へい」と応えた。横に立っていた藤島の中間に顎をしゃくり、「そいじゃ、ひと足先に引けさして貰いやす」と言った。

「ご苦労様でございやす」

若い中間は一瞬、羨(うらや)ましそうな表情になったが慇懃(いんぎん)にそう応えた。

「兄貴よう、何んだかやり切れねェ事件だよな。男と女の相対死なら、ちょいと乙な気分にもなるが、野郎と野郎じゃ……」

藤島に言われた通りに、近くの蔭間茶屋を廻った後で弥須は権佐にそう言った。

「あの二人は死神に取り憑かれていたのよ。死にてェと思ったら最後、他のことは考えられなかったのよ」

権佐は埃っぽい道を歩きながら弥須に応えた。

葭町を抜け、親父橋を渡り、二人は照降町に入り、日本橋へ向かっていた。魚河岸にある「はし膳」で蕎麦でも喰おうかと算段していた時、権佐と弥須の向かい側から町家ふうの娘が小走りに駆けて来るのが見えた。この暑いのに余計な汗をかきたがる者もいるものだと権佐は内心で独りごちた。

しかし、娘は権佐の横をすり抜けると思いきや、本松町の商家の陰にそっと身を忍ばせた。それから通りを窺うようにちらりと見ると、壁に背中をもたせ掛けて荒い息を吐いた。誰かにつけられている様子でもない。娘の表情は熱に浮かされたように上気していた。

権佐は怪訝な眼で通りの向こうを眺めた。

通りを往来する人々に混じって饅頭笠を被り、手に錫杖を持った托鉢僧の姿が眼についた。首から喜捨の品々を入れる頭陀袋を下げている。托鉢の白い衣裳は汗と埃で汚れ、四角い頭陀袋も同じように黒ずんでいる。夏のことで托鉢僧の足許は素足に草鞋履きであった。娘のお目当ては、どうやら、その托鉢僧であるらしい。権佐は少し妙な気持ちになった。これが芝居の役者なら大いに合点(がてん)のいくことであったろうが。

果たしてその托鉢僧が娘のひそんでいる家の横を通った時、娘はぴょんとその前に躍り出た。少し驚いたような托鉢僧の足が止まった。だが、すぐに落ち着きを取り戻し、合掌して頭を下げた。

娘は托鉢僧と前々から顔見知りらしい。

饅頭笠の庇(ひさし)を上げた時、その顔が僅(わず)かに見えた。僧侶(そうりょ)にしておくには惜しいような男前であった。

「幾ら岡惚(おかぼ)れしても坊さんじゃ、無理、無理」

弥須はそんなことを言った。

蔭間と武士の組合わせの後に、今度は僧侶と町家の娘である。今日はそんな巡り合わせに出くわす特別な日だろうかと、権佐はぼんやり思った。

驚いたことに娘は托鉢僧の袖を引いて魚河岸の方へ歩いて行く。もしやと思っていたら、案の定、娘は、はし膳の暖簾(のれん)をくぐった。

「坊さんと逢引(あいびき)だ」

弥須はおもしろそうに笑った。権佐と弥須は二人の後から、はし膳に続いた。

「お嬢さん、困ります。どうぞこのようなことはなさらないで下さい」

托鉢僧は笠を外して小上がりで娘と向き合うと低い声でそう言った。先刻、歩きながら経を唱えていた声は、いわゆる験者声であったが、普段の声は、それとは別人のように落ち着いたよい声である。笠を外して現れた顔も権佐の最初の印象を裏切ることはなかった。

「あら、あたしは喜捨のつもりなのよ。托鉢をしていてもお腹は空くじゃありませんか。なまぐさ物を差し上げる訳じゃなし、お蕎麦なら構わないでしょう？」

娘は意に介するふうもない。親は商いでもしていて少し富裕なのだろう。娘の着物も帯も、髪に飾っている簪も上等なものだった。決して美人ではないがお俠な感じがする。権佐は娘のお蘭が成長したなら、そんな娘になるような気がした。

「兄さん、小上がりにいるのは、どこの娘なんだい？」

権佐は、はし膳の主の幸蔵に小声で訊いた。

「駿河町の呉服屋の娘ですよ。梅田屋という店です」

幸蔵は人なつっこい笑顔で権佐に応えた。最近は客の入りがいいので幸蔵の表情も明るい。店では十二、三の小僧を一人使っていた。こちらは葭町の蔭間と違い正真正銘の前髪頭の少年である。縞の単衣に納戸色の油掛けをつけていた。

「おう、長吉。あの娘はちょいちょいこの店に来るのかい？」

権佐が訊くと、小僧の長吉は「梅田屋のお嬢さんはこれで三度目だと思います。清泉様が托鉢をなさる道筋を心得ていらっしゃるので、待ち伏せをされて、こちらにおいでになるんです」と応えた。待ち伏せという言葉を遣った時、後ろの二人をちらりと振り返り、声を低めた。気遣いする様子が権佐の微笑を誘った。長吉はなかなか利口な子供のようである。

「どこの寺の坊さんよ」

権佐も長吉に合わせるように低い声で訊いた。長吉は権佐の耳に口許を近づけ、さらに低い声になった。権佐の耳の傍にも傷がある。

長吉は人差し指で何気なく傷の痕をすっと撫でた。権佐が怪訝な顔をすると、長吉はせわしなく目をしばたたいて言葉を続けた。

「山谷の正行寺でお世話になっているそうです。あの方は江戸のお人ではないようです。何んでも北国のお寺のご養子さんだそうで、修行のために江戸へ出て来られたのです」

「長、上がったぜ。さっさと運びな」

幸蔵は少し苛々した顔でせいろの蕎麦を顎でしゃくった。長吉はすぐさま小上がりに蕎麦を運んだ。清泉は遠慮してなかなか箸を取ろうとしなかったが、娘に蕎麦がのびると言われると丁寧に合掌して箸を取った。はし膳の幸蔵は小上がりの二人を板場から時々、ちらちらと見ていた。幸蔵も気になっている様子である。

「あの娘は坊さんにぞっこんらしいな」

権佐は呟くように言った。

「わかるかい？」

幸蔵は大釜に権佐と弥須の分の蕎麦を放り込むと、短い吐息をついた。

「おこのちゃんは梅田屋の跡取り娘なのよ。婿を取って店を継がなきゃならねェのに、さっぱり縁談には耳を貸さねェ。親父さんもお袋さんも弱っているのさ」

「あの坊さんのせいだな」

権佐がそう言うと幸蔵は小さく肯いた。

「何んでまた、あの坊さんと知り合いになったのよ」

「梅田屋は正行寺の檀家だ」

「なある……」

弥須が合点のいった顔で口を挟んだ。

「坊さんのくせに、あの男前だろ？　国の寺でも娘や女房達にえらく人気があったらしい。それでこのままでは清泉様のためにならねェと寺の住職は江戸へ出して修行させる気になったらしい。まあ、江戸へ出て来たところで同じさ。清泉様を追い掛ける娘はおこのちゃんに限らねェのよ」

「男前が仇か……どうせなら芝居小屋の役者になった方がよかったな」

権佐がそう言うと幸蔵は「違げェねェ」と皮肉な笑みを浮かべた。小上がりでは、おこのが熱心に清泉に話し掛けている。清泉は気後れしたような顔ではい、はいと応えていた。

幸蔵は茹(ゆ)でて水に晒(さら)した蕎麦をせいろにのせて権佐と弥須の前に置いた。

「あの娘の親は、娘が坊さんに岡惚れしているのを知っているのかい？」

ひと口、蕎麦を啜り込んで権佐は幸蔵に訊いた。

「知っているだろうよ。だが、どうにもならねェ。清泉様は独り身を通しなさる宿命(さだめ)だし、おこのちゃんは店を継がなきゃならない。ただね、清泉様はああ見えて、おこのちゃんがまんざら嫌(いや)でもねェらしい」

幸蔵は小上がりに視線を向けて言う。

「兄さん、どうしてわかる？」

「そりゃ、ごんちゃん、わかるさ。他の娘が同じように誘っても清泉様は決してうんとは言わねェ。おこのちゃんだから困ったような振りをしながらついて来るのよ」

「結構、小狡(こずる)い坊主じゃねェか」

弥須が愉快そうに笑った。

「この先、どうなるんだか……他人事(ひとごと)ながら気が揉(も)めるよ」

幸蔵は蕎麦湯の入った朱塗りの湯桶(ゆとう)を長吉に差し出した。長吉はそれを持って小上がりに運ぶ。清泉はかなりの早喰いで、すでにぺろりと蕎麦を食べ終えていた。おこのはかいがいしく清泉の蕎麦猪口に蕎麦湯を注いだ。

　おこのの顔は恋する娘のそれだった。禅僧は女犯を禁じられている。妻帯することもできない。仏に仕え、生涯を独り身で通すのである。そして、おこのもまた、商家の跡取り娘として婿を迎えなければならない立場である。おこのの顔を眺めている内に権佐は不思議な気持ちになっていた。不思議な気持ちとは、なぜか目の前の二人が夫婦になり、仲睦まじくしている姿が脳裏に浮かんでいたからだ。権佐にそう思わせるほど、おこのと清泉は似合いの二人だった。おこのは十六、七だろうか。清泉はそれより一つ二つ年上に見える。

　二人の若さが世間の分別をつかの間忘れさせ、そうなったらどんなにいいだろうと権佐にふっと思わせたのだろう。

「兄貴、喰わねェのかい？」

　権佐が食べ残した蕎麦に弥須が箸を伸ばした。

「ああ。おれァ、千鳥の騒ぎを見たせいで胸がつかえていらァ。片づけてくんな」

　権佐がそう言うと弥須は嬉しそうに笑った。

「ご馳走様でございます。本当にありがとうございます」

　清泉はおこのに頭を下げてから、幸蔵にも同じ台詞を言った。

「暑いから身体に気をつけてな」

幸蔵は清泉にねぎらいの言葉を掛けた。清泉は合掌して錫杖を鳴らした。その時、権佐と眼が合った。清泉は柔らかな微笑を権佐に見せた。権佐の心が洗われるような美しい笑顔であった。

「おこのちゃん、おっ母さんが心配しているから早く帰ェんな」

清泉が出て行くと、勘定を払うおこのに幸蔵はぴしりと言った。

「放っといて」

おこのは口を返した。眼がつり上がった。

「相手が坊さんじゃ札の切りようがねェぜ」

幸蔵が怯まず続けるとおこのは唇を噛んで押し黙った。そのまま小走りに店を出て行った。後に残された者は同時に吐息をついた。

「餓鬼のくせに、わかったような面をするんじゃねェ！」

弥須は長吉に悪態をついた。長吉も同様に切ない溜め息をついたからだ。長吉は不服そうな顔をしたが「すみません」と頭を下げた。

三

権佐はそれから清泉の姿を何度か江戸の町で見掛けることがあった。あまりの暑さに武家屋敷の閉じた門の前で棒手振りの花屋と並んでしゃがみ、陽射しを避けていたこともあった。竹筒に入れた水を飲むと、気さくに花屋の男にも勧める。煙管を吹かしていた中年の花屋はしかめ面を緩め、「おおきにありがとよ」と礼を言って水を頂戴していた。あるいは雨降りの日に濡れながら両国橋を歩いていたこともある。雨粒が清泉の饅頭笠からしきりに垂れていた。草鞋を履いた清泉の足は泥にまみれ、爪も黒かった。

僧侶の修行とわかっていても、権佐は清泉を見掛ける度に哀れを覚えた。世の中には望んで苦を求める人間もいるのだ。その苦に耐えることで本当に心が磨かれると信じているのだろうか。権佐にはわからない。南町奉行所与力、菊井数馬の小者を務める権佐は、僧侶でありながら吉原に通ったり、先日心中騒ぎがあった葭町で蔭間を買う者がいることは知っていた。それについて権佐はさして、ふとどき者だとも思わない。僧侶も血の通った人間だと考えるからだ。

しかし、清泉には戸惑いを覚える。一片の生臭いものさえ感じられない。清泉の表情はその名の通り清らかであった。いつか、権佐も梅田屋のおこののように清泉贔屓になっていたのかも知れない。道で出くわせば薄汚れた頭陀袋に鐚銭を喜捨している。清泉は澄んだ眼で権佐を見つめ「親分さん、畏れ入ります。願わくはこの功徳を以て、あまねく一切の衆生に及ぼし、我等と衆生と皆ともに仏道に成せんことを。南無阿弥陀仏、南無阿弥陀仏……」と唱えてくれた。

江戸は清泉の澄んだ眼とは対照的に濁り、腐り果てた事件が続いていた。事件は色と欲、恨みつらみ、手前勝手の我儘から発せられるものがほとんどである。

権佐の望みは仕立て物の腕が少しでも次郎左衛門に近づくこと、家族が達者で暮らせること、食べるのに困らぬ程度の金を得ることだけだった。

今、曲がりなりにもその望みが叶えられていることで権佐の気持ちは穏やかである。自分がそれほど長生きはできないだろうとは、何んとなく感じている。傷だらけの権佐が、もしも流行りの病にでも罹ったら、たちまちにやられてしまうと女房のあさみは権佐に告げていた。季節の変わり目の頭痛、関節の痛み、原因のわからない腹痛、それ等がいつも権佐を悩ませていた。よほどの痛みでない限り、権佐はあさみに訴えはしない。

しかし、夜も眠られない時は、そっとあさみの肩を揺する。あさみは少し悲し気な顔をして南蛮渡来の痛み止めを与えてくれる。痛み止めは年を経るごとに量が増えていた。

そのままゆけば、いつかは気がおかしくなり、自分のことも相手のことも訳がわからなくなるという、恐ろしい薬であった。あさみは毒と薬は両刃の剣だと言った。あまり薬を摂り過ぎては命に関わる。

「おれァ、一度死んでいるからよ。今生きているのは、おまけ」

権佐はわざと明るくあさみに言うのだった。あさみが台所の冷や酒を隠れ飲みするのはそんな夜だった。

江戸の夏は権佐の身体など頓着することなく強い陽射しを降らせていた。

盂蘭盆は寺のかきいれ時である。寺に墓参りに来る人々は先祖の霊を慰めるために僧侶に読経を求める。清泉も世話になっている寺のためにお勤めをしているようだ。

橋の欄干にもたれて、ぼんやり川面を見つめているおこのを目にした時、権佐は、そういえばこの二、三日、清泉の姿を見掛けていないと気づき、ついで、盂蘭盆だからだと合点がいった。権佐はおこのに声を掛けようかどうしようかと、ずい分悩んだが、やはり声は掛けなかった。

よしんば声を掛けても、おざなりなことしか言えないだろう。まさか坊さんと蕎麦が喰えないから寂しいのかい、とも言えなかった。

権佐はもの思いに耽ったようなおこのの横顔をちらりと眺めただけで、その場を通り過ぎた。おこのは、はし膳で見た時より痩せて感じられた。

清泉を諦めることはできないし、かといって添うこともできない。おこのは及ばぬ恋路の行方に小さな胸を痛めているのだった。それを思うと権佐の胸も何やら切なかった。

権佐が再び清泉と会ったのは盂蘭盆も過ぎた晦日近くのことだった。

ちょうど、吉原の引手茶屋の主に次郎左衛門が仕立てた秋物の着物を届けた帰り、日本堤を今戸橋に向けて歩いていた時だった。清泉が田圃の畦道にしゃがんで草摘みのようなことをしていたのだ。田圃はもうすぐ稲刈りの時季を迎える。実った稲穂が重そうに頭を垂れ風に揺れていた。その中にいる清泉はまるで案山子のように見えた。

「坊さんよう」

権佐は土手から清泉を見下ろして声を掛けた。権佐のしゃがれた声は、すぐには清泉の耳に届かなかった。権佐はその場から土手下に滑るように降りた。

「親分さん……」

ようやく権佐に気づいた清泉は少し驚いた表情だった。相変わらず薄汚れた托鉢の恰好であった。

「草摘みですかい」

そう訊くと清泉は照れたように笑い、「お八つをいただいておりました」と応えた。

「お八つ？」

権佐は訳がわからず、薄青い空に視線を向けた。清泉の目からは権佐が白眼を剝いたようにしか見えなかっただろう。お八つという時刻ではない。陽はそろそろ西に傾き始めていた。

「これですよ」

清泉は掌の中の包みを拡げて見せた。渋紙の中に経木を細かく裂いたものが入っていた。

経木の先には黒っぽい何かがなすりつけられている。権佐が怪訝な顔をしたままだったので、清泉は経木を権佐の鼻先に近づけた。

ぷんと香ばしい匂いがした。

「味噌ですかい？」

「はい、そうです。味噌を火で炙ったものです」

「それがお八つになるんですかい？」

「これをですね、こうして……」

清泉は田圃の畦道に生えている草の芽を摘み取ると、その味噌につけて口に入れた。

「托鉢をする時は、いつもこれを持ち歩いております」

「なるほどね」

権佐はようやく納得した顔をした。

清泉の携帯食というところであろう。

「これからはきのこが出ますので、それもこうしていただきます。本当は春が一番いいのです。蕗の薹や土筆がおいしいですよ。親分さん、少し試してみますか？」

清泉はそう言って草の芽を摘み、味噌につけたものを権佐に勧めた。食べられる草を清泉は心得ているようだ。恐る恐る口に入れたそれは、思っていたよりまずくはなかった。味噌の味に助けられて何やら乙でもあった。

「結構、うまいもんですね」

権佐はお世辞でもなく言った。清泉が嬉しそうに笑った。白い歯が眩しい。

「お行儀が悪いので親分さん、このことは他言無用に」

清泉は悪戯っぽい表情で言った。その顔は僧侶ではなく普通の若者であった。

それから二人はどちらからともなく、土手下に腰を下ろした。

「盆が過ぎて、托鉢も少しは凌ぎ易くなりやすね？」

権佐はすっかり陽灼けした清泉の黒い首を眺めてそう言った。

「修行が楽になるのは困りものです。その後に辛い季節を迎えると、なおさら辛さが身に滲みます」

「…………」

「江戸の寺は朝もそれほど早くないので国に戻ってから辛抱できるかどうか心配です」

「朝は何刻に起きなさるんで？」

「そうですね。七つ前（午前四時頃）です」

「そいじゃ、お国にいた時はその前ですかい？」

「はい。八つ半（午前三時頃）には起きなければなりません。顔を洗い、口を漱ぐと境内と本堂の掃除があり、それが済むと勤行です。勤行の後に朝食です。それから座禅を致します。座禅を終えると畑仕事や薪割りの作務があり、その後で托鉢に出ます」

清泉は淡々と僧侶の生活を権佐に説明した。

「大変なもんですね」

「いや、普段はそれほど大変でもありません。本当に大変なのは師走の頭から八日間行なわれる修行です。毎日一刻（約二時間）ほどしか眠らずに座禅を続けるのです。足と尻の間に座蒲団を使いますが、もうもう足が痛くて……」

清泉は思い出して顔をしかめた。

「やはり、そういう辛い修行をしねェと徳のある坊さんにはなれねェという理屈なんですね？」

そう訊くと「どうなのでしょう」と清泉は小首を傾げ、「座禅は何かを期待してするものではありませんので」と続けた。

「え？　そいじゃ、何んにもならなくても、とにかく何日も辛い思いをするという訳ですかい？」

「はい」

「………」

浮いた浮いたの世の中に身を置く権佐に理解できることではなかった。権佐の胸中を察したように清泉は言葉を続けた。

「江戸の正行寺に来る前に飛騨の山寺で半年ほどお世話になりました。そこの住職は上州の貧しい農民の出でありましたが、わたしが今まで会った高僧の中で文句なく一番であると感じました」

「ほう」

権佐は少し興味深い顔になった。宗賢という名の僧侶は江湖会（僧侶が一箇所に集まってする禅修行）で首座（修行僧の最上座）に就いた時、捨てられていた襤褸で拵えた袈裟で現れたという。僧侶として出世した自分を戒める行為だった。生涯乞食僧を自称し、名刹の住職に就くことを拒否して飛騨の山寺に身を置いていたのだ。

「偉い坊さんもいるもんですね」

権佐は心底感心した声で言った。

「でも親分さん、わたしが本当に尊敬の念を抱いたのは、そればかりではないのですよ」

「もっと何かあるんですかい？」

「はい。宗賢様は、飢饉で非業の最期を遂げ、無縁仏となった仏様のために諸国を回り、その俗名を訊ねておられるのです。御酒のお好きな方でしてね、そのために身体を壊されたのですが、毎年、春になると旅に出ておられます。いずれ法要をなさるお考えのようです」

「そいつは骨の折れる仕事でござんすね」

「はい。わたしもどうしてそのようなことをなさるのか、最初は疑問を持っておりました。しかし、宗賢様はこうおっしゃいました。無縁仏の仏様は皆、ご自分の父母であると……」

そう言った清泉の顔から一服の清涼な風が吹いた気がした。権佐は少なからず感動していた。なるほど父母が無縁仏となっていたなら、子はそのままにしておくことはできず、手厚く法要をする気にもなるだろう。宗賢という僧侶は子の気持ちで、そうした苦労を買って出ているのだと思った。

「いいお話を聞かせていただいてありがとうございやす」

権佐は律儀に頭を下げた。清泉はいやいやと右手を振った。しかし、真顔になって「わたしは親分さんのことも聞いております」と言った。

「おれの？」

そう訊いた権佐の視線を清泉はさり気なく避け、「親分さんは今の奥様を助けるために深手を負われたのだと……」と低い声で言った。「身を以て愛しい者を庇う、これ慈悲の心の最たるものです」

力んだ声になった清泉に権佐は苦笑して鼻を鳴らした。

「坊さん、そんな大層らしい理屈ではねェんですよ。なりゆきですよ……あん時は頭に血が昇って、何が何んでも嬶ァを助けなければと思っていただけです」

「すばらしい……そういう奥様に巡り合えたことも仏様の加護に思えます。わたしもできることなら、そういう女人と巡り合い、自分の心を試してみたいと思います」

清泉は無邪気に言った。

「坊さん、あんたがおなごと巡り合うというのはできねェ相談じゃねェですか？」

権佐の言葉に清泉は返答に窮して俯いた。それを潮に権佐は言い難い話を始めた。

「余計なことを申し上げやすが、梅田屋の娘は坊さんを慕っておりやす。家つき娘ですから婿を取らなければなりやせん。ところが娘は他の縁談にも耳を貸さないそうです。それは坊さん、あんたのせいですぜ」

「申し訳ありません」

「別におれに謝って貰ってもしょうがねェ。おれが言いてェのは、できない相談なら、坊さんがあの娘にようく得心するように言い聞かせてほしいということなんです」

「そうですね……」

「やっていただけやすかい？」

「はい。おっしゃる通りに致します。ただ……」

清泉は逡巡(しゅんじゅん)するような表情で空を見上げ、吐息をついた。

「女人に対する欲望は修行で幾らでも抑える自信がございます。しかし、宿命までも曲げることができるのかどうかはわかりません」

「というと？」

「初めておこのさんにお会いしたのは正行寺でございました。おこのさんは観音様の御開帳の時に訪れて熱心に拝んでおりました。その姿をお見掛けした時、うまく説明できませんが心ノ臓(しんのぞう)がどきりと致しました。それは色香に誘われたというのではなく、ずっと遠い昔からおこのさんを知っていたような……懐かしい気持ちがしたのです。それから托鉢で市中を歩き廻っている時に、ふと、おこのさんのことを考えると、果たしておこのさんと出くわすということが続いたのです」

そいつは偶然だ、という言葉を権佐は呑(の)み込んだ。清泉が大真面目に言ったせいである。

「おこのさんに話したところ、あの方も同じだとおっしゃいました。これはどういうことなのかと二人で真剣に考えたのです。すると、おこのさんは正行寺の先代の住職から子供の頃に聞かされたことをわたしに話して下さいました」

「どんな？」

権佐はさり気なく清泉に話を急かした。

「夫婦となるべき者の足は目に見えない赤い糸で繋がっているのだと……それだけでは端唄の文句のようですが、しかし、これに繋がれた者は、たとい敵討ちの相手であっても離れられないという凄まじいものなのです」

「………」

「おこのさんの話が恐ろしくて、わたしは日夜、怖じ気をふるっております。本当にそんな結果が待っているとしたら、わたしはいったいどうしたらよいのかと……」

「おこのさんが親の薦める相手と一緒になったとしても、坊さんとの縁は切れねェということですかい？」

「そういう気が致します」

清泉は低い声で応えた。

「呉服屋の亭主になることは考えたことがありやすかい？」

「滅相もない」

清泉は慌てて否定した。

「坊さんがお国に戻ったら、おこのちゃんも諦めるんじゃねェですかい？」

「おこのさんはわたしが国に戻ったら死ぬとおっしゃいました。もしも、おこのさんが自害したなら、わたしも後を追うような気がします。そう思い詰めるに違いない自分の気持ちを考えると、つくづく恐ろしいのです」

「赤い糸ねえ……」

権佐は自分の顎を撫でて思案顔をした。自分とあさみも、そんな糸で繋がれていたのだろうかと、ふと思った。それがあらかじめ決められていたとしたら清泉の言葉ではないが確かに恐ろしい。

「漢籍では『赤縄（せきじょう）』という言葉で表されております」

清泉がそう言うと権佐は低く唸（うな）った。二人のために、その時の権佐は何かをしようと思った訳ではない。ただ本当に二人が赤縄で繋がれているとしたら、いったい、この先、どのような事態になってゆくのかと思った。

話に夢中になっている内に辺りは次第にたそがれていた。それに気づいて、権佐と清泉はようやく腰を上げた。土手に清泉が身軽に上がり、後から続く権佐に手を貸した。清泉の手は荒れていたけれど乾いて温かかった。

四

月が変わり、秋はいよいよ深まりを感じさせる。もうすぐ江戸は仲秋の名月を迎える頃となっていた。

権佐と弥須が仕事を終え、八丁堀の麦倉の家に戻った時、あさみは往診に出ていた。女中のおすずの給仕で権佐は舅、娘、弟の四人で晩飯を済ませた。その後で弥須は友達の所に出かけ、洞海は床（とこ）に就いた。洞海は早寝早起きの男である。そういうところは次郎左衛門と変わらない。

権佐は茶の間でお蘭のお手玉に、しばらくつき合った。しかし、お蘭が寝る時刻になってもあさみは戻って来なかった。洞海の弟子の一人が一緒に行ったということだったが、戻りが遅いあさみには、やはり気が揉めた。

「さ、お蘭、寝る時刻だぜ。寝間着に着替えな」

権佐はお手玉を小さな笊（ざる）に入れて小簞笥（こだんす）の上に置いた。お手玉は権佐の母親のおまさが拵えてくれたものである。

「おっ母さん、遅い」

お蘭は不服そうに口を尖（とが）らせた。

「おっ母さんは病人の手当に行ったんだ。お前ェのおっ母さんは医者なんだから、そこんところは辛抱しな。痛（いて）ェ、痛ェと苦しんでいる人を放っとけねェだろ？」

「やな商売だね。あたいは夜になったら、ちゃんと家にいるおっ母さんになるよ」

「そうけェ。そいつは殊勝な心がけだ」

「お父っつぁんもそう思うだろ？」

「さてな、おれァ、病人の手当をするおっ母さんも好きだがな」

「けッ、のろけてる」

お蘭はこまっしゃくれた口を利いた。お蘭の口は達者になる一方である。

「いいから、お喋りは仕舞いにしてさっさと寝てくれよ。お前ェが起きていると気が休まらねェわ」

「あたいが邪魔？」

「そうじゃねェが……」

「あたいが女だから嫌？」

お蘭は思い詰めたような顔で訊く。権佐は舌打ちしてお蘭のおでこを指でつっ突いた。

「眠るまでおとぎ話をしてほしいんだろ？　お前ェは誰に似たんだか回りくどい物言いをする餓鬼だ」

権佐の言葉にお蘭はへ、へ、と首を竦（すく）めた。

お蘭を蒲団に入れ、権佐はその傍で腕枕をして、もう何回も話して聞かせたおとぎ話をした。話している内に権佐も眠気が差して、そのまま、お蘭と一緒に眠りに引き込まれていた。

「お前さん、お前さん」

肩を揺すられて権佐は眼を開けた。いつの間にかあさみが戻って来ている。

「風邪を引きますよ。寝るんなら、ちゃんとお床に入って下さいな」

「遅かったな。今、何刻よ」

権佐は欠伸（あくび）をしながら訊いた。

「そろそろ四つ（午後十時頃）ですよ」

「病人の手当に往生したらしいな」

「それが……」

「おっと、話なら茶の間で聞くぜ。お蘭が眼を覚ます」

権佐は起き上がると上掛けからはみ出ているお蘭の腕を引っ込めた。あさみは行灯（あんどん）の火を吹き消した。

茶の間に行くと、あさみは茶道具を引き寄せて「あたしが行ってもどうにもならない病でしたよ」と、情けない顔で言った。

「そんなに重い病だったのか？」

「そうじゃないの。医者でも治せない病だったってこと」

「……………」

怪訝な顔をした権佐にあさみは薄く笑った。

「恋わずらい」

「へ？　まさか」

「本当なの。でも馬鹿にできないのよ。すっかり娘さんは身体の元気をなくして……親御さんは初め、別の心配をしていたようなの」

「と言うと？」

「そのう、子を孕（はら）んだんじゃないかと……」

「違ったんだな？」

「ええ、大店（おおだな）のお嬢さんだから世間に知れたら大変だと心配していたの。近所にかかりつけの医者もいたんだけど、噂（うわさ）を恐れてわざわざ駿河町からあたしの所まで迎えを寄こしたのよ。そのお蔭でお高い薬料をいただいちゃったけど」

あさみはほうじ茶を淹（い）れた湯呑（ゆのみ）を権佐の前に差し出した。

「駿河町？　もしかして梅田屋か？」

権佐はぎらりとあさみを見て訊いた。

「あら、お察しのよいこと」

あさみは感心して応えた。

「おこのという娘だな？」

「ええ、そうですよ。お前さん、お嬢さんを知っていたの？」

「それどころか、恋わずらいの相手も先刻承知之助（せんこくしょうちのすけ）よ」

「まあ、そこまで……お相手はお寺の雲水（行脚僧のこと）というじゃありませんか。親御さんは、さっそくお寺にそのことを知らせに行ったんですって。二、三日前のことだそうよ。そうしたら、今度は、その雲水が座禅堂に籠って出て来ないそうなの。ご飯も食べなくて、このままだと即身成仏だなんて、お寺の住職さんは冗談にもならないことをおっしゃっていたそうよ」

「………」

「あの二人、このままだといけなくなっちまう。これは新手の相対死よね？」

あさみはそう言って眉間に皺を寄せた。

「なあ、あさみ、何んとかしてくれ。今度ばかりはどうにもならねェ。お手上げだ」

権佐は縋るような声であさみに言った。

「そんなことを言われても……」

あさみも心底弱った顔で権佐を見つめた。

だが、ふと気づいたように「数馬様にお縋りしたらどう？」と言った。

「菊井の旦那に？」

「ええ、そうよ。お寺は結局、ご公儀に支配されているものでしょう？　檀家の上に末寺があって、それから小本寺、中本寺、大本山。その一番上にあるのがご公儀じゃないの。ご公儀のお許しがあれば雲水と梅田屋のお嬢さんは晴れて一緒になれるというものよ。数馬様は、お顔の広い方だから、寺社奉行所にも顔見知りがいらっしゃると思うのよ。何か知恵が授かるかも知れないわ」

あさみの提案に権佐はぽんと掌を打つ気持ちになったが、さて、清泉とおこのが一緒になるとは、具体的にどうなるのか理解できなかった。

「だけどよ、坊さんは女房を貰っちゃならねェんだろ？」

権佐は上目遣いであさみに訊いた。

「だから、その雲水は還俗することになると思うわ」

「げんぞく？」

「お坊さんを辞めて町人になるのよ」

「梅田屋の婿になるってか？」

「さあ、そこまでは、あたしもわからないけれど」

「坊さんに呉服屋なんざ……できねェよな」

権佐は独り言のように呟いた。

「でも、修行を積んできた人なら、何んだってできると思うわ。それに梅田屋は大店だから、もしもその雲水がお婿さんに入っても、手代さんや番頭さんが助けてくれるじゃないの。何年も経ったら、その内にいやでも商売を覚えると思うけど」

「そうか？」

「そうよ」

あさみは権佐を安心させるように強く言った。

「おれァ、少し考え過ぎるんだな」

権佐は独り言のように呟いて茶を飲んだ。

「他人のことばかり心配するのね？　本当は自分のことだけで精一杯なのに……」

あさみは清泉とおこののことを心配する権佐にふっと笑った。苦笑とも微笑ともつかない複雑な笑みであった。

「明日の朝、菊井の旦那の所に行っつくらァ。あさみはやっぱり頭がいいやな。世の中のことは何んでも知っていらァ。おれはいい女房を持って倖せだよう」

権佐はぬけぬけとのろけを口にした。

「誰がいい女房だって？」

いつの間にか戻って来た弥須が茶の間の障子にもたれて、こちらを見ていた。

「あら、やっちゃん、お帰りなさい」

あさみは涼しい顔ではぐらかす。

「弥須、梅田屋の娘は恋わずらいで床に就き、坊さんは即身成仏の途中だとよ」

権佐も冗談に紛らわせて弥須に言った。「へ？」と問い返した弥須の顔が間抜けて見えた。

五

権佐は翌日、菊井数馬におこのと清泉の話をして、このままだと二人の命が危ないので、お奉行に知恵を授けては貰えないかと頼んだ。

最初は煩わしいような顔をした数馬だったが、そう考えたのがあさみだと言うと、数馬はすぐに態度を変え、うまく行くかどうかわからぬが、正行寺の住職に申し上げてみると言ってくれた。お務めを離れ、住職と、ざっくばらんに話をするようだ。寺社奉行所には話を通さない考えだった。

住職と数馬の間にどのような話が交わされたのかは、権佐は知らない。

しかし、しばらくしてから金棒引きの弥須が駿河町で仕入れた話によると、おこのと清泉はもうすぐ祝言を挙げることが決まったらしい。清泉は、あさみが言っていたように還俗して町人になるという。つまり、これからは梅田屋の養子になって第二の人生を歩むことになる。やれ、めでたいと、権佐はほっと胸を撫で下ろし、弥須に居酒屋で酒を奢った。

菊井数馬の屋敷にもあさみをやって、新川の酒問屋から取り寄せた極上の酒を届けさせた。

数馬はまだ、あさみへの思いを捨て切れずにいると権佐は思う。清泉とおこのの一件は、あさみの口添えがなければ数馬はとりあげなかっただろう。

数馬は宿命だの、赤縄だの、世の中の不思議を全く信じない男である。ただ己れの気持ちに正直に従うだけだ。また、そういう男であるから、あさみに対しても諦めがつかないのだろう。

今更どうにもならないことに固執するのは、ある意味で数馬の宿命のようにも権佐は感じていた。

秋の柔らかな陽射しが呉服町、樽新道（たるしんみち）に降っていた。権佐は八丁堀の麦倉の家を出ると次郎左衛門の家に来て、朝から仕事に精を出していた。そろそろ季節の変わり目を迎えるので袷（あわせ）や綿入れの仕立て直しの仕事が立て込んでいる。

針を進めている権佐の耳に聞き慣れた験者声と錫杖の音が聞こえた。ふっと顔を上げると饅頭笠の清泉が狭い庭を隔てた通りに立っていた。

「おっ母さん、これ、お坊さんにお布施を差し上げなさいよ」

次郎左衛門が台所にいるおまさに声を掛けた。

「お父っつぁん、あの坊さんはおれの知り合いだ。そいつはおれに任せてくんな」

権佐は次郎左衛門にそう言って腰を上げた。

「そうだよな。兄貴はあの坊さんの仲人みてェなものだからよ。放っとけねェよな」

後ろで弥須が訳知り顔で言う。

「どういうことですか、弥須さん」

次郎左衛門の弟子の捨吉が手を止めて訊いた。

「それはな……」

弥須の長口上が始まりそうだった。

「捨吉、手がお留守だぜ。一服するにゃ、まだ間があるというものだ。後で、おれがとっくり聞かせてやらァ」

権佐はそう言って土間口に出た。おまさが小皿に入れた米を用意していた。権佐はその小皿を受け取ると勢いよく外に飛び出した。

「ご苦労様でございやす。ささ、米と、それから……」

権佐は懐の紙入れから鐚銭を取り出して清泉に差し出した。清泉は高らかに錫杖を鳴らした。

「親分さん、お世話になりました。何んとお礼を申し上げてよいのかわかりません」

「礼なんざ言って貰うつもりはねェよ。だが、あんたは寺を出るそうじゃねェか」

「はい。本日が最後の托鉢になります」

顔を上げた清泉の眼は相変わらず澄んでいた。

「大丈夫かい？　これからは商家の若旦那だ。色々、まごつくこともあると思うが……」

「はい。旦那様やご奉公している方達のご教示を受け、これからは梅田屋清兵衛として生きる覚悟でございます」

清泉はきっぱりと言った。

「梅田屋清兵衛さんか……名前ェだけはそれらしいな。本当にこれでいいんだな？」

権佐は念を押すように訊いた。

「これも仏様のお導きだと思いますので」

「もう、迷うんじゃねェぜ。迷ったって始まらねェことなんだからな」

「はい」

「おれの家はこの通り、仕立て屋だ。お前さんの所は呉服屋だ。もしも気持ちがあるんだったら少しは仕事を回してくれよな」

権佐は真面目とも冗談とも取れるような言い方をした。

「おこのさんも親分さんに大層感謝しております。悪いようには致しませんでしょう」

もはや商家の者のように清泉は愛想を言った。権佐はふっと笑った。

「ありがとよ。恩に着るぜ」

「それでは親分さん、これで失礼致します。願わくはこの功徳を以て、あまねく一切の衆生に及ぼし、我等と衆生と皆ともに仏道に成せんことを」

清泉は深く頭を下げると樽新道から通町へ向けて歩いて行った。権佐にひと言、礼が言いたかったのだろう。権佐の胸はその日一日、爽やかな思いで満たされていた。

清泉とおこのが祝言を挙げたのは玄猪の日（陰暦十月の亥の日）であった。同じ日に菊井数馬の妻の梢は三人目の男子、三郎助を出産した。

清泉は梅田屋の主人として、おこのの父親が亡き後も商売に励み梅田屋の発展に尽くした。清泉は還俗してからも剃髪したままだった。華美な反物を扱うことが多かった梅田屋は清泉が婿に入ってから、なぜか実用的な木綿反物の販売に力を入れるようになったという。奢侈を競う客は梅田屋から離れたが、その代わり、地道に商いをする客が増えた。お上の奢侈禁止令が出た時も梅田屋はお咎めを受けずに済んだのである。

慶長笹書大判（けいちょうささがきおおばん）

一

朝の掃除を済ませたおふくは、ようやく朝めしの箱膳の前に座った。

「ごはん、ごはん」

言いながら、お櫃からめし茶碗にめしを盛る。

おふくの顔は自然に弛む。三度の食事がおふくにとって何よりの楽しみだった。特に炊き立てのめしに勝るものはない。六畳の内所（経営者の居室）は狭いので、おふくはいつも皆が食事を終えた後、一人でゆっくりと食べることにしている。それは言い訳で、まだ食べるのかえ、と伯母に呆れ顔をされないためだ。おふくはしっかり食べなければ身体がもたない質だ。その他にお八つも食べるし、水菓子（果物）も好きだ。食べる割に無駄な肉がついていないのは、よく働くせいだろう。

見世には早くも客がやって来ている。父親の友蔵と伯父の芳蔵が客の応対をしているが、二人の声は似ているので、どちらがどちらなのか、おふくにさえよくわからない時がある。それもそのはず、父親と伯父は双子のきょうだいだった。ちょいと小太りで月代の辺りが禿げ上がっているのまで同じだ。女の好み、好きな唄、好きな食べ物も一緒である。伯母のおとみが同じ着物を着せているので、初めての客は眼を白黒させて二人を見る。おとみはそれを楽しんでいるようなところがあった。二人は父親の跡を継いで馬喰町二丁目で口入れ屋（周旋業）の「きまり屋」を切り守りして来た。

口入れ屋は雇う側と雇われる側の間に立って世話をし、話が纏まれば双方から決まりの手間賃を取って生計を立てている。きまり屋という屋号は「決まりの手間賃」から来たものかどうか、おふくはよくわからない。父親と伯父に訊いても、うちの親父は少し変わっていたからなあ、と首を傾げる。その仕種も寸分違わなかった。おふくの祖父は元々、馬の売買を生業にしていたが、ある日突然、口入れ屋を始めたという。その理由は息子である二人にも謎だった。

二人が所帯を持った時も一緒で、祝言も同時に挙げたという。披露の宴にはふた組の似た者夫婦が金屏風を背にして座り、出席した客から大いにからかわれたという。そう言えば、おふくの母親のおとよと伯母のおとみも感じが似ていたと思う。まるっきりの他人なのに、ちゃきちゃきしたもの言いと、明るい人柄は同じだった。最初に生まれた子供の年まで一緒だった。伯父の長男の辰蔵とおふくは二十五歳の同い年である。そこまでは伯父と父親の足並みが揃っていた。双子と言っても父親は一応、弟なので、所帯を持ってからは、きまり屋の近くで裏店住まいをして、そこから見世に通っていた。ところがおふくが五歳の時におとよは労咳を患い、半年寝ついて帰らぬ人となった。おとよの病が発覚すると、伯父はおふくにうつるのを恐れ、泣き喚くおふくを無理やりきまり屋に連れて来た。それからおふくは、住まいにしていた裏店に二度と戻ることはなかった。おとよが死ぬと、伯父は父親を呼び寄せ、祖母が使っていた離れの部屋におふくと一緒に寝泊まりさせた。その頃、祖父はすでに亡くなっており、祖母が一人残されていた。祖母はおふくを大層可愛がってくれたので、母親のいない寂しさをそれほど感じることはなかったと思う。

だが、祖母と父親の三人で枕を並べて寝たのは、五年にも満たなかった。祖母は誰にも迷惑を掛けず、眠るように死んでしまった。

葬儀の時の父親と伯父は辺りも憚らず、おっ母さん、おっ母さんと声を上げて泣いた。その様子に弔いの客は誰しも貰い泣きせずにはいられなかった。

祖母が死んでからもおふくは父親と離れの部屋に住んでいる。父親は、いずれ後添えが現れるまでの仮住まいと考えていたようだが、そういう機会がないまま、四十五歳の今日までやもめを通していた。

「おふく、まだごはんを食べているのかえ。早く洗濯をしておしまい。今日はいい天気だよ」

二階から伯母のおとみの声が聞こえる。次男の彦蔵の部屋を掃除しているらしい。彦蔵は二十歳の若者で、きまり屋の使い走りをしている。長男の辰蔵は口入れ屋の商売を嫌い、十二歳の時から刀剣商に奉公に出ているので、きまり屋を継ぐのは彦蔵になるだろうと、おふくはぼんやり思っている。

おふくは三膳のめしを食べたが、もうちょっと食べたい気がした。納豆とおとみの糠漬、豆腐と油揚げのみそ汁がおいしくて箸が止まらなかった。しかし、大めし喰らいと悪態をつかれるのを恐れ、おふくはぐっと堪えて四膳目を諦めた。

流しで朝めしの食器を洗ってから、おふくは勝手口から洗濯盥を外に出した。勝手口の外は狭い庭になり、真ん中に井戸が掘ってある。夏の終わりに井戸替えしたばかりなので、井戸水はきれいに澄んでいる。秋晴れの気持ちのいい朝だった。おふくは洗濯板に拡げた洗濯物に灰汁水（灰汁の上澄み・当時の洗剤）をなすりつけて、ごしごしと洗濯を始めた。

「姉ちゃん」

彦蔵が声を掛けて来た。伯父に用事を言いつけられて外に出かけたのは知っていたが、行き先まで聞いていなかった。彦蔵はひと抱えもある葛西菜を携えていた。それを見て、おふくは、先日、女中を世話した横山町の青物屋のことを思い出した。

「八百竹さんに行って来たのかえ」

「うん」

「それで、女中さんは真面目に奉公している様子だったかえ」

「三日で逃げたって」

「………」

「八百竹の大将は手間賃を返して貰うか、代わりの女中を寄こせと怒鳴りやがった。おいら、どうしていいかわからなかったが、一応、すんませんと謝ったよ。八百竹の婆さんがおいらに同情して、陰でこっそりこれをくれたのさ」

　彦蔵は葛西菜の束を眼で促しながら続けた。

「そう。ご苦労だったねえ。あそこはどういう訳か奉公人が居着かない見世だよ。人使いが荒いのだろうか」

「らしいよ。台所仕事はもちろん、子守りや店の手伝いもさせているそうだ。朝から晩まで扱き使われたんじゃ、幾ら女中に雇われたとはいえ、気の休まる隙もねェ。それでいてあすこのお内儀さんは呑気に昼寝なんてしているんだと。誰だって頭に来るわな。なまじ美人だから、大将も文句が言えないみてェだし」

「いいね、美人は」

「この先、どうしようか」

「さあ、伯父さんとうちのお父っつぁんに相談することだ」

「最悪の場合、姉ちゃんが助っ人に行くことになるかも知れねェよ」

彦蔵は気の毒そうな表情で言った。

「それならそれで仕方がないよ。これまでだってそうだったし。ただし、あたしは黙って言いなりになんてならないよ。子守りを押しつけられたら、あたし、子供が苦手なんです、としゃらりと断ってやるよ」

そう言うと、彦蔵は小気味よさそうな表情で笑った。

「この青物、どうする?」

「流しの上の棚に笊が置いてあるから、そこに入れておいて。後でゆがいてお浸しにするか、油揚げと一緒に炊くことにするよ」

「わかった」

彦蔵が肯いた途端、二階からおとみの大袈裟な声が聞こえた。

「おお、いやらしい。眼が腐る」

彦蔵は何んだろうという表情でおふくを見た。

「伯母さん、あんたの部屋の掃除をしていたよ。何かまずい物でも置いていた?」

「しまった。ダチから借りた笑い絵(春画)を出しっぱなしにしていた」

彦蔵は焦った顔で応える。

「早く行って。伯母さん、破り捨てるかも知れないよ」

そう言うと、彦蔵は慌てて二階に上がって行った。言い訳をしているようだが、彦蔵の声は聞こえず、おとみの怒鳴り声ばかりがした。

おふくに含み笑いが洩(も)れた。蚊とんぼのような細い身体をして、顔つきもまだ子供こどもしているのに、一丁前に女に興味を持ち始めているらしい。だが、普通の男として彦蔵が成長している様子はおふくをほっとさせる。それでいいのだとも思う。

彦蔵は十歳くらいまでおふくを実の姉だと信じていた。おふくはいつも彦蔵の傍にいたし、面倒も見ていたからだ。そこは実の姉と変わりがなかった。だが、近所の悪餓鬼(わるがき)どもから、お前の姉ちゃん、うそ姉ちゃんと言われて泣きながら帰って来たことがあった。おふくが、実の姉でないのが当時の彦蔵には大層衝撃だったらしい。

「あたしは誰が何んと言おうと、彦ちゃんの姉ちゃんだよ。あんたのお父っつぁんと友蔵叔父(おじ)ちゃんの顔をごらんな。そっくりだろう。どちらがお父っつぁんでも構わないじゃないか。辰蔵もあたしもずっとあんたの傍にいた。三人は、きょうだいさ。人の言うことなんて気にすることないよ」

おふくはそう言って慰めた。いつまでもおいらの姉ちゃんでいてくれ、彦蔵は泣きながらおふくに言ったものだ。そんな彦蔵がおふくは可愛くてたまらなかった。今でもその気持ちに変わりはない。ただ、おふくが年頃になり嫁入りしてきまり屋から出て行き、そして一年ほどで離縁して舞い戻った辺りから、微妙に何かが変わって来たのをおふくは感じていた。おとみは面と向かって何も言わないが、せっかくおふくを片づけて肩の荷を下ろしたのに、またぞろ出戻ってきまり屋に居着いていることに煩わしい思いをしているだろう。それを考えると、すまない気持ちでいっぱいになるが、他に行くあてもなかった。何より友蔵の傍にいたかった。しかし、芳蔵が商売を続けている内はいいが、彦蔵がきまり屋の主(あるじ)となった先のことまではわからない。

　彦蔵だってその内に女房を迎えるだろう。

　その女房が、どうして叔父さんと、いとこの姉さんの面倒まで見なきゃならないのかと言い出したら何んとしよう。年を取るといらない心配まで頭をよぎる。

「先のことなんてわからない。何んとかなるさ」

　おふくは自分に言い聞かせるように呟(つぶや)いた。

　洗濯物を濯(すす)ぎ、もの干し棹(ざお)に拡げていた時、おとみがやって来て、うちの人が呼んでいるから見世座敷にお行き、と言った。

「八百竹さんに行くことになるのかしら」

　おふくは訳知り顔で訊く。

「すまないねえ、いつも後始末ばかりさせて」

「ううん、平気。でも、八百竹さんは人使いが荒いから、女中さんも居着かないって彦ちゃんは言っていたのよ。八百竹さんから手間賃を百文貰っているのね。本勤めの証文を交わすまででいいかしら」

奉公人を正式に採用するかどうかは、少し様子を見てから決めることになっている。その時に改めて人請証文（身許保証文）に三文判をつき、寺請証文を一緒に差し出すことになっている。

人請証文は一分、寺請証文は百文が掛かる。

寺請証文は耶蘇宗でないことを証明するためのもので、きまり屋の檀那寺から出して貰っていた。

奉公人は金を持っていない者が多いので、雇い主が立て替える。後で奉公人の給金から差っ引くのだ。

「ああ、ひと廻り（一週間）ぐらい辛抱しておくれな。あんたの手間賃は後で考えるから」

おとみは気の毒そうな表情で言う。

「心配しないで。うまくやるから」

「すまないねえ」

「もう、伯母さんたら水臭い。あたしは居候の身ですからね、たまには役に立ちたいのよ」

「誰もあんたのことを居候だなんて思うものか」

おとみは、きッとした表情で応える。

「ありがと、伯母さん。それじゃ、後をお願いね」

おふくは濡れた手を前垂れで拭くと、見世座敷に向かった。さて、八百竹ではどんなことが待っているだろうか。おとみには任せろみたいなことを言ったが、微かな不安が頭をもたげていた。

二

口入れ屋は別名、桂庵、慶安、人宿、他人宿、肝煎所、請宿とも呼ばれる。寛文（一六六一～一六七三）の時代、大和慶安という男が婚姻の仲介をして金品を受け取ったことをきっかけに、これを仕事とするようになったので口入れ屋を慶安と称したという。年寄りは今でも慶安と呼ぶことが多い。しかし、慶安という言葉には賂の響きが感じられるので、おふくは好きになれない。人に言う時は口入れ屋で通していた。

一般的に三月五日が出代りの日と決められ、奉公人はこの日で一年契約が切れる。見込まれて引き続き奉公する者もいるが、近頃では別の奉公先へと移る者が多い。それだからこそ、きまり屋も商売が続けられるのだ。むろん、出代りの日に拘わらず、奉公人を雇いたい者、雇われたい者は一年を通じてきまり屋にやって来る。近頃は奉公人の質も悪くなり、一年どころか八百竹に紹介した女中のように三日で逃げ出す者もいる始末だ。そんな時、おふくは雇い主の怒りを晴らす意味で、少しの間、ただ働きに駆り出される。百文でひと廻りも働いてやれば雇い主も損したとは思うまい。百文は手習所の月謝の半分、あるいは髪結床の手間賃の三回分、二八蕎麦なら六杯ほど食べられる金額である。日当に換算すれば十四文余りでおふくは働くのだ。安い。安過ぎる。

身の周りの物を風呂敷包みに入れて、おふくは横山町の八百竹に向かった。

八百竹は通りにまではみ出して品物を並べていた。赤ら顔の中年の男が八百竹の主の竹松だろう。年は三十五、六だろうか。げじげじ眉にどんぐりまなこ、見事なあぐら鼻の持ち主だ。竹松は見世前に立ったおふくを客と見て、里芋が安いよ、買って行きな、と声を掛けた。

「すみません、旦那さん。きまり屋から参りました。ふくと申します。女中さんがいなくなってしまったそうですね」

笑顔でそう言うと、竹松は不満そうに眉を上げ「いってェ、お前ェさんの所はどんな商売をしているのよ。いつも半端者ばかりを寄こしやがって」と、怒鳴るように言った。

「申し訳ありません。お困りでしょうから、少しの間ですが、あたしがお手伝い致しますよ」

「先に手間賃は払っているから、新たには出さねェぜ」

「もちろんですよ。辛抱できない女中さんだと先にわかったのは不幸中の幸いでしたよ。証文を交わす時には、また余分にお金が掛かりますからね」

金の話になって竹松の表情が弛んだ。

「そいじゃ、嬶(かか)ァの奴が餓鬼の世話で往生しているから、さっそく働いて貰おうか」

「あら、大変。あたし、子供が苦手なんですよ。子守りなんてしたこともないし」

「何しに来たんだ、手前ェは」

竹松はまた声を荒らげた。

「そりゃあ、台所仕事をするためですよ。旦那さんはうちの見世に頼みに来た時、子守りもしてほしいとはおっしゃいませんでしたよね。子守りとお見世の手伝いもするとなると、給金も割高になるんですよ」

「女中たァ、何んでも纏(まと)めてするもんだろうが」

「それは昔の話ですよ。この節の女中は決められた仕事以外はしませんよ」

竹松は悔しそうにおふくを睨(にら)んだが、台所仕事だけでもいいと思ったようで、勝手口に回っつくんな、と言って顎(あご)をしゃくった。

見世の横の狭い路地(ろじ)を入ると、勝手口があった。勝手口の傍には木箱が乱雑に転がっていた。少しは整理したらいいものを。これじゃ、足の踏み場もないと思った。勝手口の傍には掘っ建て小屋のようなものがあり、そこにも酒樽や醤油樽がごちゃごちゃと置いてあった。

「ごめん下さい。きまり屋から参りました」

声を張り上げて中へ呼び掛けると、身体がふたつ折れになるほど腰の曲がった老婆がよろよろと現れた。それが竹松の母親らしい。

「ご隠居様。本日は青物をいただいたそうで、ありがとうございます」

そう言うと、老婆は「シッ」と人差し指で口許を押さえた。耳はしっかりしているらしい。彦蔵に渡した葛西菜は、竹松や嫁には内緒だったと思い出す。おふくは肩をすくめ、悪戯っぽい表情で笑った。

「わたいは年で、身体が言うことを聞かないのさ。台所のことは頼むよ」

「承知しました。さて、何からお手伝いしましょうか」

勝手口の中に入ると、少し広い土間になり、流しと水瓶、竈が設えてあったが、流しには洗い物が山積みとなっていた。朝めしと昼めしの食器を洗わずにそのままにしていたらしい。おふくが八百竹に着いた時は昼少し前だったが、すでに家族は昼めしを済ませていた様子だった。

「眼についたところからやっておくれ。晩めしは売れ残りの青物でお菜を拵えておくれな。ああ、米も研いでね」

老婆は口だけは達者で、早口に言った。

「承知しました」

そう応えたが、風呂敷の中の前垂れを取りだして締め、襷で袖を括りながら、おふくにため息が出た。嫁は何をしているのだと呆れた。幾ら子供の世話があるからと言って、流しを荒れ放題にして平気でいるのがわからなかった。おふくは夏の盛りでもないのに大汗をかいて食器を洗い、ついでにぬるぬるしている流しも束子で洗い流した。それが済むと茶の間を兼ねている台所の座敷にはたきを掛け、箒で掃除した。土間のごみも塵取りに集めると、乱雑な部屋は少し人心地がついた。

ほっとして茶でも飲もうかと瀬戸火鉢の鉄瓶を取り上げれば、中は空だった。この家は何も彼もが行き届いていなかった。

見世に行って、竹松に晩めしのお菜は何にしましょうと訊くと、竹松は見世の品物に舐め回すような視線をくれ、活きの下がった茄子を五本ばかり渡してくれた。それから、豆腐屋に行って、豆腐と油揚げを買って来てくれと言った。冷奴と油揚げの焼いたのが食べたいらしい。

「承知しました」

おふくはそう応えたが、竹松は豆腐と油揚げの代金を寄こさない。

「旦那さん、お豆腐と油揚げのお金を下さい」

おそるおそる言うと、渋い表情で銭を入れている笊から四文銭をふたつ取り上げて渡した。八文では足りそうにない。それとも横山町の豆腐屋は、よそより安いのだろうか。竹松はおふくに八文を渡すと、すぐに品物を物色している客に声を掛けたので、それ以上くれとは言えなかった。

気の弱い女中なら何も言えずに自分が立て替えてしまうだろう。

八百竹に女中が居着かない理由は、その辺にあるのかも知れなかった。

台所に戻り、茄子を縦半分に切り、さらにそれを斜め切りにして水につけた。他に目ぼしいお菜の材料はなかった。茄子をごま油で炒めて醤油と砂糖で甘辛く煮つけようと思ったが、醤油と酒はあるが、砂糖も油もなかった。台所の下に置いてあった買い物籠(かご)を取り上げ、そこに豆腐用に小さな鍋を入れて、おふくは買い物に出た。

案の定、八百竹から半町（約五十メートル）ほど先にある豆腐屋に行くと、豆腐は四半丁（現在の一丁分ほど）で十五文、油揚げはひとつ五文だった。それだけでなく、油と砂糖を買ったら、立て替えはかなりの額となった。

八百竹に戻り、米を研いで竈に載せてから、おふくは茄子料理を始めた。茄子をごま油で炒め、火が通ったところに砂糖と酒、醤油、唐辛子で味つけするのだが、子供が食べることを考えて、敢(あ)えて唐辛子は入れなかった。

冷奴の薬味にするためにまた見世に行き、大根と生姜(しょうが)、葱(ねぎ)、紫蘇(しそ)などがほしいと言うと、何んでェ、次々と、と竹松は文句を言った。

「旦那さん、冷奴の薬味はなくてもよろしいんですか。それなら別にいいですけど」

そう言うと、竹松はむっつりした表情で葱と茗荷、大根を渡してくれた。

「豆腐と油揚げで二十文掛かりました。それに油とお砂糖も買いましたので、都合、四十二文を立て替えました。すみませんが払って下さいませ」

「何んだとう。誰が油と砂糖を買えと言った。余計なことはするな」

「ですが……」

「豆腐と油揚げで二十文だと？　豆腐屋の野郎、ぼろ儲けだな。八文を先に渡しているから残りは十二文か……ほらよ」

四文銭をみっつ寄こしたが、油と砂糖の代金は払ってくれなかった。

台所に戻るとおふくは猛烈に腹が立った。これではひと廻りしない内に手持ちの金が底を突きそうだった。百文になったところで八百竹を出ようと、おふくは早くも考えていた。

暮六つ（午後六時頃）前に竹松は品物を片づけ、木箱を中に引き入れて大戸を下ろした。

竹松の母親は箱膳を並べるのを手伝ってくれた。茄子の煮つけには大層喜んでいた。

晩めしの用意ができた頃に、ようやく竹松の女房のおしずが娘のおいちの手を引いて二階の部屋から下りて来た。

「今夜は何かしら。いい匂いがするよ」

おしずは眠そうな眼をさらに細めて言う。水茶屋(みずぢゃや)にでも勤めていたのだろうか。細縞(ほそじま)の着物にえんじ色の帯を締めているところは大層、粋(いき)だった。しかし、三歳ほどの娘の顔を見て、おふくは思わず噴き出しそうになった。げじげじ眉とどんぐりまなこは竹松とうり二つだった。おいちは、もう分別がついているので、別に子守りが必要とは思えない。これはおしずが、楽をしたいがために女中に預けたかったのだろう。

おふくはおしずに挨拶(あいさつ)したが、あらそうですか、と言っただけで、後はおふくの顔を見ようともしなかった。

おいちが喉(のど)が渇いたと言うと、竹松は、ままを喰ったら砂糖湯を飲ませてやるぜと笑顔で娘に言った。まあ、この人は。おふくは心底呆れた。それはおふくが買った砂糖だ。三日で逃げ出した女中の気持ちがよくわかった。自分もすぐに逃げ出したかった。

おしずは竹松に酌をしながら自分も飲んだ。竹松の母親はさっさと晩めしを食べ終えると自分の部屋に戻った。

おふくは竹松の母親が引き上げてから台所の隅でようやく晩めしを食べ始めたが、茄子の煮つけは汁ばかりで実は何も残っていなかった。仕方なくその汁をめしに掛けて食べた。

竹松とおしずは、だらだらと飲み喰いして、一向に仕舞いにする様子がない。おいちも砂糖湯を飲み終えると、祖母の部屋に行ってしまった。しばらく二人の傍にいたが、おふくは我慢できず、旦那さん、お内儀さん、あたしはこれで休ませていただきますが、よろしいでしょうか、と訊いた。

「ああ、その前にうちの人とあたしのごはんをよそっておくれ。今夜は汁なしかえ」

「はい……」

「明日はお吸い物でも拵えておくれね。あたし、海老のお吸い物が飲みたいよ」

「海老はお高いので、お立て替えできそうにありませんよ。お内儀さんが買って来て下さればお作りしますよ」

おふくは、ちくりと皮肉を滲ませた。

「誰がお前に立て替えさせると言った？　いやな女中だこと。お前さん、今度はきまり屋じゃない見世を当たっておくれな」

おしずはぷりぷりして言った。おふくも気分を害したが、長くいる訳じゃなし、気に入られるより嫌われたほうが都合がよいと思い、お休みなさいまし、と言い置いてその場を離れた。二人のめしは忘れたふりをして用意してやらなかった。

おふくに充てられた部屋は台所の近くの三畳間だった。窓はついていたが、開けても隣りの家の壁が見えるだけだった。蒲団が黴臭い。明日は蒲団を干そうと思う。たった一日いただけでおふくは八百竹に閉口した。今後は奉公人の世話をしないほうがいいだろうと、強く思った。竹松よりも、あのおしずという女房が気に喰わなかった。

蒲団に横になると、とろとろと眠気が差したが、茶の間の二人の声がぼそぼそと聞こえるので気になった。その内に「大判」という言葉がおふくの耳に留まった。

「早く両替屋に行っておくれな。銭に取り替えて、たまにはいい目を見せておくれよ。そうそう、見世を休んで箱根の温泉に浸かるのはどうだえ」

「もうすぐ茸が出るし、栗も出る。今はちょいと行けねェなあ」

竹松が言い難そうに応える。

「つまらない。せっかく大判を手に入れたのに」

「両替屋に怪しまれるぜ。どこで手に入れたのかと突っ込まれたら何んと応えていいかわからねェ」

「そんなこと簡単だよ。仏壇を掃除していたら出て来たと言えばいいのさ。先祖のお宝だってね」

「信用してくれるかなあ。それに本物かどうかもちょいと心配だ。もしも偽物だったら両手が後ろに回るかも知れねェしよ」

「本物だよ。東照大権現様（徳川家康の神号）がこの江戸にお越しになってすぐに拵えた慶長笹書大判だ。間違いないよ。金の量だってたっぷり入っている。その後に拵えた大判、小判とは比べものにならないよ。両替屋が駄目なら骨董商に持ち込んだらどうだえ」

「…………」

「もう、何を迷っているのさ。さっさと遣うのが利口だよ」

「そうは言ってもお前ェ……」

竹松は歯切れが悪い。聞いていたおふくは次第に胸がどきどきして来た。この夫婦はどこからか慶長笹書大判を手に入れたらしい。

笹書とは大判の上に書かれた墨文字が笹の葉のように見えることからそう呼ばれる。おふくは小判でそれを見たことがあるが、大判にはお目に掛かったことがなかった。

大判は実に小判十枚分の値である。金の相場は毎日変わるし、また、両替商に手間賃を引かれると十両丸々は手にできないが、それでも八両は堅いだろう。おしずは早く遣える金を手にしたくて、ばたばたしていた。しかし、竹松が難色を示すのは、それが正々堂々とした金ではなかったからだろう。拾ったのだろうか、それとも盗んだ金だろうか。町人の家で大判が遣われることはない。それは主に武家が贈答用に用意するものだ。婚礼の祝儀とか、あるいは賂とか。

もう少し、八百竹に留まってみよう。おふくは大判が八百竹に持ち込まれた経緯に強く心が惹かれていた。

三

翌日の午前中、彦蔵はおふくを心配して様子を見に来た。勝手口から低い声で姉ちゃんと呼んだ。

おふくは洗い物の手を止め、笑顔で彦蔵を見た。

「心配してくれたのかえ」

「ああ」

「ありがと。でも、あたしなら大丈夫よ」

「扱き使われて泣いているのかと思っていたのよ」

「泣く訳がないじゃない。あたしはそれほどヤワじゃないよ」

「なら、いいけど……ここは、やっぱ、人使いが荒い見世かい」

「それもあるけど、買い物のお金を寄こさないのよ。寄こしても必ず足りないの。言われた以外の買い物をすれば余計なことをするなと怒るのよ。きっと前の女中さんが逃げ出したのは、そのせいじゃないかと思うの」

「ひでェな」

「ええ。それよりね……」

おふくは彦蔵の耳に片手を添え、大判の話を囁いた。

「え？　大判だって」

「しッ、声が大きい」

「それ、ちょっとやばいんじゃねェのかい」

「あたしもそう思った。それで少し調べたいんだけど、手伝ってくれる？」

「いいけど、おいら、何をしたらいいのよ」

「この近所を回って、八百竹の様子を探ってほしいのよ。心当たりがないかどうか」

「天満屋のおよねちゃんは、ちょいと顔見知りだけど……」

天満屋は米沢町にある薬種問屋である。横山町とも近い。おふくは、ははん、と思った。彦蔵が馬喰町からこっちまで出て来たのは、およねのことが気になっているからだろう。およねは十六歳の娘盛りで、大層可愛らしい娘である。恋敵もたくさんいるので、果たして彦蔵の思いが届くかどうかは難しい問題だった。

「じゃあさ、そのおよねちゃんに……ううん、お見世の手代さんにでも八百竹のことを聞いてよ。不釣り合いなお金のことは言わなくていいよ。八百竹の噂を聞けば、何か繋がるものが出て来るかも知れない」

「うん、行って来る」

彦蔵は張り切っていた。

「くれぐれもおよねちゃんについた悪い虫と思われないようにね」

「何んだよ。おいら、悪い虫かよ」

途端に彦蔵は口を尖(とが)らせる。

「娘さんの親御にすれば、祝言を挙げるまでは、どんな男でも悪い虫なんだよ。ちゃんと挨拶して、笑顔ではきはき言うんだよ」

「いちいち言われなくてもわかっているわな。姉ちゃん、いつまでも餓鬼扱いはよしにしてくんな。おいら、もう大人だ」

「そうね。笑い絵を見て喜んでいるんだもの、大人だ、大人だ」

からかうと、彦蔵は舌打ちして足早に去って行った。

さて、天満屋からどんな話が引き出せるだろうか。おふくはわくわくする思いで昼めしの用意に掛かった。昼めしはうどんにしようと思っていた。うどん玉の代金を首尾よく貰えるかどうかが彦蔵の聞き込みよりも難しい問題に思えた。

うどん玉はひとつ四文なのに、竹松はやはり人数分を払ってくれなかった。それでいて、一杯では足りずにお代わりをした。おふくの食べる分がなくなり、仕方なくおふくは冷やめしに朝の味噌汁(みそしる)を掛けて啜(すす)り込んだ。竹松のような男がこの世にいることが信じられない。それでよく、きまり屋に百文を払う気になったものだ。竹松の母親はおふくが困っていることを知っていたが、その母親だって自由になる金は持っておらず、見て見ぬふりをするしかなかったらしい。おしずに至っては、三度の食事がどのように用意されているのか考えようともしない様子だった。

無事に昼めしが済むと今度は晩めしの仕度がある。生きるために食べるのか、食べるために生きるのか、おふくは時々、わからなくなる。おしずは海老の吸い物が飲みたいと言っていたが、海老を買って来る様子もない。代わりにおふくは豆腐のあんかけ汁を拵えた。あんかけ汁はとろみをつけるために葛粉(くずこ)を使うが、そんな洒落(しゃれ)た物は八百竹に置いていなかった。

葛粉は結構高直(こうじき)だった。立て替えは百文にもうすぐ達しようとしていた。

夕方になって、彦蔵が再び現れた。

「どうだった？」

おふくは興味津々(しんしん)という表情で彦蔵の話を急(せ)かした。

「ここの大将が金に渋いのは有名だったよ。だがよ、芋や大根売って、ちびちびと稼いでいるんだから、小売りの青物屋なんてそんなもんだと天満屋の手代は言っていたよ」

「そう……」

「それよりも、春先にここの見世の前で行き倒れがあったんだと」

「行き倒れ？」

「ああ、身分の高そうな侍で、山岡頭巾を被っていたそうだ。年は三十七、八ぐらいだったとよ」

山岡頭巾は頭をすっぽりと覆い、眼の部分だけ見えるようにしてある頭巾で、彦蔵が言ったように身分の高い武士が着用する。

「土地の岡っ引きが色々調べたが、とうとう素性はわからず、お上の役人に引き渡したそうだよ。立派な形をしていたのに、紙入れは持っていなかったそうだ。姉ちゃん、どう思う？」

「怪しいねえ」

「だろ？　だから、例のお宝はその行き倒れが持っていたんじゃねェかとおいらは思った」

「その侍は斬られたりした訳じゃなくて、本当に行き倒れだったのかえ」

「らしい。酒の臭いもしていたから、たらふく飲んだ帰りに、心ノ臓にうッと来たらしい。ほれ、春先は妙に冷える夜があるから、年寄りじゃなくても死んじまう奴がいるよ」

「お伴もいなかったのかえ。下男とか中間とか」

「一人だったって」

それもおかしな話に思える。お忍びで飲みに出かけたのだろうか。しかし、山岡頭巾まで被った大仰な恰好ではお忍びにならないだろう。

「今でも素性が知れないのかな。行き倒れてから半年ぐらい経つと思うから、何か手懸かりがついていそうなものだけど」

「手懸かりがついたとしても相手は武家だし、町方の役人に詳しいことを知らせるかどうか」

彦蔵は首を傾げる。

「恥さらしな死に方をしたから、お屋敷で内密に事を運んだってこと？」

「まあね。権蔵親分にちょいと訊いてみようか」

権蔵（ごんぞう）親分とは公事宿（くじやど）の「三笠屋（みかさや）」を営む傍ら、町内の御用聞き（岡っ引き）をしている男で、伯父と父親の古くからの友人だった。公事宿とは地方から訴訟のために江戸へ出て来た者が泊まる宿のことで、権蔵はその訴訟にも、あれこれと知恵を授けている。

「うん。少し気になるから訊いてみて」

「何かわかったら、明日また来るわ」

踵（きびす）を返し掛けた彦蔵に、おふくは手持ちの銭が心細いから少し置いて行ってと言った。

「おいら、三十文ぐらいしかねェ」

「何よ。それっぽっちじゃ、およねちゃんとお蕎麦屋さんにも行けないじゃない」

おふくは呆れ顔で言う。

「およねちゃんとは、まだそこまで行ってねェの」

彦蔵は、むきになって言葉を返した。

「三十文でもいいわ。見世に帰ったら伯父さんか、うちのお父っつぁんに話をしてお金を貰うといいよ」

「わかった」

彦蔵は懐（ふところ）からおとみの手作りの巾着を出し、おふくの掌（てのひら）に四文銭と一文銭の交じった銭を落とした。

「それから、ひと廻りも持ちそうにないから、その前に迎えに来てって言って。あたし、お腹が空いて飢え死にしそうだってね」

「大袈裟だなあ」

彦蔵は苦笑して鼻を鳴らした。

「本当だってば」

「わかった、わかった。うちの親父は姉ちゃんに甘（あ）めェから、すっ飛んで来るわな」

「頼んだよ」

おふくは安心して笑顔を見せた。

「おふく、おふく。晩ごはんは何にするのだえ。おいちがお腹が空いたと泣いているよ」

彦蔵が去って行くと、おしずの苛立（いらだ）った声が聞こえた。

「はあい、ただ今」

　そう応えたが、今夜のお菜は大根の煮物だけにしようと決めていた。赤の他人に毎度立て替えしてまで食事の用意をするのが、ばかばかしくなっていた。その代わり、大根は山ほど煮るつもりだった。

　晩めしの時、案の定、おしずは不満を洩らした。まともなお菜も出せないのかと口汚く罵(ののし)った。

「すみません。旦那さんはご商売が忙しいご様子だったので、買い物のお金をいただきそびれてしまったんですよ」

「そうならそうと、早く言わねェか」

　竹松はそう言ったが、なに、まともに出す気もないくせに、とおふくは内心で思った。

「大根は軟らかくて、ようく味が滲(し)みておいしいよ」

　竹松の母親だけはおふくを庇(かば)うように言ってくれた。

「ありがとうございます、ご隠居様」

　おふくは嬉(うれ)しくて頭を下げた。

「海老のお吸い物を作ってと言ったのに、そうしてもくれないし」

　おしずは、だらだらと文句を言う。おふくは聞こえないふりをした。

「明日、海老を買って来い」

　竹松は着物の袖を探り、四文銭をみっつ出した。

「旦那さん、十二文で海老は買えませんよ。ひと椀(わん)のしじみだって十五文するんですから」

おふくは呆れた声で言った。竹松は渋々、さらに四文を出した。わかっていない男である。自分で魚屋に行き、値段を見たらいいのだ。もっとも、小売りの魚屋に海老なんてご大層なものは並べていない。めざしだの、鯵(あじ)の干物だの、口がひん曲がりそうな塩引きだのだ。下魚の鮪(まぐろ)だって半身で百文もするのだ。

それに、海老がほしいのなら、事前に魚屋に注文しておく必要がある。安い海老でも、ひと山三十七、八文以上はするはずだ。

「申し訳ありませんが、海老はお内儀さんが買って来て下さいまし。あたしは十六文の海老を見つける自信がありませんので」

そう言うとおしずは、あたしはおいちの世話で忙しいから、と逃げた。

「足りなかったら、立て替えっつくんな」

竹松はしゃらりと言う。語るに落ちたというものだ。

「旦那さん、お言葉ですが、あたしがどれほどお金を持っていると思っているんですか」

「おれがきまり屋に払った手間賃はどうなるのよ。百文だぜ、百文」

竹松は百文を恩に着せる。

「ですから、ひと廻りほどお手伝いしようと思っていたのですが、お見世に来てから、ごま油やら砂糖やら葛粉やらを買いましたので、手持ちのものも心許なくなってしまったんですよ。申し訳ありませんが、これ以上のお立て替えは勘弁して下さいまし」

そう言うと、茶の間に居心地の悪い沈黙が流れた。竹松の母親はそそくさとめしを掻(か)き込むと自分の部屋に引き上げた。孫のおいちもその後を追った。

「全く役に立たねェ女中だ。もういい。もうたくさんだ。今すぐ出てってくれ」

竹松は堪忍袋の緒が切れて吐き捨てた。そのもの言いに、さすがのおふくも身が縮んだ。

「お前さん、それじゃあ、あたしが困るよ」

だが、おしずは心細い声で口を挟んだ。

「うるせェ！　元々は手前ェがろくにめしの仕度をしねェから悪いんだ」

「何んだって？　何もしなくてもいいと言ったのはお前さんじゃないか。あたしにはね、もっといい縁談が山ほどあったんだ。呉服屋の番頭だの、小間物屋をやっている人だのさ。見世の手伝いをしなくていい、家の中のことも女中を雇うと言った言葉にほだされて嫁に来たあたしがばかだった。女中は何人替わったと思っているのさ。お前さんはもしかして、百文でいつまでも女中を置いておけると思っているのかえ？　大した了簡違(りょうけん)いをしている男だよ」

おしずは両国広小路(りょうごくひろこうじ)の水茶屋で茶酌女をしていたと竹松の母親が言っていた。美人の評判が高く、言い寄る客は多かったらしい。竹松もその一人だった。熱心に通い詰め、そのうまい口でおしずを落としたのだ。しかし、色香を武器にして来た女に青物屋の女房は無理だったようだ。

「手前ェ、言わせておけば、このう！」

竹松はおしずの頬を張った。おふくは慌てて、旦那さん、乱暴はやめて下さい、と金切り声を上げて制した。

「文句があるなら出て行け！　お前ェとおいちに毎月、どれほど銭が掛かると思う。人の顔さえ見りゃ銭の催促だ。挙句に海老の吸い物だと？　ふざけるのもいい加減にしろ」

「家で海老のお吸い物ぐらい飲んだっていいじゃないか。お前さんは食べ物屋に連れて行ってくれたことがないんだもの。大晦日（おおみそか）に屋台の蕎麦屋を呼んで年越し蕎麦を食べさせるだけがお前さんの大盤振る舞いなんだろう。よくも今まであたしも我慢したものだ。だが、もうたくさんだよ」

おしずは涙声で竹松に言葉を返した。気に喰わないと思っていたおしずに、おふくはその時だけは同情していた。食べたい物も食べずに我慢していたのだ。おしずが着物の袖で顔を覆って泣きだしたので、さすがの竹松も黙った。

「旦那さん、どうしてそんなにお金を出すのを渋るんですか。大きな借金でも抱えているんですか」

おふくは竹松に訊かずにいられなかった。

「借金は皆、返した。親父がダチに騙されて借金の保証人のはんこを突いたのよ。一時は見世も家も取られるところだった。親戚もおれの弟達も知らん顔をした。だから、おれが踏ん張るしかなかったのよ」

「お辛かったんですねえ」

「ああ、辛かった。死んだほうがましだと思った時もあらァな。だが、お袋を一人残す訳には行かねェ。おれは恥も外聞も捨てて借金を返したんだ。おれァ、喰い物に文句をつける奴の気が知れねェよ。腹がいっぱいになれば、それでいいじゃねェか。見世の青物を使えば、お菜のひとつ、ふたつはたちまちできるはずだ」

鳥でもあるまいし、青物ばかり食べていられるかと、おふくは思ったが、それは言わなかった。竹松の怒りの火に油を注ぐことになるだろう。

「でも、お内儀さんやお嬢ちゃんはそういう訳に行きませんよ。一緒に暮らしているんですから何か楽しみがなければ生きている甲斐がありませんよ」

おふくはやんわりと言った。

「女中のくせに生意気を言うな。とにかく、おれァ、借金で切ねェ思いをするのはたくさんなんだ」

「でも、借金は払い終えたんですから、これからは少し……」

「うるせェ。嬶ァの肩を持つ女中なんざいらねェよ。とにかく、おれはおれの流儀でやる。文句があるなら出て行け！」

その言葉はおふくに対してというより、おしずに言っているような気がした。おしずはぐすっと水洟を啜ると、黙って大根の煮物でめしを食べた。それから竹松の相手もせず、先に休ませて貰いますよ、と言って二階の部屋に引き上げた。

おしずが何を考えていたのか、その時のおふくにはわからなかった。

四

伯父の芳蔵は翌々日におふくを迎えに来た。

竹松は性懲りもなく、きまり屋に百文を払ったことを恩に着せた。

「へえ、へえ。旦那もお困りでしょうが、こいつは手前の姪っこなもんで、いつまでも女中奉公させる訳には行かねェんですよ。もちろん、旦那がお出しになった百文はお返し致します。お腹立ちでしょうが、どうかこれでご勘弁を」

「伯父さん、立て替えのお金が……」

言い掛けたおふくを芳蔵は眼で制した。

「まあ、そういうことなら仕方がねェな」

竹松はそう言って芳蔵が差し出した金をすばやく手にして、受け取りにはんこを突いた。

おふくに少しの間だがただ働きさせ、お菜や調味料の金を立て替えさせ、しかも、きまり屋に払った百文が丸々戻って来たのだから大儲けしたと思っているのだ。その顔を見ているだけで、おふくは憎たらしかった。

「また落ち着いたら女中を頼みに行くぜ。今度ァ、いい奴を寄こしてくれよな」

機嫌よく言う竹松におふくは後ろを向いて舌を出した。誰がお前の所に女中を紹介するものか、と思う。

竹松の母親は、いやな思いをさせたねえ、と見世のれんこんを持たせてくれた。おしずは二階の部屋から下りて来なかった。

八百竹を出て芳蔵と通りを歩きながら、百文を返すことなかったのに、とおふくは言った。

「いいんだ、これで。彦蔵から大判の話を聞いて、すぐに権蔵に伝えたよ。権蔵は、そういうことだったのかと得心の行った顔をしたよ」

「どういうこと？　あたし、さっぱり訳がわからない」

おふくは怪訝(けげん)な眼を芳蔵に向けた。

「八百竹の前で行き倒れになった男は旗本屋敷の中間だったのよ。主が遠国御用(おんごくごよう)で留守にしているのをいいことに、こっそり主の着物を着て飲み歩いていたんだ。立派な形をしていれば飲み屋はどこも下にも置かない扱いをするじゃねェか。奴はそれが気分よかったらしい」

「おめでたい男ね。お屋敷の奥様は気づかなかったのかしら」

「気づかなかったらしい。しかし、毎度飲み歩いていたんじゃ銭が続かねェ。それで奴は顔見知りの錺職人を抱き込んで銭箱の合鍵を作らせたのよ」

「合鍵って、そんなに簡単に作れるものなの？」

「粘土に鍵を押しつけりゃ、錺職人なら型を取るのは訳もねェことよ」

「それを使ってお金を盗んだのね」

「ああ。だがそれは、奴がくたばった後でわかったことだ。奴は小銭でやめときゃいいものを銭箱の底に大事にしまってあった大判まで手をつけたらしい。大判がないと、お屋敷では大騒ぎになったが、奴の身体や寝泊まりしていた中間固屋をくまなく探しても、とうとう出て来なかったそうだ」

「権蔵小父さんは八百竹に事情を訊かなかったのかしら」

「訊いたさ。だが、あの竹松は手前ェの見世の前で業晒しな行き倒れが出たことで、商売の邪魔をしてくれたと喚いてよ、挙句にお屋敷から迷惑料をふんだくった。全く呆れた男だ。だが、おふくの話ですべてが腑に落ちた。竹松は倒れた中間の懐を探り、大判の入った紙入れを掠(かす)め取ったんだ。ま、そん時は大判が入っていることまで知らなかっただろうが。これから権蔵は竹松をしょっ引(ぴ)くはずだ。そこにお前ェがいたんじゃ、色々と面倒臭(くせ)ェことになる。それで早々に迎えに来たという訳だ」

「ありがと、心配してくれて」

おふくは芳蔵の気持ちが嬉しかった。

「なあに」

芳蔵は意に介するふうもなく応える。

「でも、百文がふいになったね」

「いいさ、そんなこと。もう八百竹から女中を頼んで来ることもねェと思えば、いっそさっぱりするわな」

「これから八百竹はどうなるのかしら。あそこのお内儀さんは海老のお吸い物が飲みたいと言っていたのに、旦那は海老を買うだけのお金を出さないのよ。十六文出して、これで買って来いって。あたし、そんなにお金がなかったから、立て替えもできずに断ったけど」

「え？　彦蔵は百文置いて来たんじゃねェのかい」

「何言ってるのよ。彦ちゃんは三十文しか持っていなかったよ」

「くそッ、あいつ、おれをはめやがって」

芳蔵は声を荒らげた。彦蔵はおふくに渡した金に上乗せして芳蔵に言ったらしい。彦蔵のやりそうなことだ。

「怒らない、怒らない。彦ちゃん、ちょいと好きになった娘がいるから、三十文じゃお蕎麦屋さんにも誘えないよ。大目に見てやって」

「誰よ、その娘」

芳蔵は真顔でおふくに訊く。

「喋ったら彦ちゃんに叱られるから、当分、内緒にしておくよ。知りたかったら彦ちゃんに直接訊いてよ」

「おふくは意地悪だなあ」

「可愛い弟だもの、今のところは彦ちゃんに味方するつもり。伯父さん、悪く思わないでね」

おふくは笑顔で応えた。

きまり屋に戻ると、おふくはおとみに甘えた声でお腹が空いたと言った。おとみは可哀想にと、すぐに卵焼きを拵えてくれた。涙が出るほどおいしかった。八百竹のおしずは卵焼きも食べたことがないに違いない。卵は高級品だから、ひとつ七文から二十文もする時がある。それを四個も五個も使うのだから、贅沢である。

今まで三度のめしを当たり前に食べていたが八百竹に行ったお蔭でそのありがたみがようくわかった。

「伯母さんの卵焼きは料理屋さんのよう」

お世辞でもなく言うと、おとみは嬉しそうに眼を細め、たくさんお上がり、と言った。

芳蔵はおふくがきまり屋に戻ると、すぐに権蔵に知らせた。権蔵は町奉行所の同心とともに竹松の捕縛に向かったという。残された家族が気の毒で、おふくは胸が痛んだ。だが、人の金を横取りした罪は重い。以前は十両盗めば首が飛んだ。今は、さすがにそこまでにはならないだろうが、敲き(たた)の刑ぐらいには処せられる。悪くすれば所払い(ところばらい)を喰らうかも知れなかった。

ところが権蔵達が駆けつけると、竹松は気の抜けた表情で見世の前に出してあった木箱に座り込んでいたという。おしずがおいちを連れて実家に戻ってしまったのだ。おしずはついでに大判を持ち去ったらしい。

竹松をしょっ引き、それからおしずの実家がある浅草・花川戸町(はなかわどちょう)に行って、おしずもしょっ引き、二人は権蔵の詰める自身番に連行された。その後、八丁堀(はっちょうぼり)・茅場町(かやばちょう)の大番屋に身柄を移されたそうだ。大番屋は重罪を犯した者が取り調べを受ける場所である。素直に白状すれば、それから小伝馬町(こでんまちょう)の牢屋敷(ろうやしき)に送られ、町奉行の裁きを待つのだ。牢屋敷はこの世の地獄だと権蔵は言っていた。ツルと呼ばれる金を所持していなければ、牢名主にこっぴどく痛めつけられるという。

竹松はそこで何を思うだろうか。おふくにはわからない。告げ口したおふくに恨みを募らせるのだろうか。怒りを募らせても自分が悪かったとは思うまい。それを考えると、ため息が出た。

その後、しばらくしてから、おふくは横山町の八百竹の前を通ったが、見世は大戸をぴったりと閉ざし、人の気配は感じられなかった。近所の人の話では、竹松の母親は竹松の弟の所に身を寄せたそうだ。娘のおいちはおしずの両親が面倒を見ているらしい。

金とは何んだろう。おふくはつくづく考えてしまう。竹松の異常な金の渋り方は父親の借金のせいだが、そのために金銭感覚までおかしくなってしまった。おしずはそんな竹松の女房として辛抱していたが、思わず転がり込んだ大判に眼が眩んだ。そんな物を持っていては身の破滅になるとは思わず、遣うことばかりに気がはやってしまったのだ。しかし、肝腎の慶長笹書大判は偽物だったという。元々、数が少なく、その後、貨幣改鋳のために、ほとんどが回収されてしまったそうだ。もちろん、残っていれば大変なお宝であるのは間違いない。

おふくは時間が経つ内、偽物の大判に振り回された竹松とおしずが憐れだと思うようになった。いや、金というものは怖いものだと、身に滲みて思う。

五

竹松とおしずをお縄にして一件落着となったある夜、権蔵は芳蔵と友蔵を縄暖簾(なわのれん)の見世に誘った。待ってましたとばかり、二人は早々に商売を仕舞いにして出かけた。

馬喰町の小路にある「めんどり」という居酒見世が、三人のお気に入りだ。里芋の煮っ転がし、湯豆腐、干し鰈(がれい)を焼いたものが芳蔵と友蔵が好む酒のあてである。権蔵の問い掛けに応える言葉もほぼ一緒であるし、相槌(あいづち)を打つ間合いも同じである。

長いつき合いだから、権蔵は特にそれをおもしろがる様子もないが、初めて来た客は眼を丸くして二人を見るという。双子とは、これほど似るものだろうかと興味津々の様子になるらしい。

芳蔵と友蔵はとても仲がよい。何も言わなくてもお互いの気持ちがわかるからだろう。二人が出戻りのおふくの行く末を心配しているのも、おふくはよく知っていた。

(勇(ゆう)さん……)

友蔵と自分の蒲団を敷いた後で、おふくに独り言が洩れた。別れた亭主の名前が勇次(ゆうじ)だった。

今でも勇次を忘れられなかった。京橋(きょうばし)の小間物問屋の手代をしていた勇次が主に頼まれて店の女中を雇いたいとやって来たのが話をするきっかけだった。勇次が奉公していた店は女中がなかなか居着かず、主は苦労していた。お内儀は足が不自由で、女中の手を借りなければ、身の周りのこともできなかったのだ。勇次はおふくより五つ年上で、細身の男だった。顔もまあまあ男前で、胸をときめかせる娘は多かった。

勇次は、自分から進んで物事を運ぶ男ではなかった。所帯を持つ時もおふくが半ば強引に約束を取りつけたようなものだった。芳蔵と友蔵が大喜びしていたので、勇次は面と向かって断りを入れることができなかったのだろうか。

彦蔵だけは、何んか摑(つか)みどころのねェ男に見えるぜ、姉ちゃん、大丈夫かと心配してくれた。思えば、彦蔵の心配は当たっていたのかも知れない。客を大勢呼んで祝言を挙げ、京橋近くの裏店で所帯を持った時、おふくは有頂天だった。勇次が傍にいれば何もいらなかった。だから、勇次の至らない所は見て見ないふりをした。無断で家を空ける夜があることや、給金をきちんと家に入れないことも。そうして祝言を挙げて一年ほど経った頃、勇次はおふくの前から姿を消した。

店の売り上げ金を持って行ったので、芳蔵はその金を弁償した。ここにいても始まらないからきまり屋に戻れと言った友蔵におふくは首を横に振った。きっと勇さんは戻って来ると。芳蔵と友蔵は権蔵に相談して、無理やり離縁の手続きを取った。裏店の店賃はおふくが所帯を持った時から一度も支払われていなかった。芳蔵はそれも黙って払ってくれた。

働いて返す、と意地を張ったおふくに、芳蔵は平手打ちを喰らわせ、勇次のことは諦めろ、と低い声で言った。悲しくてやり切れなくて、おふくは芳蔵の胸に縋（すが）って泣いた。

今でも勇次の気持ちがおふくにはわからなかった。勇さん、あんた、無理をしてあたしと一緒になったのかえ、それほど気が進まなかったのなら、最初に言ってくれたらよかったのに、おふくは言えなかった言葉を時々、胸で呟く。

今でも勇次が好きだ。好きだからこそ、この先は独り身を通し、伯父と伯母の死に水を取る覚悟だった。

ひんやりとした風が部屋に流れる。そろそろ時刻は四つ（午後十時頃）になるだろう。

芳蔵と友蔵はいつになったら帰る気になるのだろうかと思った。

「おふく、お茶を飲まないかえ。おいしいお菓子もあるよ」

おとみの声が聞こえた。

「はあい」

おふくは元気に応える。羊羹（ようかん）だろうか、豆大福だろうか。沈んだ気持ちは途端に晴れるようだった。

解説

菊池　仁

宇江佐真理「江戸人情短編傑作選」の第一弾『酔いどれ鳶』の編著を担当、二〇二一年に刊行されたのだが、売れ行きの推移を見ていて作者の根強い人気の高さに驚いた。要するにこの現象は、何度でも読んでみたい不朽の名作が、数多く揃っていることの証といえる。では、作者の何が読者を惹きつけるのか。その答えの一端となる作者の特質については、第一弾で解説したが、もっと明確な答えがある。作品の底流にあるのは、時代小説一筋というこだわりと、終始一貫して時代小説と真剣勝負をしてきた姿勢である。それを裏付ける二つのエッセイを引用する。

私が時代小説を書く理由は、あちこちで明かした。現代小説では表現しきれない人情や風情を書きたいからである。それを現代小説でやろうとすれば、とんでもなく臭い作品になってしまうだろう。

多分、私は死ぬまで現代小説は書かないと思う。これからも江戸の人情や風情を探しながら書いて行くつもりである。

（『ウエザ・リポート　見上げた空の色』「まだ書いている」）

現実は貧しく悲惨で理不尽であったとしても、私には江戸時代がよく思えてならないのである。これから私は、壮大な物語を書こうとは思っていないし、書けるはずもない。普通の人々の普通の暮らしを通して仄見える江戸のイメージを掬い取って書くだけである。

（『ウエザ・リポート　笑顔千両』「ただいま執筆中」）

この二つのエッセイの言外に、時代小説が紡ぐフィクションの物語には、困窮している人々に寄り添い、励まし、喜怒哀楽を共にし、明日への希望を見出す力が内在しているという確信が息衝いている。つまり、時代小説だからこそ持つことができる可能性を刻み続けたのである。

第二弾『御厩河岸の向こう』は、そんな力を秘めた傑作を集めてみた。

「御厩河岸の向こう」

冒頭は、史料や絵地図を基に想像力を駆使して立ち上げた、江戸の町の佇まいや風物をこよなく愛していた作者ならではの作品である。江戸下町の堀を舞台とした『おはぐろとんぼ　江戸人情堀物語』（朝日文庫）からの一編。まず「文庫のためのあとがき」に寄せた文章を読んでもらいたい。

> 地方出身者の私にとって、江戸の堀の名前を聞くだけでも新鮮な思いに捉えられる。特に心を魅かれた五つの堀に架空の堀（夢堀）をひとつ加えた六編の物語である。ハッピー・エンドもあれば、そうでないものもある。
>
> 私が読者に訴えたいものは、明確には何もない。堀の水のように、さらさら流れて行く様を感じていただければよいと思う。

実在した堀からイメージした悲喜交々の人情噺に、架空の堀を並列し、そこにあったかもしれないファンタジックな物語を仕込むという離れ技は、常に高いレベルを保ちつつ書き続けた作者だからこその醍醐味である。

おゆりは弟の勇助から自分はのの様で前世の記憶があることを知らされる。これが発端で摩訶不思議な物語が始まる。のの様とは神仏の化身の意味。勇助の前世の記憶をたどって、新たな人々との交情が始まる。記憶を貫いているのは、勇助の家族の幸せを願う思いである。作者がファンタジー仕立てにした狙いも見えてくる。ラストは涙をこらえるのに苦労する名シーンである。

「蝦夷錦」

『古手屋喜十 為事覚え』（新潮文庫）から作者と馴染みの深い松前藩を舞台とした一編を選んだ。作者が最も得意としている「よそ者の感覚で描いたリアルな幻の江戸」に、江戸時代特有の職業を絡ませた連作スタイルの捕物帳である。

物語の骨子は、古手屋（古着屋）・日乃出屋を生業としている喜十と恋女房・おそめは、子のいないことを除けばごく普通の夫婦。ところが、つけの溜まった取り立てのため、北町奉行所隠密廻り同心・上遠野平蔵の探索の手助けをするというもの。庶民に密着した商売であり、人から人の手に渡る古着や、ある時は盗品も持ち込まれる古手屋は、探索の拠点として適している。加えて、喜十もつけを減らす目的と言い訳しているが、古手屋だけに観る目もあるし、賢い。事件を解決に導いていく力もある。実に、考え抜かれた設定となっている。

古手屋に松前藩が出処と思われる蝦夷錦が持ち込まれる。蝦夷錦の謎をめぐって物語は進展していく。当時の松前藩の詳細が手慣れた筆で語られているのも興味を引く。

「仲ノ町・夜桜」

作家歴を辿る上で、最も注目すべき作品が『甘露梅(かんろばい)　お針子おとせ吉原春秋』（光文社文庫）である。何故なら、吉原遊郭を舞台として、遊女たちの痛切な生きざまに寄り添うというテーマと出会った作品だからである。これが試金石となり、自分が負うべきテーマと方向性を確信したと思われる。華やかさと闇が表裏一体となっており、その狭間で起こる人間ドラマを、彼女たちに寄り添うスタンスで書くこと。これこそ時代小説でしか書けない物語なのである。その意味で一番作者らしい作品といえる。

主人公・おとせは、岡っ引の夫に先立たれてしまう。時を同じくして息子が嫁を迎えることになり、おとせは吉原で住み込みのお針子として働くことになる。これが物語の発端で、遊女たちの様々な恋模様、そこで展開する矜持と悲哀の人間模様に立ち会うことになる。

「仲ノ町・夜桜」は、幼馴染の花魁(おいらん)の喜蝶と妓夫の筆吉のご法度の恋を中心に展開される。『甘露梅』の幕開けの出し物としては凝った作りとなっている。

新鮮な驚きを与えてくれるのが、『卵のふわふわ　八丁堀喰い物草紙・江戸前でもなし』（講談社文庫）である。作者の強みは、天性ともいえる人間への尽きない興味と、深い人間観察に支えられた人物造形にある。本書は、この強みが最もストレートな形で前面に押し出されている。思わずクスッと笑ってしまうような主人公・のぶの所作の可笑しみ、食道楽で心優しい舅・忠右衛門の飄々とした行動など、ユーモア感覚で包み込まれた作風がなんとも温かい。

もう一つの特記事項は、作者の本格的な料理小説ということである。暮らし方や食事文化の関心が高まっているだけに、時代小説に登場する食事場面に多大な関心が寄せられている。食べることを書くことは人間の生き方を表現できる重要な手段だけに、料理小説への挑戦は当然の成り行きといえよう。とはいえ戯作者として非凡なセンスを持った作者のこと、曲がって落ちる鋭い変化球を駆使した作品に仕上げてきた。慣れ親しんだ卵を題材に、伝奇色の強い歌舞伎のような構成が効果を上げている。中でも『卵のふわふわ』の冒頭を飾った「秘伝　黄身返し卵」は、さすがと思わせる楽しい読物となっている。

「秘伝　黄身返し卵」

黄身返し卵とは、ゆで卵の中身の外側が黄身で、中が白身になっている卵のことだ。

珍しい。食べてみたいと思うだろう。ところがこれがとんでもない代物なのである。秘伝が聞いて呆れる。ラスト三行がいい。

「藤尾の局」

『余寒の雪』（文春文庫）は、短編の面白さを満喫させてくれる。短編は作家にとって腕の見せ所。それだけに短編集は一編一編の出来が重要になる。表題作をはじめ「紫陽花」「あさきゆめみし」「藤尾の局」「梅匂う」「出奔」「蝦夷松前藩異聞」の七作品が収録されているが、いずれの作品も題材のユニークさ、人物造形の確かさ、語り口の巧さ、後味の良い着地、と読者を満足させる出来栄えとなっている。中山義秀文学賞を受賞したのも当然である。

「藤尾の局」のお梅は、両替商・備前屋の後添えとなり、女の子もできる。ところが先妻の子である息子兄弟は、乗っ取られると思い暴力を振るうようになる。現代の家庭内暴力である。作者はお梅を大奥の元老女と設定することで、人情味のある温かな物語に仕立てている。現代において頻発している家庭内暴力に対し、時代小説ならではの解決方法を示している。力強いメッセージである。何故、解決できたのか。

「赤縄」

『斬られ権佐』（集英社文庫）は、主人公・権佐の人物造形を精魂込めて彫り上げた異色作である。権佐は仕立て屋を営む一方、南町奉行所与力・菊井数馬の手先も務めるという裏の仕事もあった。ここまでは捕物帳スタイルの連作短編集を得意とする作者の常套手段だが、権佐の造形に仕掛けと工夫を施している。惚れた女を救うため、八十八か所に刀傷を負った死に損ないであり、その傷により死も覚悟している。だからこそ、下手人の持つ弱さと哀しみに寄り添った解決策を導き出せるのである。いわば本書は、宇江佐版正統派ハードボイルドなのである。

「赤縄」の題名は、将来夫婦になる運命の男と女は、生まれた時から、足と足を赤い縄で繋がれているという、俗にいう赤い糸伝説が由来となっている。「赤縄」は権佐夫婦の強い絆を下敷きに、僧侶・清泉と、清泉に一目惚れした大店の跡取り娘が結ばれるまでの経緯を描いている。

『ウエザ・リポート　笑顔千両』の「ただいま執筆中」で権佐に触れて次のように記している。

『斬られ権佐』を書いている途中で、私は般若心経(はんにゃしんぎょう)を暗記した。一つには権佐の供養のために何かしたいと考えたことと、もう一つは、この年になって暗記などというものが果たしてできるのだろうかと、自分を試す意味があった。案外、覚えられるものである。

気持ちが落ち着かない時は、これを唱えることにしている。不思議に安らぐ。「命の母」と般若心経が更年期の私の特効薬である。

権佐の人物造形に心を砕いた作者の想いが響いてくる。

「慶長笹書大判」

「傑作選」第二弾の取りを飾るのは、『昨日みた夢　口入れ屋おふく』（角川文庫）の一編で、二〇一四年に単行本が刊行された。病魔と闘いながら仕上げた作品で、翌一五年に急逝。一六年に刊行された文庫版には、単行本になかった「秋の朝顔」が収録されている。本書で取りに持ってきた理由がここにある。

作者の特筆すべきこととして、何度か指摘してきたが、人物造形の巧みさがある。権左につづき本書のヒロイン・おふくの造形の巧みさが際立った効果をもたらしている。亭主の勇次が忽然と姿を消し、その喪失感が根っこにあるが、食欲旺盛で気立てがよく働き者である。

おふくは勇次の失踪後、伯父と父親が営む口入れ屋・きまり屋に出戻って、台所仕事を手伝いながら、途中で逃げ出した女中たちの穴埋めもしている。口入れ屋とは現代の派遣会社に相当する。作者ならではの職業の選択であり、設定といえる。非正規雇用の悲惨な状況に対するメッセージが背景にある。現に、おふくは助っ人女中として出向いた奉公先で、複雑な人生模様を体験する。

「慶長笹書大判」は、そんなおふくの境遇と、感じ方や対処の仕方が、磨かれた文章と優れた人間観察の目で綴られている。ラストの数行に、本書の底流を流れる作者の願いがこもっている。

時代小説だからこそ書ける現代社会への力強いメッセージを、送り続けることに命を削ってきた作者の真骨頂を窺うことができる。

（きくち　めぐみ／文芸評論家）

底本

「御厩河岸の向こう」（『おはぐろとんぼ　江戸人情堀物語』朝日文庫）

「蝦夷錦」（『古手屋喜十 為事覚え』新潮文庫）

「仲ノ町・夜桜」（『甘露梅　お針子おとせ吉原春秋』光文社文庫）

「秘伝　黄身返し卵」（『卵のふわふわ　八丁堀喰い物草紙・江戸前でもなし』講談社文庫）

「藤尾の局」（『余寒の雪』文春文庫）

「赤縄」（『斬られ権佐』集英社文庫）

「慶長笹書大判」（『昨日みた夢　口入れ屋おふく』角川文庫）

江戸人情短編傑作選
御厩河岸の向こう

朝日文庫

2023年10月30日　第1刷発行

著　　者　宇江佐真理
編　　著　菊池　仁

発 行 者　宇都宮健太朗
発 行 所　朝日新聞出版
〒104-8011　東京都中央区築地5-3-2
電話　03-5541-8832(編集)
03-5540-7793(販売)

印刷製本　大日本印刷株式会社

Published in Japan by Asahi Shimbun Publications Inc.
定価はカバーに表示してあります

ISBN978-4-02-265123-5

情に泣く

朝日文庫時代小説アンソロジー　人情・市井編

細谷正充・編／宇江佐真理／北原亞以子／杉本苑子／半村良／平岩弓枝／山本一力／山本周五郎・著

失踪した若君を探すため物乞いに堕ちた老藩士、家族に虐げられ娼家で金を毟られる旗本の四男坊など、名手による珠玉の物語。《解説・細谷正充》

おやこ

朝日文庫時代小説アンソロジー

細谷正充・編／池波正太郎／梶よう子／杉本苑子／竹田真砂子／畠中　恵／山本一力／山本周五郎・著

養生所に入った浪人と息子の嘘「二輪草」、歌舞伎の名優を育てた養母の葛藤「仲蔵とその母」など、時代小説の名手が描く感涙の傑作短編集。

なみだ

朝日文庫時代小説アンソロジー

細谷正充・編／青山文平／宇江佐真理／西條奈加／澤田瞳子／中島　要／野口　卓／山本一力・著

貧しい娘たちの幸せを願うご隠居「松葉緑」、親子三代で営む大繁盛の菓子屋「カスドース」など、ほろりと泣けて心が温まる傑作七編。

わかれ

朝日文庫時代小説アンソロジー

細谷正充・編／朝井まかて／折口真喜子／木内　昇／北原亞以子／西條奈加／志川節子・著

武士の身分を捨て、吉野桜を造った職人の悲話「染井の桜」、下手人に仕立てられた男と老猫の友情「十市と赤」など、傑作六編を収録。

いのり

朝日文庫時代小説アンソロジー

細谷正充・編／朝井まかて／宇江佐真理／梶よう子／小松エメル／西條奈加／平岩弓枝・著

隠居侍に残された亡き妻からの手紙「草々不一」、紙屑買いの無垢なる願い「宝の山」、娘を想う父の決意「隻腕の鬼」など珠玉の六編を収録。

いのち

朝日文庫時代小説アンソロジー

朝井まかて／安住洋子／川田弥一郎／澤田瞳子／山本一力／山本周五郎／和田はつ子・著／末國善己・編

江戸期の町医者たちと市井の人々を描く医療時代小説アンソロジー。医術とは何か。魂の癒やしとは？　時を超えて問いかける珠玉の七編。

吉原饗宴
朝日文庫時代小説アンソロジー
菊池仁・編／有馬美季子／志川節子／中島要／南原幹雄／松井今朝子／山田風太郎・著

売られてきた娘を遊女にする裏稼業、身請け話に迷う花魁の矜持、死人が出る前に現れる墓番の爺など、遊郭の華やかさと闇を描いた傑作六編。

江戸旨いもの尽くし
朝日文庫時代小説アンソロジー
今井絵美子／宇江佐真理／梶よう子／北原亞以子／坂井希久子／平岩弓枝／村上元三／菊池仁編

鰯の三杯酢、里芋の田楽、のっぺい汁など素朴で旨いものが勢ぞろい！　江戸っ子の情けと絶品料理に癒される。時代小説の名手による珠玉の短編集。

家族
朝日文庫時代小説アンソロジー
中島要／坂井希久子／志川節子／田牧大和／藤原緋沙子／和田はつ子［著］

姑との確執から離縁、別れた息子を思い続けるおつやの情愛が沁みる「雪よふれ」など六人の女性作家が描くそれぞれの家族。全作品初の書籍化。

朝井　まかて
グッドバイ
《親鸞賞受賞作》

長崎を舞台に、激動の幕末から明治へと駆け抜けた伝説の女商人・大浦慶の生涯を円熟の名手が描く、傑作歴史小説。《解説・斎藤美奈子》

木内　昇
化物蠟燭（ばけものろうそく）

当代一の影絵師・富右治に持ち込まれた奇妙な依頼（「化物蠟燭」）。長屋連中が怯える若夫婦の正体（「隣の小平次」）など傑作七編。《解説・東雅夫》

梶　よう子
ことり屋おけい探鳥双紙

消えた夫の帰りを待ちながら小鳥屋を営むおけい。時折店で起こる厄介ごとをときほぐし、しなやかに生きるおけいの姿を描く。《解説・大矢博子》

畠中 恵
明治・妖（あやかし）モダン

巡査の滝と原田は一瞬で成長する少女や妖出現の噂など不思議な事件に奔走する。ドキドキ時々ヒヤリの痛快妖怪ファンタジー。《解説・杉江松恋》

畠中 恵
明治・金色（こんじき）キタン

東京銀座の巡査・原田と滝は、妖しい石や廃寺の噂など謎の解決に奔走する。『明治・妖モダン』続編！ 不思議な連作小説。《解説・池澤春菜》

あさの あつこ
花宴（はなうたげ）

武家の子女として生きる紀江に訪れた悲劇——。過酷な人生に凛として立ち向かう女性の姿を描き夫婦の意味を問う傑作時代小説。《解説・縄田一男》

五十嵐 佳子
むすび橋
結実の産婆みならい帖

産婆を志す結実が、それぞれ事情を抱えながらも命がけで子を産む女たちとともに喜び、葛藤しながら成長していく。感動の書き下ろし時代小説。

五十嵐 佳子
星巡る
結実の産婆みならい帖

幕末の八丁堀。産婆の結実は仕事に手応えを感じる一方、幼馴染の医師・源太郎との恋に悩んでいた。そこへ薬種問屋の一人娘・紗江が現れ……。

北原 亞以子
傷
慶次郎縁側日記

空き巣稼業の伊太八は、自らの信条に反する仕事をさせられた揚げ句、あらぬ罪まで着せられてお尋ね者になる。《解説・北上次郎、菊池仁》

北原　亞以子
再会
慶次郎縁側日記

岡っ引の辰吉は昔の女と再会し、奇妙な事件に巻き込まれる。元腕利き同心の森口慶次郎が活躍する人気時代小説シリーズ。《解説・寺田　農》

北原　亞以子
雪の夜のあと
慶次郎縁側日記

元同心のご隠居・森口慶次郎の前に、かつて愛娘を暴行し自害に追い込んだ憎き男が再び現れる。幻の名作長編、初の文庫化！《解説・大矢博子》

北原　亞以子
おひで
慶次郎縁側日記

元同心のご隠居・森口慶次郎は、自らを出刃庖丁で傷つけた娘を引き取る。飯炊きの佐七の優しさに心を開くようになるが。短編一二編を収載。

北原　亞以子
峠
慶次郎縁側日記

山深い碓氷峠であやまって人を殺した薬売りの若者は、過去を知る者たちに狙われる。人生の悲哀を描いた「峠」など八編。《解説・村松友視》

宇江佐　真理
憂き世店（うきよだな）
松前藩士物語

江戸末期、お国替えのため浪人となった元松前藩士一家の裏店での貧しくも温かい暮らしを情感たっぷりに描く時代小説。《解説・長辻象平》

宇江佐　真理
うめ婆行状記（うめばあ）

北町奉行同心の夫を亡くしたうめ。念願の独り暮らしを始めるが、隠し子騒動に巻き込まれてひと肌脱ぐことにするが。《解説・諸田玲子、末國善己》